科学する詩人ゲーテ

石原あえか

Aeka Ishihara

慶應義塾大学出版会

『ヴェズビオ火山の前のゲーテ　*Johann Wolfgang Goethe vor dem Vesuv*』
ハインリヒ・クリストフ・コルベ（Heinrich Christoph Kolbe 1771-1836）作
(1826年作、油彩画　222,3cm × 156,4cm)
イェーナ大学図書館 Thüringer Universitäts- und Landesbibliothek Jena (ThULB) の許可による・転載不可

50年にわたるイェーナ大学への貢献に対して、ゲーテは医学部および哲学部からそれぞれ名誉博士号を授与された。この二重の栄誉に対する感謝の品として、本油彩画はゲーテからイェーナ大学に寄贈された。

科学する詩人　ゲーテ　目次

本書で使用したゲーテ全集に関する覚書と略称について

本書執筆にあたっては、左記四種類の『ゲーテ全集』を常時併用・参照した。各版の略称については、ゲーテ研究における慣習を踏襲する。なお、本文中の原典表示は、基本的にMAの引用箇所を表示する。

MA *Münchner Ausgabe. Sämtliche Werke nach Epochen seines Schaffens.* Hrsg. v. Karl Richter in Zusammenarbeit mit Herbert G. Göpfert, Norbert Miller, Gerhard Sauder und Edith Zehm. 21 Bde. in 32 Bänden und 1 Registerband. München (Carl Hanser) 1985-1998.（＊成立年を基準に編纂された最新注釈版）

FA *Frankfurter Ausgabe. Sämtliche Werke, Briefe, Tagebücher und Gespräche.* Hrsg. v. Dieter Borchmeyer u. a. 40 Bde. Frankfurt a. M. (Deutscher Klassiker Verlag) 1985-1999.（＊ジャンル・領域を優先して編纂された最新注釈版）

WA *Weimarer oder Sophienausgabe. Werke.* Hrsg. im Auftrage der Großherzogin Sophie von Sachsen. Abtlg. I-IV. 133 Bde. in 143 Teilen. Weimar (H. Böhlau) 1887-1919.（＊一八八五年、ゲーテの孫ヴァルター・ヴォルフガングの死により、彼の直系は断絶、遺言により祖父ヨーハン・ヴォルフガングが遺した手稿・日記・書簡のすべては、カール・アウグストの孫ザクセン・ヴァイマル大公カール・アレクサンダーの妃ゾフィーに委ねられた。これを受けて、当時の精鋭独文学者が結集し、三〇年以上かけて編集・刊行した一四〇冊以上から成る包括的かつ歴史的な価値の高い全集。全巻を通してドイツ活字Fraktur使用）

LA *Leopoldina Ausgabe. Die Schriften zur Naturwissenschaft.* Vollständige mit Erläuterungen versehene Ausgabe im Auftrage der deutschen Akademie der Naturforscher Leopoldina begr. von K. Lothar Wolf und Wilhelm Troll. Hrsg. von Dorothea Kuhn und Wolf von Engelhardt. 2 Abreilungen, 1. Abt: 10 Bände, 2. Abt.: 11 Bände. Weimar (H. Böhlau) 1947ff.（＊現存するドイツ最古の自然研究者

アカデミーで、ゲーテ自身も名誉会員だったレオポルディーナの依託により、半世紀以上かけて、ゲーテの自然研究論文と関連資料に対象を絞って編纂されている全集。編纂作業は二〇一〇年に完結予定）

ゲーテの書簡もしくは日記については、WA の引用箇所を記した。ゲーテとの対話集については、

Goethes Gespräche. Eine Sammlung zeitgenössischer Berichte aus seinem Umgang. Auf Grund der Ausg. und des Nachlasses von Flodoard Freiherrn von Biedermann erg. und hrsg. von Wolfgang Herwig. 5 Bde. in 6. Zürich und Stuttgart (Artemis) 1965-87.

に基づくが、例外的にエッカーマンの『ゲーテとの対話 Johann Peter Eckermanns *Gespräche mit Goethe in den letzten Jahren seines Lebens*』は MA 19 から、またゲーテの親友だった『ツェルターとの往復書簡 *Briefwechsel mit Zelter*』については MA 20-1 および MA 20-2（二冊構成）から引用した。

続いて、以下、ゲーテ研究および本書執筆に欠かせない便覧・事典・コレクション目録・年代記のうち、主なもの（抜粋）を挙げる。

Dobel, Richard (Hrsg): *Lexikon der Goethe-Zitate.* Zürich 1968. Taschenbuch-Ausgabe. München 1972.

Fischer, Paul: *Goethe-Wortschatz. Ein sprachgeschichtliches Wörterbuch zu Goethes sämtlichen Werken. Leipzig* (Emil Rohmkopf) 1929. Repr. Köln 1968.

Goethe-Handbuch. Hrsg. v. Julius Zeitler. Stuttgart (Metzler) 1916.

Goethe-Handbuch. Goethe, seine Welt und Zeit in Werk und Wirkung. Unter Mitw. zahlr. Fachgelehrter hrsg. von Alfred Zastrau. Stuttgart (Metzler) 1955.

Goethe-Handbuch. Hrsg. v. Bernd Witte, Theo Buck, Hans-Dietrich Dahnke, Regine Otto und Peter Schmidt. 4 Bde. Stuttgart/ Weimar (Metzler) 1996-1998.

Goethes Leben von Tag zu Tag. Eine dokumentarische Chronik. 8 Bde. Bearbeitet von Robert Steiger (Bd. I-VI) und Angelika Reimann (Bd. VI-VIII). Zürich (Artemis) 1982-1996.

Goethe-Lexikon. Hrsg. v. Benedikt Jeßing, Bernd Lutz, Inge Wild. Stuttgart/ Weimar (Metzler) 1999.

Goethe-Lexikon. Hrsg. v. Gero von Wilpert. Stuttgart (Kröner) 1998.

Goethe-Wörterbuch. Hrsg. von der Deutschen Akademie der Wissenschaften zu Berlin, der Akademie der Wissenschaften in Göttingen und der Heidelberger Akademie der Wissenschaften. Bd. l ff. Berlin/ Stuttgart 1978 ff. [In Lieferungen seit 1966.]

Lösch, Michael: *Who's who bei Goethe*. München (dtv) 1998.

Unterberger, Rose: *Die Goethe-Chronik*. Frankfurt a. M./ Leipzig (Insel) 2002.

同様に、ゲーテ博物館等の展示カタログやパンフレット等で、本書執筆時によく参照したもの（抜粋）をリストアップしておく。

Bis an die Sterne weit? Goethe und die Naturwissenschaften. Ausgewählt von Margrit Wyder. Mit einem Essay von Adolf Muschg. Frankfurt a. M./ Leipzig (it 2575) 1999.

Goethe als Benutzer der Weimarer Bibliothek. Ein Verzeichnis der von ihm entliehenen Werke. Bearbeitet von Elise von Keudell. Hrsg. mit einem Vorwort v. Werner Deetjen. Weimar (Böhlau) 1931.

Goethe und die Welt der Pflanzen. Sonderausstellungskatalog. Goethe-Museum Düsseldorf. Anton und Katharina Kippenberg Stiftung. Zusammengestellt und verfasst von Heike Spies. Düsseldorf 1999.

Goethes Autographensammlung. Katalog. Bearb. v. Hans-Joachim Schreckenbach. Weimar (Arion) 1961.

Goethes Bibliothek. Katalog. Bearb. von Hans Ruppert. Weimar (Arion) 1958.

Goethes Sammlungen zur Mineralogie, Geologie und Paläontologie. Katalog. Bearb. von Hans Prescher. Berlin 1978.

Maisak, Petra (Hrsg.): *Johann Wolfgang Goethe. Zeichnungen*. Stuttgart (Reclam) 1996.

Pies, Eike: *Goethe auf Reisen. Begegnungen mit Landschaften und Zeitgenossen mit über 200 zeitgenössischen Stichen*. Solingen (Brockhaus) 1999.

Quellen zur Astronomie in der Forschungs- und Landesbibliothek Gotha unter besonderer Berücksichtigung der Gothaer Sternwarten. Zusammengestellt und kommentiert von Oliver Schwarz, Cornelia Hopf und Hans Stein. Gotha (Forschungs- und Landesbibliothek) 1998.

Wiederholte Spiegelungen. Weimarer Klassik 1759-1832. Ständige Ausstellung des Goethe-Nationalmuseums. Hrsg. v. Gerhard Schuster und Caroline Gille. München/ Wien (Carl Hanser) 1999.

なおゲーテ作品邦訳については、基本的に原典から著者が訳したものであるが、必要に応じて、潮出版の『ゲーテ全集』（＊全一五巻、別冊一および別巻一、一九七九～九二年、MA および FA が出版されるまで、長いあいだ改版を繰り返しつつ、定本として使用されてきたエーリッヒ・トルンツ監修の通称ハンブルク版『ゲーテ全集』*Goethes Werke.* Hamburger Ausgabe [HA] in 14 Bänden. Hrsg. v. Erich Trunz. München (C. H. Beck) にほぼ対応した和訳）を筆頭に、複数の既刊翻訳を参照した。ゲーテの自然研究論文については、特に左記の邦訳を参考にした。

『自然と象徴　自然科学論集』高橋義人編訳・前田富士男訳、冨山房百科文庫、一九八二年
『色彩論』木村直司翻訳、ちくま学芸文庫、二〇〇一年
『ゲーテ形態学論集　植物篇』木村直司編訳、ちくま学芸文庫、二〇〇八年
『ゲーテ形態学論集　動物篇』木村直司編訳、ちくま学芸文庫、二〇〇九年

また拙論・拙文を注などで挙げる場合は、タイトルと発表年のみ記し、詳しい出典については、文末の「初出一覧」に一括掲載した。

凡例

1　人名・地名など、原語の読みをカナ書きする場合は、原則として現地音に近い表記を心がけた。ただし、実際の発音とは異なっていても、慣習的に日本で定着している固有名詞については、そちらを優先することがある。

2　引用されているテクストは、必要に応じて既訳を参照しつつ、著者自身が翻訳したものである。

3　括弧などの使い方は基本的に以下のとおりにした。
『　』は作品名、書名。「　」は引用文。（　）は人物の生没年、作品成立年、著者による補足等である。

4　ドイツ語の主な略号については以下のとおりである。
S.: 頁　（ページ数の後の）f.: 該当頁と次頁　ff.: 以降複数頁にわたって
Hrsg. または Hg.: 編集者　vgl.: 参照せよ
Derselbe/Dieselbe: 同著者（著者の性別により、男性形／女性形もしくは複数形）

5　本文中の＊印を記した数字は著者による註を示す。註は、巻末に一括掲載した。

6　本文中の肖像画およびイェーナ大学所蔵図書館資料画像以外の写真は基本的に著者が撮影したものである。

序章

詩人ゲーテのもう一つの貌　《ポエジー》と《科学》

Goethe als Naturforscher

Ⅰ　ようこそ、ゲーテ・ハウスへ

どうして門前に立たれているのでしょう、
玄関の扉ではありませんか、
安心して入っていらっしゃい、
快く迎えられるでしょう。*1

ドイツ連邦共和国の地図を広げると、そのほぼ中央に位置するテューリンゲン州ヴァイマル市がある。その旧市街に今なお変わることなく、どっしり構えるゲーテ邸の正面玄関には、右の文がラテン語で刻まれている。一七〇九年に建てられたという、左右に長く伸びた後期ゴシック式のマンサード（腰折れ屋根）付き三階建て、階下には自家用馬車収納庫と納屋も備えた重厚な屋敷を前にして、勇気を振り絞らなければならなかった訪問客はどのくらいいたのだろう。「それでは、お言葉

ゲーテ邸正面玄関上のラテン語格言

に甘えて」と呼び鈴を鳴らせば、当時は執事が対応してくれたのだろうが、現在の見学者は左隣のゲーテ国立博物館（Goethe-Nationalmuseum）入口を経由して、この玄関裏にまわることになる。彼の生前からいったいどのくらい多くの人々が上り下りしたのだろう、と思いを馳せながら、真ん中がやや磨り減って、ギシギシ鳴る幅広の階段を、古代ギリシア風の彫像や天井画を眺めながら上がっていく。いよいよ住居空間に足を踏み入れる時、その敷居を跨ぐ瞬間、足元の床板にふたたびラテン語で短く、でも黒々と記された文字を確認する。「SALVE！（ようこそ！）」。

この屋敷で、ドイツを代表する詩人ヨーハン・ヴォルフガング・フォン・ゲーテ（一七四九〜一八三二年）は、ほぼ半世紀を暮らした。最初の一七八二年から一七八九年まではまだ独身で数部屋を賃貸していた。その後、彼は念願のイタリア

フラウエンプラーン側から見たゲーテ邸全景

旅行に出かけ、帰国後、当時の人気作家の一人、クリスティアン・アウグスト・ヴルピウス*[2]（一七六二〜一八二七年）の妹、クリスティアーネ・ヴルピウス（一七六五〜一八一六年。一八〇六年に挙式し、ゲーテ夫人となる）と恋仲になって、いわゆる事実婚を始めてからは、一時、城門外に住まいを移すが、一七九二年に妻子とともに再入居した。二年後、主君カール・アウグストからこの庭付き不動産物件を贈られ、古風な言い方をすればゲーテの拝領屋敷となった*[3]。

さて、ゲーテは邸内の公私区分を明確にしていた。歓迎の言葉「ＳＡＬＶＥ！」とともに来客が通されるのは、人馬の往来も多いフラウエンプラーンと呼ばれる泉のある広場に面した居住スペースである。ここは応接間やダイニングといったパブリック・スペースとして機能していた。絵皿や絵画、彫像などがふんだんに飾られ――ゲーテの晩年、彼が収集した芸術作品は二万六〇〇〇点を超えていたという――、幼いフェーリクス・メンデルスゾーン＝バルトルディや天才少女クララ・ヴィーク[*4]（後のクララ・シューマン）が演奏したグランド・ピアノもこちら側に設置されている。この公的部分とは反対側、四季の花が咲き乱れる庭に面した部分がプライベート・エリアであり、その最も奥まった部屋が、騒音に敏感だったゲーテが集中して執筆活動と研究を行った仕事場だった。ゲーテ邸は彼が発表した『色彩論』（一八一〇年刊）に従って――この著作で色彩の感覚的心理的作用を説いていることから、ゲーテはカラー・セラピーの祖と位置づけられることも多い――、公的エリアでは気持ちを明るく朗らかにさせる黄色などが使われているが、彼の仕事部屋の壁は気持ちを落ち着かせる緑色に塗られ、静謐な印象を強めている。

薄暗いこの部屋の入口に立つと、最初に目に飛び込んでくるのは、中央に据えられた、大人四人が囲めるダイニング・テーブル風の書き物机である。しかしゲーテの執筆活動中、ここに座っていたのは主として彼の書記であった。そしてゲーテはこの大きな机の周囲を歩き回ったり、立ち止まったりしながら、書簡や論文、文学作品などを口述筆記させるのが常だった。もちろん口述筆記したものを推敲する作業は詩人自らが行ったので、よく目を凝らすと、窓際に当時の知識人が好んで使用したという質素な立ち机[*5]が認められる。また右の壁際には、小さな書き物机もあり、その本棚部分には、ゲーテが厳選した書籍が並べられている。

この仕事部屋入口から向かって右側に併設されているのが、ゲーテの書庫である。実用一辺倒の何の装飾もない開架式書庫には、彼が亡くなった時点で、約六五〇〇冊の書籍が所蔵されていた。

これらの書籍は、月日とともに偶然蓄積されていったとか、恣意的に集められたとかいったものではなく、ゲーテ自身の確固たる教養理念に基づき、人文科学だけでなく自然科学も含む学問全領域を網羅するよう意図的に整備されたもので、彼専用レファレンス・ライブラリーとしての性格を色濃く持っている。*6

ゲーテの仕事部屋と書庫を見る前、あるいは堪能した後、注意深い見学者は自分が立つ廊下に置かれたガラス張りの収集戸棚にも目を留め、珍しい鉱物標本をいくつか眺めるだろう。綺麗な結晶や珍しい鉱物が飾ってあるのは、さほど不思議ではないかもしれない。だが、ここに展示されているゲーテの鉱物コレクションは、ほんの氷山の一角に過ぎない。ヴァイマルのゲーテ国立博物館管轄下にある彼が集めた鉱物や結晶の標本は、約一万八〇〇〇点に上る。同様に現存するゲーテが収集した植物乾燥（押し葉）標本（Herbarium）は一九二一番までナンバリングされ、約一三〇〇種を網羅しているという。これに加えて別に五〇〇点近い果実・種・木材標本なども保存されている。この調子で自然科学関係のスケッチや動物骨格標本なども、それぞれ個人所有としては規模の大きいコレクションが残っている。

ちなみに書庫の反対側、仕事部屋入口から向かって左側が、ゲーテの寝室だった。詩人が息をひきとった空間の壁には、色彩学と並行して検討を重ねていた音響学の図表が掛けられており、自然に対する彼の尽きることない興味を垣間見る気がする。

ヴァイマルのゲーテ邸が社交的な公的空間と静謐な私的空間の二つの異なる側面を持つように、

ゲーテ自身も詩人以外の貌《かお》を持っていた。まずは主君カール・アウグスト公に仕える家臣、最終的には小国ながらその内閣総理大臣の地位にまで上り詰めたエリート官僚としての貌。ゲーテが携わった国家事業には、銀鉱山再開発や道路整備、公共図書館の管理に加え、隣町イェーナ大学附属天文台の建設や植物園の整備なども含まれていた。これらの公務を通じて、彼は必要な自然科学の知識を蓄えるとともに、各分野の研究者とも接触し、交流を深めていった。これに加えて、ゲーテには先に紹介した、膨大な自然科学コレクションを収集・分析・整理し、さまざまな自然科学分野に関する論文を執筆していた自然研究者としての貌がある。しかも彼は自らの研究成果を学術論文として発表する一方で、新しく獲得した科学の知識を積極的に文学作品に応用した。特に後期文学作品『親和力』、『ヴィルヘルム・マイスターの遍歴時代』、『ファウスト』第二部などには、彼が生物学、医学、数学、天文学、植物学、鉱物学その他もろもろの研究から得た知識がふんだんに織り込まれている。ゲーテの文学作品の本当の面白さ、そして味わい深さは、「詩人にして官僚、並びに自然研究者」という職業コンビネーションから生み出されたものだと言えよう。逆にこのことは、ゲーテが活動した時代の自然科学の知識や背景、また政治状況を把握しないとわからない内容も多々あることを意味する。

以下、本書では、日本の多くの読者が文豪という言葉から連想しがちな、書斎に籠り、原稿用紙に向かって名句・名文を書き綴っているようなイメージを払拭するとともに、ある時は公務ゆえ、またある時は好奇心に目を輝かせて、当時の最先端の科学分野に積極的に関与し、終生自然の誠実な観察者でありつづけたゲーテの《自然研究者》としての貌を——紙幅の制限もあるので、ほんの一部、それこそ氷山の一角にすぎないが——特に紹介したいと考えている。

Ⅱ　西欧学術伝統におけるヒエラルキーと象徴的書物

すでにお気づきと思うが、本書ではゲーテの複数ある貌の一つに対して、《自然科学者 Naturwissenschaftler》ではなく、《自然研究者 Naturforscher》の語を意識して使っている。これはゲーテが活動した一八世紀後半のヨーロッパでは、総じてまだ自然科学者が職業として成立していなかったためである。[*7] このことを示すわかりやすい例の一つが、万有引力の法則で有名なアイザック・ニュートン卿（ユリウス暦一六四二〜一七二七年）である。彼の出身学部は、日本では「文学部」に相当する「哲学部」で、事実、彼の著書『プリンキピア』の正式名称の邦訳は、『自然哲学の数学的諸原理 *Philosophiae naturalis principia mathematica*』である。誤植と思うことなかれ、自然科学ではなく、本当に自然哲学と書いてあるのだ。さらにゲーテ時代の例を挙げると、ゲーテの知人で、自ら医者にして自然研究者兼哲学者だったローレンツ・オーケン（本名オッケンフース、一七七九〜一八五一年）の呼びかけで、一八二二年に発足したドイツの自然科学者を対象にした由緒正しい学会組織がある。当初からガウスやアレクサンダー・フォン・フンボルトが会員に名を連ね、二一世紀にはアインシュタインの相対性理論に関する議論でも有名になった、今も存続するこの協会の正式名称は、「ドイツ自然研究者と医師の協会 Die Gesellschaft Deutscher Naturforscher und Ärzte」と言う。

ヨーロッパの大学における哲学部の原型は、「自由七科」にある。自由七科は、言語に関連する三学である文法・修辞学・論理学と、数学に関連した四科である算術・幾何学・天文学・音楽から構成され、これが大学入学後、最初に習得すべき基本的科目、いわゆる「一般教養科目」とされていた。つまり欧州の大学伝統においては、人文科学と自然科学の両知識の習得が基礎とされ、これなしではどんな専攻に進もうと、大学で行われる高度な研究に対処できない、という考えが根底にあった。たとえば宗教改革者マルティン・ルターと同時代の大学生は、まず哲学部で自由七科を修め、その後、医学・法学・神学の三専攻のいずれかを選択したのだった。同じ一六世紀初頭を舞台とする、ゲーテによる学者悲劇『ファウスト』第一部、ゴシック風の仕事部屋での「夜」の場面は、ファウスト博士の絶望的なモノローグで始まる。

ああ、哲学は言わずもがな、
法学に続いて医学も
さらには神学まで
一心不乱に修めたものの、
今ここに居る　この愚か者の

頭の中身は昔とさほど変わらぬままだ。(MA 6-1, S.545)

このファウスト博士、ルターとほぼ同じ頃に実在した人物であり、ファースト・ネームが異なるものの、その伝記『実伝ファウスト博士 *Historia von D. Johann Fausten*』(匿名で一五八七年刊)が残る。ゲーテは、この『実伝』をはじめ、悪魔と契約して身を滅ぼしたファウスト博士に関するさまざまな伝承・伝説に取材し、半世紀以上を費やして悲劇『ファウスト』を書き上げた。そして一般教養の哲学はもとより、続く法・医・神学の三専攻もすべて制覇したのに、まだ知りたい答えが見つからない、という博士の嘆きには、中世ヨーロッパの大学の専攻ヒエラルキーが見事に明示されていたわけだ。また自由七科には、数学と天文学は含まれているものの、他の自然科学専攻分野については言及されていない。それもそのはず、ゲーテが子どもの頃は、現在で言うところの「地学」、「化学」、「気象学」などの自然科学分野が学問として体裁を整え始めた時期で、彼の晩年にようやく学問として体系化し、確立したという状況だった。このため、本書で使う自然科学領域の呼称は、便宜上、現在の専門分類にあてはめたものだということを、あわせてご了承いただきたい。

ところで、ファウスト博士が全専攻を制覇してまで究明したかったもの、言いかえるなら、西欧における学問の究極目標とは、何だったのか。その目標はただ一つ、造物主たる《神》もしくは神が創造した《宇宙》を解明することに尽きる。だが、《神》にせよ《宇宙》にせよ、どちらの解明も一筋縄でいくはずがない。「神とは、また宇宙とは、何か」という人間の存在に関わる難解かつ根本的な問いを究めるべく、研究者は能力を最大限に高め、ありとあらゆる方向から対象を探る必要がある。専門知識を深めるのも重要だが、それだけでは視野が狭くなり、全体像が把握できなくなる危険がある。だから、どんな場面や事柄にも臨機応変に対処できるよう、膨大な知識を蓄え、視野を広げておきなさい——。ヨーロッパの伝統的大学の多くが、今も学生に、主専攻以外に複数の副専攻の履修を課して（もしくは奨励して）いるのは、このような考えに基づいている。

さて、一般および専門知識を修めた研究者が取り組む研究対象に関連して、ラテン語が知識人の共通語であった中世ヨーロッパの学問伝統には、二つの象徴的書物が存在していた[*8]。前述した究極の課題「神」から、その一つが神について実際に書かれた書物、すなわち《聖書》であることは容易に予想がつく。ではもう一つの象徴的書物とは何か。それは、被造物に関する知識の書物、すなわち生きた書物としての《自然》である。西欧知識人は、《自然》を神が聖なる文字（聖刻文字、ヒエログリフ）で書き記し、人間に与え給うた書物、あるいは図書館とみなした。指で頁を繰るのではなく、研究者が自分の足で世界中を歩いて捲《めく》り、解読すべき巨大な《自然》という書物。そして研究者の使命とは、この二大象徴的書物《聖書》もしくは《自然》のいずれか、あるいは両方を熟読し、理解することと捉えられてきた。

この伝統にゲーテも与《くみ》していたことは、彼の後期長編小説『ヴィルヘルム・マイスターの遍歴時代』の次の場面からも明らかである。作品の始まり、一人息子フェーリクスを連れて遍歴の旅に出かけた主人公ヴィルヘルム・マイスターは、アルプス山中で、かつてのヤルノーこと今はモンターンと改名した旧知の友と再会する。「(鉱)山の人」を意味するモンターンという名にふさわしく、彼は地質学および鉱物学の専門家に転向しているのだが、彼の現職についてゲーテは岩石に刻まれた聖なる文字の比喩を使って、こんなふうに語らせている。[*9]

「でも今、僕が断層や亀裂を文字として解読し、文章にして、完全に解釈しようとしていると言ったら、君は何か言いたいことがあるかね?」とモンターン。

「いや、だが解読にずいぶん手間のかかる文字みたいだ」とヴィルヘルム。

「君が考えるほど面倒じゃないよ」と、モンターンは応えた。「他の言語と同様に覚える必要はあるけれど。自然はたった一つの字体しか持たないから、殴り書きや悪筆にそんなに悩まされもしない。それにこれが一枚の羊皮紙であれば、目利きの《これはすべて贋作です》の一言で、これまで注いだ時間と愛情がすべて水泡に帰すこともあるだろうが、そんな事態を僕は恐れる必要がないのさ」。(MA 17, S.267)

Ⅲ　ルクレティウス再発見と「教訓詩」というジャンル

神が人間に与え給うた、生きた書物が《自然》であるならば、その自然を人間の言葉(叙事詩形式)

で謳いあげることもまた西欧の学問的伝統の一つであった。古代ギリシア以来、エンペドクレスの『自然について』[*10]（紀元前四六〇～四五〇年頃？）に代表されるような自然哲学的労作は、自然・万有に関する学術的探究の系譜を形成しており、この古き伝統に名を残すべく、多くの詩人が《教訓詩》と呼ばれるこのジャンルに意欲的に取り組んできた。

さて、西欧における詩を分類する際、一般的に用いられるのは形式による分類方法であり、抒情詩・叙事詩・劇詩の計三つがある。そして古代から近世初頭まで、これらに次ぐ《第四の詩》の地位を占めていたのが、内容から判断される「教訓詩 Lehrgedicht」というジャンルだった。たとえば一八世紀フランスの美学者バトゥー（一七一三～八〇年）は、教訓詩を「真実を韻律に乗せた作品」と定義したが、事実、このジャンルは知識や真理の重要な伝達手段として機能してきた。もっとも読者にとって教育効果が高いか否かの判定基準は主観的なものだし、また格言詩や寓話との境界線も曖昧である。また題材もかなり自由で、哲学や道徳はもとより、韻律法も森羅万象も宇宙生成の過程に至るまで、あらゆる学問領域を網羅する。なお形式は、朗々とした調子のヘクサメーター（六歩格）が使われることが多かった。

理性の啓発によって人類の進歩・改善を目指す啓蒙主義時代の一八世紀ドイツで、教訓詩は特に愛好され、多数創作された。この教訓詩の大流行が一段落した一八二七年、ゲーテは『教訓詩について』と題した短い文芸論を発表し、教訓詩を次のように定義した。

教訓的または教育的詩は詩と修辞との中間産物であり、そしてそうあり続ける。それゆえある時は前者に、またある時は後者に近づき、多少なりとも詩的価値を保つことができる。だがこれらは説明的な詩や滑稽な詩と同様、真の美学においては詩と修辞の間に置かれるべき変種あるいは亜種である。教訓詩すなわち韻律的な心地よい調べにのせ、想像力による装飾を施されていても、愛らしくまたは雄々しく表現された作品独自の価値は損なわれることがない。韻文による年代記から、先達の格言詩を経て、教訓詩の最高峰に至るまで、むろん各レベルに応じてではあるけれど、いずれも価値がある。（MA 13-1, S.498）

一八世紀ドイツにおいて「最高峰の教訓詩」はルクレティウスの宇宙論詩『事物の本性（自然）について *De rerum natura*』を意味した。すでに一七世紀半ばにフランスでは唯物論者によるルクレティウス再評価が始まっていたが、隣国ドイツへの紹介は一八世紀半ばで、一世紀近いタイムラグがあった。この紹介の遅れは、ドイツの保守的宗教基盤に負うところが大きいとされる。同時にドイツにおけるルクレティウス受容の特色は、フランスにおける唯物論思想との関連ではなく、むしろ考古学者にしてドイツ芸術学の始祖ヨーハン・ヨアヒム・ヴィンケルマン（一七一七〜六八年）を筆頭に進められていた古代ギリシア・ローマ文化受容において、教訓詩の代表作として文壇に大きな影響を与えたことにある。

ルクレティウスの『事物の本性について』を最初にドイツ語に全訳したのは、ゲーテの旧友カール・ルートヴィヒ・フォン・クネーベル（一七四四〜一八三四年）である。一七八四年九月一一日、ゲーテが師とも仰ぐドイツ啓蒙主義を代表する思想家ヨーハン・ゴットフリート・ヘルダー（一七四四〜一八〇三年）は、ルクレティウスの原書をクネーベルに送り、抄訳を勧めた。原書を読んだクネーベルはしかし（良いところ取りの）抄訳でなく全訳、しかも原典に忠実なヘクサメーターでの韻文訳を決意した。これが一八二一年の刊行まで約三〇年を費やした彼の翻訳作業の始まりだった。

他方、推薦者のヘルダーは、ルクレティウスの教訓詩をモデルに、最新の自然科学知識を盛り込んだ新しい世界像を包括的かつ文学的に表現することを考えた。すでにシュトラースブルク時代に人間感情についての哲学的叙事詩を計画していたというヘルダーは、ヴァイマル移住後（一七七六年一〇月、ゲーテの尽力によりザクセン＝ヴァイマル公国教区総監督に就任、彼が勤めたヴァイマルの教会は現在「ヘルダー教会」と呼ばれ、彼の墓もこのなかにある）これを発展させ、クネーベルの翻訳着手とほぼ同時に、人間感情に限らず、あらゆる学問領域――民俗学、言語学、史学、神学、天文学――に取材した『人類歴史哲学考 *Ideen zur Philosophie der Geschichte der Menschheit*』（一七八四〜九一年、ただし未完）の執筆を開始した。散文形式ではあるが、

ヴァイマル市聖ペテロ・聖パウロ市教会（通称ヘルダー教会）前のヘルダー像

太陽系に属する地球の歴史から説き起こし、研究対象もヨーロッパ地域に限定せず、中国・朝鮮・日本を含む東アジア諸国にまで視野を広げ、新時代の自然哲学的著作にふさわしい内容を盛り込んでいた。

しかもこの『人類歴史哲学考』執筆期は、ヘルダーとゲーテの第二次交友期[*11]にも重なっていた。一七八三年以降、ヘルダーはゲーテとスピノザ研究を続けていた。この二人にクネーベルは、ルクレティウスの翻訳に対する助言を求めた。こうしてヘルダーとクネーベルの双方から刺激を受けたゲーテは、自分も書簡体の「宇宙についての小説 *Roman über das Weltall*」を企画、一七八四年にはこの小説企画で唯一現存する自然科学論文『花崗岩について *Über den Granit*』――当時花崗岩は地球生成における最古の岩石、いわば原初の鉱物と考えられていた――を書き上げた。

残念ながらこの「宇宙についての小説」計画は一八〇〇年代初頭に放棄されてしまうが、『地球の形成』と題されたその草案メモ（一八〇六年）からは、ゲーテが天文学、数学、地質学などの専門知識を援用しつつ、原始の造山運動から現在の地形形成に至る過程、各地域の地質・鉱物特徴の描写を行うとともに、オルフェウス神話やヘシオドスの作品をはじめとする人類の歴史、文化を紹介しようと意図していたことが読み取れる。

さて、ほんの少し時計の針を巻き戻そう。詳しくは次章で言及するが、一七九〇年にゲーテは『植物のメタモルフォーゼ *Die Metamorphose der Pflanzen*』と題した自然科学論文を発表した。それから八年後の一七九八年六月末、彼はこの論文内容を悲歌《エレジー》形式で韻文化し、同名のタイトルをつけて「詩的とは言えないが、少なくとも韻文による自然観照の試み」として「ルクレティウス風の詩作にかけては第一人者」(WA IV-13, S.200) のクネーベルに送った。このしばらく後、一八〇〇年前後には、これもすでに発表済みの動物学関係の論文『骨学に基づく比較解剖学総序説第一草案』(一八九五年) の内容を教訓詩に作り直した『動物のメタモルフォーゼ *Metamorphose der Tiere*』が成立している。しかもこちらには教訓詩お決まりのヘクサメーターが使われていることから、本詩はゲーテにおけるルクレティウス受容の頂点をなす作品とみなされている。

ところが、この詩『動物のメタモルフォーゼ』成立を境に、ゲーテ作品におけるルクレティウスおよび教訓詩の影響は急速に弱まる。ゲーテが最終的にいつ自然教訓詩から手を引いたかは確定できないが、たとえば一八一五年一〇月三日、ゲーテが「自然を主題とした長編詩の制作はもはや不可能だ」と語ったという記録が残っている。また一八一七年に発表したエッセイで、ゲーテは先の詩作『植物のメタモルフォーゼ』を発表した時の様子を回想し、次のように記した。

自然科学と詩歌《ポエジー》が一体化しうることを、誰も認めようとしなかった。科学が詩から発展したことは忘れ去られてしまい、時代が急激に変化してからは、両者が互いを希求し、より高い段階でふたたび結びつくことがあろうなどとは、かりそめにも考えられなかった。(MA 12, S.74)

ゲーテ会心の自然教訓詩は、当時の読者に拒否された。文学と科学が一つだった時代は遠い過去のものとなってしまった。ではゲーテは時代の風潮を嘆きつつ、自然科学の内容を文学的に表現することを断念してしまったのか。否、ゲーテの作品において、詩と科学はその後も共存し続けた。とすれば、その共存は、どうして可能だったのか。本章の冒頭で哲学部の卒業生としてニュートンの名を挙げ、ゲーテ邸の色彩にも言及したので、そのどちらにも縁が深い「虹」のモティーフを、ゲーテ作品における科学と文学のわかりやすい共存例として挙げ、説明を試みたい。

Ⅳ　ニュートンの光学実験と詩人たち

古来、虹は人の心を魅了してきた。天空に架かるこの美しい色彩のアーチは、驚嘆と神話と迷信の源泉であるとともに、興味深い自然現象の一つであった。アリストテレス（紀元前三八四～三二二年）がその『気象論』で虹に言及して以来、中世から近代に至るまで、この美しい自然現象を解説し、また再現するための理論や実験が繰り返されてきた。[*12] 最後まで学者の頭を悩ませた難問が、虹の色だった。古代から中世まで、色彩は染色のイメージ、すなわち白い光に色が付着するものだと考えられていた。これに対してニュートンは、光の本性を微粒子と考える《粒子説[*13]》の立場から実験を行い、色彩がおのおの一定の色を有する光線の分離と合成によって生じることを明らかにした。暗室の窓板に作った小さな孔から太陽光をとりこみ、プリズムに当てて、赤・橙（オレンジ）・黄・

緑・青・藍（インディゴ）・菫の七色に分散させ、これらの分散した光を凸レンズで集光するとふたたび自然光に戻ることを確かめた実験（決定実験）は、彼の名声を不動のものにした。さらにニュートンは虹の疑似実験として水を満たしたガラス球を使い、虹の場合は水滴がプリズムの役割を果たし、太陽光の各色の微妙な屈折の違いによって、各色が分散して出現することを明らかにした。こうして虹は、ニュートン光学において色彩の完全性を実証する自然現象と位置づけられた。[*14]

虹をめぐる最後の難問だった色の問題がニュートンによって解決された時、お膝元イギリスでは、詩人ジェイムズ・トムソン（一七〇〇〜四八年）やアレクサンダー・ポープ（一六八八〜一七四四年）はニュートンの功績を称えた。[*15] たとえばポープは旧約聖書の天地創造をモデルに、

自然界と自然の法則は夜の闇に隠されていた。

神は言った、「ニュートンよ、在れ」と。すると世界に光が満ち溢れた。

（『ニュートン卿への献辞 *Epitaph intended for Sir Isaac Newton*』）


と近代科学の勝利を謳った。他方、ニュートン没後に活動した若い世代のイギリス詩人たち――ゲーテの同時代人にあたる――は、虹に対する光学の勝利に詩的感性の敗北あるいは死を見た。この関連で、ジョン・キーツ（一七九五〜一八二一年）が、かつて人々を畏怖させた虹が、今や無味乾燥な数式に化してしまったことを嘆いた次の詩はよく引用される。

冷たい哲学（自然科学）が触れただけで
あらゆる魅力は飛び去ってしまうのではないか？
かつて天には畏怖すべき虹があった。
女神の衣の織り方と布地を私たちは知っている。
虹は、ありふれた事物の退屈な目録に入れられている。
哲学は天使の翼をもぎ、
あらゆる神秘を法則と数式で征服し、
霊の漂う空とノームの住む鉱山を空っぽにし、
虹を解体する。（『レイミア *Lamia*』一八一九年）

むろんゲーテはニュートンの決定実験を知っていた。まずはゲーテ自身の言葉で、この実験について語ってもらおう。引用は『箴言と省察』の一二八八番からである。

従来の色彩論の基礎となっているニュートンの実験は、きわめて複雑で、次のような諸条件を組み合わせて実施される。幻影を作り出すために必要なのは、

1 ガラス製プリズムを一つ。
2 ただし三角柱で
3 小型のもの。
4 遮蔽窓に
5 孔を開ける、
6 ごく小さい孔を。
7 そこから射し込む太陽の像を
8 一定の距離を置いたプリズムに、
9 一定の角度から当て、
10 板上に像を結ばせる。
11 なお、この板はプリズムの背後に所定の距離を保って置く。

この条件のなかで3と6と11を取り除いてみよう。つまり孔を大きく、プリズムを大型のものを使用し、プリズムのすぐ近くに板を置く。するとニュートンお気に入りのスペクトルは絶対に出現しない。(MA 17, S.934)

プリズムを介したニュートンの光学実験は、研究対象である光を自然界に存在しないコンテクストに置き、分析・探査する方法であった。ゲーテはこの日常から強制的に切り離された一連の光学実験を、物質を責め立て、隠された秘密を暴きたてる暴力的行為とみなした。この暴力性に異議を唱え、ニュートンの『光学』に対して無謀とも言える抵抗を挑んだのが、ゲーテの『色彩論』[*16]である。ヴァイマルのゲーテ邸内の仕事部屋には、光学実験用の仕掛けも作ってあった[*17]が、それよりもゲーテは、光をこの暗室という拷問部屋から解放し、自然のなかで自由になった光が織りなす色彩現象[*18]、たとえば暈《かさ》、幻日《げんじつ》、光冠、彩雲そして虹に注目した。言いかえればゲーテにとって光は、大地に燦燦と降り注ぐ天然の陽光以外の何ものでもない。そしてこの光に曇りが混入して生じる色彩に、彼は《根本現象 Urphänomen》を認めた。

根本現象とは、そこから多様な結果が生じる基本法則と同一視されるべきではなく、その内部に多様なものが観察される基本現象とみなされるべきものです。観察、知識、予感、信仰、また人間が宇宙と接するあらゆる感覚がどう呼ばれようと、これらは私たちが、困難ではあるが重要な使命を果たそうとする場合、本来ともに活動しなければなりません。(WA IV-42, S.167, 一八二七年五月三日付フォン・ブッテル宛書簡)

「根本現象」とは概念や法則ではなく、肉眼と心眼を相備えた深い直観によって把握可能な、自然の活き活きとした本質的な姿をさす。つまりゲーテは現象界の背後で原因に迫るのではなく、あるがままの自然を観察し、ヨーロッパの学術伝統に忠実に自然を「書物」として読み取ることを目標としたのだった。

さて、虹と言えば、ヨーロッパ文学ではまず旧約聖書の洪水伝説が想起され、神と人間との和解の象徴と解釈される。これと同じくらい定着しているイメージに、古代ギリシア人が人格化した虹の女神イリスがある。多色の衣をまとい、翼を持つ敏捷なイリスは、ヘルメスと並んで人間に友好的な神々の使者として崇められてきた。

先に触れたように、ニュートンが有名な光学実験に成功した時、一八世紀イギリス文壇ではまず彼の功績を称えたが、その際、「虹の女神をニュートンが裸にした」という表現が使われたものだった。事実、ニュートンによって科学的に解明された虹は、もはや神との契約でも女神でもなく、屈折と雨が作る光学現象にすぎない。近代科学が虹の神秘性を剥奪したことを取材したのは、イギリス詩人にかぎらず、ドイツ詩人も同様だった。その一人、シラーの学友でもあったヨーハン・クリストフ・フリードリヒ・ハウク（一七六二～一八二九年）が一八一三年に発表した詩『寓話』[*19]は、ゼウスとイリスの対話形式をとる。雷の威力で知られる神々の長ゼウスに、虹の女神イリスは、「太陽を反射し、雲に色彩を描くのはこの私よ」と豪語する。これに対してゼウスはさも億劫に「お前など単なる仮象（Schein）、まやかし（Augentrug）に過ぎない」と虹の女神を一蹴する。

このハウクの詩を読んだゲーテは、虹を侮蔑した内容に反発し、『反寓話 *Gegenfabel*』と題した詩をただちに書き上げた。発表時に『雨と虹』（一八一三～一四年）と改題されたこの詩は、虹の女神イリスと俗物――むろんハウクを念頭に攻撃している――の会話という体裁をとる。虹を「色鮮やかなまやかし der bunte Trug」、「空虚な仮象 der leere Schein」と呼ぶ俗物に、虹の女神は毅然として言い放つ。

私はより良い世界の証として
この天空に出現しています。
現世の営みから心安んじて
その眼差しを天に向け
水滴が作る薄い霧のなかに
神とその法則を認める眼のために。（MA 9, S.105）

ゲーテにとって虹は、人間が自然に読み取るべき聖なる符号だった。女神イリスの言葉を借りれば、それは真実を認識するために不断の努力を怠らない「澄んだ眼差し der verklärte Blick」を持つ者だけが嘉《よみ》する至福の体験、つまり《根本現象》なのだ。そしてゲーテが虹に根本現象を認めたということは、彼を通して近代科学が剥奪した虹の神性を回復できることをも意味した。

V　ゲーテ作品における虹のモティーフ

暗室内の実験ではなく、自然光での観察を最重要視したゲーテの前に、虹はさまざまな場面で、実に多様な姿をとって現れている。[20]

ゲーテ作品には、珍しい虹も登場する。ゲーテの自伝『詩と真実』によれば、シュトラースブルク大学に通う学生ゲーテと当時の恋人フリーデリーケの頭上には、奇跡のように美しい二重の虹[21]が架かったという（第三部一一章）。しかしこの二重の虹が「今まで見たどれよりも壮麗で、色鮮やかで、際立っていたが、同時に最も短く儚《はかな》いものだった」（MA 16, S.499）ように、二人の清らかな恋も夢のように短く、儚い終わりを迎えたのだった。

ゲーテにとって虹は新生の証でもあった。暗い灰色を背景に鮮やかに立ち上がる虹、激しい雨のあとに射しこむ日光は、眼に溢れた涙に輝きをもたらす光を連想させ、さらに希望と結びつく。また天と地という本来かけ離れたものを結ぶ虹は奇跡を予感させる。ドイツ教養小説の規範とされる『ヴィルヘルム・マイスターの修業時代』第七巻冒頭部では、人生の辛酸を嘗《な》めた主人公の前に虹が立つ。この時「人生の最も美しい色彩は、暗い背景の前にしか現れないものだろうか」（MA 5, S.423）とつぶやいたヴィルヘルムは、この後「塔の結社」に入団し、男装の麗人ナターリエとの再会を果たす。第七巻冒頭の虹は、主人公の明るい未来を約束する吉兆だった。

『西東詩集』の相聞相手ズライカこと、マリアンネ・フォン・ヴィレマー（一七八四〜一八六〇年）

との出会いも虹に祝福されたものだった。一八一四年七月二五日、六五歳の誕生日を約一ヶ月後に控えた旅の途上、ゲーテは霧のなかに白虹[*22]を認め、これを吉兆と見た。虹は水滴に出入りする光の屈折と反射ででき、水滴が大きいほど色が鮮やかになる。夕立の後の虹が色鮮やかなのは大粒の雨が降るためで、これに対して霧雨や霧の粒は微小なので白虹を形成する。この白虹をテーマにしたのが『西東詩集』所収の『現象 *Phaenomen*』である。

雨のカーテンと
太陽神ポイボスが夫婦になると
たちどころに架かる弓形の縁
色ある影を帯びて

霧のなかに同じ環が
描かれているのを私は見る
この弓は白いけれど、
でも天の弓

だからお前、元気な年寄り

ふさぎ込むのはおよし
白髪になっても
愛に生きよう（MA 11-1.2, S.15）

色鮮やかな虹ではないが、霧の水滴が作る白い虹も立派に天と地をつなぐ架け橋だ。とすれば白髪になり、老いた我が身をも厭わず、愛に身を投じよう。老いらくの恋と嘲笑されてもよい——。眼前の自然景観は、詩人ゲーテの感情を高揚させ、彼の精神は世界に反映される。ゲーテにとって虹は単なる光のスペクトルではなく、自然界の光と人間精神が歩み寄った時に顕現する大宇宙のメッセージとして解読される。

さらに注目すべきは、ゲーテ作品に現われる虹が、科学性と神性を同時に保持している点である。「ニュートン光学によって虹の女神が天から失われてしまった」というイギリス詩人キーツの嘆きは、独自の色彩論を持つゲーテとは無縁だった。したがってゲーテの詩には、その魅力に加えて科学的整合性を備えた女神イリスが繰り返し登場する。

『西東詩集』ズライカの巻に収録された『崇高なる像 *Das Hochbild*』（一八一五年成立）のテーマは、ギリシアの太陽神ヘリオスと虹の女神イリスの悲恋である。*23 愛する女神イリスの瞳から溢れる涙に太陽神が与える優しいくちづけ、女神の涙に映った太陽神の姿は、水滴に日光が射し込むと虹が出現するという科学条件を文学的に表現したものである。

女神は権勢高き太陽神の眼差しを感じて
まっすぐに空を仰ぐ
涙の真珠は形を作りだす
どの珠も太陽の姿を映しながら

こうして彩り豊かな弓を頭に飾り
女神の顔は晴れやかに輝く
太陽は女神に近づこうとするが
ああ　何ということ　彼は彼女に近づけない（MA 11-1.2, S.86f.）

権勢高い太陽神でも愛する女神をその腕に抱くことはかなわない。『崇高なる像』は天上の悲恋を扱いながら、同時に地上で生を営む人間の運命の苛酷さを暗示する。この詩の直後には、ゲーテ独自の天地創造の神話と同時進行して、相思相愛の恋人たちの再会を詠《うた》った詩『再会 *Wiederfinden*』が続く。天地創造の昔、神の「在《あ》れ」の一声で光が生まれ、闇と分離した。神はやがてこの荒涼とした世界に曙を創り、曇った混沌から色彩の戯れを紡ぎ出した――。「曇り」を媒介とした光と闇の再会という色彩生成の詩的比喩は、同時にイスラーム伝説の恋人ハーテムとズライカ、さらには詩人ゲーテとマリアンネの再会の喜びを彩る。『西東詩集』の特徴の一つは、ゲーテが色彩論で培った科学知識を基礎として豊かに膨らませた色彩のイメージが、人間のみならず万物そして宇宙に通ずる愛の手本、そして比喩になっていることにある。

一八二二年七月末に成立した相聞歌『エオリアンハープ *Äolshafen*』において、『西東詩集』の詩人は、かつて『千の姿のなかに』恋人を見たように、自分が流す涙のなかに、愛する女性と虹の女神イリスを再発見する。

女

……女神イリスは、晴れ上がった空の飾りでしょうか
雨を降らせてご覧なさい　すぐに新しい虹が現れます
あなたが涙を流すなら、私はすぐにあなたのもとに参ります

男

そうだ　君は虹の女神イリスそのもの
愛らしい奇跡の現《うつ》し身
雅に素晴らしく　華やかに調和して
常に新しく　常に変わることがない（MA 13-1, S.73）

運命によって別離は必然となっても、想像力によって恋人はいつでもどこでも顕在化できる。「常に新しく、常に変わらない immer neu und immer gleich」虹の姿を、ゲーテは若かりし頃、三回目のスイス旅行中の一七九七年九月一八日、シャフハウゼンのライン滝で目のあたりにした。凄まじい滝の轟音と飛沫のなかに架かる虹は、まるで静止しているかのように見える。しかし注意深く観察すると虹の色調は刻々と変化しており、繰り返し新たな虹が生まれている。それは滝の流れに象徴される流動し変化する時間とともに、その弓形は未来永劫不変であるという点で静止した時間を内包した希有な現象であった。この時間のなかで刻々と変化するあらゆる姿のうちに時間を超えて持続する存在を、後年ゲーテは「変転のなかの持続 Dauer im Wechsel」という言葉で表現した。

ゲーテが見たライン滝の虹は、一八二七年春から翌年一月にかけて執筆された『ファウスト』第二部始まりの「優美な土地 Anmuthige Gegend」で再現された。[*24] 恋人グレートヒェンの刑死によって精神的打撃を被ったファウストは、美しい自然の懐でまどろみ、傷ついた心を癒す。眠りから醒めたファウストは、太陽の光を求めるが、眩しすぎて正視に耐えない。[*25] ファウストはやむをえず太陽に背を向け――虹は水滴がプリズムの役目をするので、太陽を背にしないと見えない――滝壺に現われた虹に眼をとめる。

しかしなんと素晴らしいのだ　この水の嵐から現れる
変転のなかで持続する、色鮮やかな虹は。

ある時ははっきりと弧を描き、またある時は空中に霧散して
芳《かぐわ》しくも涼やかな霧となって周囲に漂う。
この虹にこそ人間の努力が映し出されている。
よく留意して、正しく把握せよ
彩られた反映にこそ我々の生があるということを。（MA 18-1, S.108）

ここでは日光という絶対的な存在と、飛散した水滴のなかに映し出された色彩という相対的なものが同時に提示されている。ファウストが最初に目にした直射日光は、単色かつ単純なものだ。それよりもむしろ光が生み出した「彩られた反映」である虹こそが、人間に豊かな認識を与えてくれる。この関連において、ふたたびゲーテの『色彩論』序言を想起されたい。

ある物の本質を表現しようとしても、およそ実を結んだためしがない。だが作用を捉えることはできるし、作用を洩れなく表現すれば、その物の本質を包括したことになるかもしれない。人間の性格を描写しようとしても無駄だが、その行為や品行を集めてみると、その人柄がおのずと浮かんでくるように。
色彩は光の行為（Taten）である。行為であるとともに、また受苦（Leiden）である。（MA 10, S.9）

光はある場を照らす（能動的行為）と同時に、その場の制約を受け（受苦）、明るさを奪われることにより、色彩を生む。人もまた自由な精神と物質的制限のある肉体の間で、独自の人生を生きる。人はその生を直接理解できないが、多くの経験を通して推察することは可能である。流動する滝の上に静止したように架かる虹は、動と静、混沌と規範、能動と受動、現実と仮想、自由と制約といった相反的要素を同時に内包する。直接手で触れられないが可視であり、幻影のようでありながら現実の自然現象であるという点で、虹は同時にポエジーの具現化された比喩でもある。

ゲーテにとって虹は、自然における美しい色彩現象の一つだった。同時に虹ほど、彼の『色彩論』とニュートン光学の相違点を明らかにした文学モティーフはないだろう。ニュートンは光を自然から切り離し、暗室で徹底的に分解した。こうして虹の女神イリスはニュートンによって裸にされ、解剖され、数式と光線の集まりに変換された。他方、ゲーテは、光と闇の接触から色彩が立ち現われる《現象》の観察に専念した。ゲーテはニュートンの理論検討も怠らなかったが、それは科学に対する詩の敗北を意味するものではなく、ゲーテにとって虹は相変わらずギリシア神話に登場する女神イリスであり続けた（余談ながら、ゲーテ邸正面玄関の天井には、ゲーテ独自の色彩環を背にした女神イリスが描かれている）。しかもゲーテの虹に関する詳細な観察と実験は、彼の後期文学作品において大きな実を結んだ。光と影が紡ぎ出す極彩色の空間や、大気と水と光が形成する美しい自然の描写、また涙や真珠に連なる文学的比喩は、彼の文学作品に豊かな色彩イメージをもたらし、そのスケールを飛躍的に拡大させたからである。

以下、本書ではゲーテが生涯尽力した科学とポエジーの融合、すなわち彼が優れた自然研究者であったからこそ可能になった文学作品の成立やその背景について、いくつかの自然科学分野に分けて解説したい。

第*1*章

始まりはイルム河畔の「庭の家」　ゲーテと植物学

Goethe und die Botanik

I　ヴァイマル仕官の経緯と拝領した「庭の家」

ゲーテの生まれ故郷は、かつての帝国自由都市、今はヘッセン州のマンハッタンならぬ「マイン・ハッタン」ことマイン河畔の金融都市フランクフルトである。[*1] このフランクフルト市郊外の国際空港駅からヴァイマルへは、現在直通のICE（ドイツ国鉄のいわゆる新幹線）が走っていて、およそ二時間半で着く。ヘッセン州の司教座所在地フルダを過ぎ、旧東西ドイツの国境線を越えると、なだらかなテューリンゲン平野が視界に入る。若い頃、乗馬が得意なカール・アウグスト公（一八一五年以降、大公に昇格）とゲーテは、よく一緒に遠乗りを楽しんだらしいが、確かに空は青く高く、緑の平原は果てしなく、さぞ爽快だったことだろう（現在はサイクリングコースとして人気がある）。「まもなくヴァイマルです」という短い車内アナウンスとほぼ同時に、進行方向左側にブーヘンヴァルト強制収容所跡地に建てられた巨大な警告記念碑の姿を認める。ナチスの強制収容所という、人間の野蛮さをこの上なく記憶する場所のすぐ近くには、ゲーテがギリシア古典に取材し、ヒューマニズム（人道主義）をテーマにした自作劇『イフィゲーニエ』を女優コロナ・シュレーターと共演した夏の離宮エッタースベルクがある。まるでドイツ文学に携わる者は、その光と影のどちらも無視してはならぬ、という警告そのものの配置だ。今も人口六万五〇〇〇人以下（二〇〇八年末の統計）の中心街は、徒歩一時間でじゅうぶん見て回れる小さな町だが、かつてはJ・S・バッハがオルガニストを務め、ヴィーラント、ヘルダー、ゲーテ、シラーという近世ドイツ文学の大御所たちが集い、後には音楽家リストが住み、哲学者ニーチェが晩年を過ごした。第一次大戦後の憲法制定会議が開催されたのも、グロピウス主催のバウハウスが産声をあげたのも、このヴァイマルだった。おそらくヴァイマルの地には、人を惹きつけて止まない何かがあるのだろう。

フランクフルト・アム・マインのゲーテ生家（第二次大戦中の空爆で破壊されたが、戦後間もなくオリジナルに忠実に再建された）

さて、ゲーテが最初にヴァイマル入りしたのは、むろん鉄道がない時代だった。一七七五年一一月三日から七日まで、現在ICEで約二時間半の道のりを、四泊五日かけて移動している。このとき、ゲーテは二六歳、シュトラースブルク大学法学部卒業後、神聖ローマ帝国最高法務院の実習生としてヴェツラーに滞在したときの実体験を活かした書簡小説『若きヴェルターの悩み』（一七七五年）で一躍文壇の寵児になっていた。そのあいだに同小説のモデルとなったシェルロッテ・ブッフは許婚のクリスティアン・ケストナーと予定どおり結婚し、ほぼ同時期に子ども時代をずっと一緒に過ごしてきた、[*2] たった一人の妹コルネリア（一七五〇〜七七年）もゲーテの友人の一人ヨーハン・ゲオルク・シュロッサーと結婚し、どちらの夫婦にもまもなく子どもが生まれていた。[*3] 他方、ゲーテも一七七五年の年明け早々、フランクフルトで新興銀行家の娘リリー・シェーネマン（一七五八〜一八一七年）に出会い、四月の復活祭に彼女と内輪の――ゲーテの人生において最初で最後の――婚約をした。しかし信仰を含めた家風の違いから、幸せなはずのゲーテはむしろ疎外感と不安を募らせていく。同年一〇月には婚約を解消、そしてちょうどこの苦悩の時期にヘッセン＝ダルムシュタット公家のルイーゼ姫と挙式（一〇月三日）したてのカール・アウグスト公が新婚旅行の途上、フランクフルトに立ち寄り、ゲーテに仕官を打診したのだった。ゲーテの父親は宮仕えに猛反対し、イタリア旅行を強く勧めたが、ゲーテは招待を受けることを決意、実家で父の書記として勤めていたフィリップ・フリードリヒ・ザイデル（一七五五〜一八二〇年）を供にし、これに迎えの宮廷使者を加えた計三名で、青年主君カール・アウグストの待つヴァイマルに向かった。

さて、ヴァイマル入りして半年近く経った一七七六年四月二六日、ゲーテはイルム河畔の庭付き不動産物件の所有者となる――カール・アウグスト公から招聘に応じたお礼に下賜された――ことで、正式な市民権を得た。これが現存する「庭の家」（ガルテン・ハウス）である。独身男性二人（ゲーテとザイデル）の住まいとしては、快適な広さだろうか。いずれにせよゲーテは、一七八二年までこ

イルム河畔の「庭の家」

こに住み、前章で触れたゲーテ・ハウスへの引越し後も気軽な仕事場（両建物間の距離は徒歩で一〇分程度）として使用・維持し続けた。
　さて、「庭の家」と呼ばれるだけあって、入居後、ゲーテは植物学に目覚める。しかしいわゆるガーデニングへの興味は、私的な領域に留まらず、公務とも密接に関与していた。というのもヴァイマルには、彼の勤め先だった城（Stadtschloss）以外に、瀟洒な離宮（エッタースブルク、ティーフルト、ベルヴェデーレ）が複数点在しているが、これらの庭園整備と管理の指示を出すことも彼の任務の一つであった。また仕事を通して、イェーナ近郊ツィーゲンハインの植物学者家系ディートリヒ一族とも知己を得た。

Ⅱ　リンネと恋する植物

花のイメージは、一八世紀に劇的に変化した。動物に性別があるのは自明のことだったが、植物に性別があることはようやく一七世紀末、ルードルフ・ヤーコプ・カメラリウス（一六六五〜一七二一年）が発見したとされる。それまで雄蕊《おしべ》と雌蕊《めしべ》は視認されていたものの、何のための器官かは不明だった。当初は排泄器官という説もあったが、次第に植物にも雌雄の別があり、花が生殖器官であることが認知されていった。

これと並行して、新大陸から何千もの新しい植物が持ち帰られ、ヨーロッパに紹介された。今日、地球上には二五万種もの顕花《けんか》（花をつける）植物があるという。*4 一八世紀初頭に知られていたのは一万種足らずだったそうだが、それでも学者の頭を悩ませるには十分だった。たとえばフランスのジョゼフ・ピトン・ド・トゥルヌフォール（一六五六〜一七〇八年）は、花弁の形状で八〇〇〇種を二二グループに分類を試みたが、分類基準が複雑で、定着しなかった。

素人でもわかりやすい植物分類を打ち出したのが、いわゆる二語式命名法（属・種）の創始者として知られるスウェーデンのカール・フォン・リンネ（一七〇七〜七八年）である。彼の植物分類の特徴は、生殖器官の構造に注目したことにある。彼はまず雄蕊を基準に植物全体を二四綱に分け、次いで各綱を雌蕊の数を基準に目《もく》に分けた。このように分類ポイントは、植物の生殖器の数だったため、リンネ自らこれを「性体系」と名づけた。ちなみに雄蕊が基準の「綱」にはギリシア語由来の「雄」を意味する「アンドリア」の語尾、次いで「目」には「雌」を意味する「ギュニア」という語尾が付く。さらにリンネは植物を《恋する存在》と規定し、開花から結実までのプロセスを「結婚式」になぞらえた。雄蕊は《花婿》、雌蕊は《花嫁》、花弁は《婚礼の新床》であり、また情事を隠す《カーテン》と説明された。前述の説明によれば、花弁のなかに雄蕊と雌蕊が各一本あるなら「モナンドリア＝モノギュニア」、すなわち「一夫一婦制をとる植物」となる。だが雄蕊や雌蕊が複数ある場合、それは複雑な男女関係を連想させる。

この関連で興味深かったのが、二〇〇七年、リンネ生誕三〇〇年を記念して上野の国立科学博物館で開催された『花展』第二展示室の出口近くに展示されたヘレーネ・シュミッツ撮影によるリンネの性体系に基づく写真シリーズだった。*5 リンネの体系を知った当時の人々のイメージを追体験できると思うので、その題名を、解説の要約付きで挙げてみよう。

《ブルー・ビューティ》二本の雄蕊を持つソライロサルビア（Salvia patens）の写真。リンネが「一つの婚姻に二人の夫がいる」と表現し、第二綱に分類した。

《華やかなフクシア》八本の雄蕊と一本の雌蕊があるフクシアは、第八綱に属す。リンネは、「八人の男が一人の女と同じ新床をともにする」と表現した。

《マニラアサ》フィリピン原産のバナナの仲間。単性の雄花と雌花、および両性花をもち、二三番目の雌雄雑性綱（Polygamia）に分類。リンネはこの綱を「同じ家の別々の新婚の寝室に、夫たちと妻たち、未婚者たちが同居する」と表現した。

この調子だから、リンネの学説を破廉恥極まりない、神への冒涜だ、と激怒する学者もいた。科学史家ロンダ・シービンガーの研究によれば、一七世紀後半から一八世紀にかけてヨーロッパにおける結婚は急激に変化したという。階級・財産重視の政略結婚は時代遅れになり、恋愛結婚が賛美される一方で、あからさまな生殖器描写やポルノグラフィが出現した時期だったことが指摘されている。*6 では、リンネが自由恋愛や同棲を支持する革新的思想を持っていたのか、と言えば実際はむしろその反対で、彼自身は非常に敬虔かつ保守的なキリスト教徒だったというから、話は複雑になる。ゲーテの悲劇『ファウスト』第一部の有名な場面の一つに、「ヨハネ福音書」の冒頭文「初めに言葉ありき」を「初めに行為・活動ありき」と意訳するところがある（ここでメフィストが登場する！）が、リンネにとって重要だったのは旧約聖書の「創世記」冒頭、神が植物や動物に向けた「生めよ、増やせよ」の言葉だった。子孫繁栄に最も重要な役割を果たす生殖器官に注目した体系には、エロティックでいかがわしい意図など皆無だったのである。*7

破廉恥と批判されたり、いくつかの命名法と競合したりしたものの、何よりもその分類のわかりやすさによって、リンネの性体系は民間に急速に広まった。そしてリンネは近代分類学の名づけ親として「新たなるアダム」という渾名を得たのだった。

リンネの性体系については賛否両論あるなか、まずフランスに強力な支持者が現れる。「自然に帰れ」のスローガンで知られる哲学者ジャン＝ジャック・ルソー（一七一二～七八年）である。アマチュア植物学者だった彼は、知り合いの貴婦人の当時四歳だった令嬢に宛てた教育的書簡の体裁で、リンネの植物体系をわかりやすく解説した『初心者のための植物学書簡』（一七七一～七三年）を執筆し、サロンの貴婦人に回覧され、評判になった。こうして一八世紀の「植物園」は、医学目的の薬草園から、植物が愛を囁き、官能的生活を送るロマンティックな花園に変化していった。なおルソーの「自然に帰れ」という言葉がでたところで、これを受けて、ヴェルサイユ宮殿に代表されるフランスの幾何学的庭園から、自然を模倣したイギリス庭園に流行が移っていくことにも注目したい。四季の移り変わりと主人公の感情が見事な一致を見せるゲーテのデビュー作、書簡小説『若きヴェルターの悩み』で、イギリス庭園が舞台になっているのは決して偶然ではない。

そのイギリスでは進化論の提唱者として有名なチャールズ・ダーウィンの祖父、医師にして博物学者のエラズマス・ダーウィン（一七三一～一八〇二年）が、リンネの『植物体系』を翻訳している。リンネの熱狂的な支持者であった彼は、大胆にも雄蕊を《夫》、雌蕊を《妻》と訳し、道徳家の眉を顰《ひそ》めさせた。さらにE・ダーウィンは、教訓詩『植物の愛 *The Botanic Garden, Part II. The Loves of the Plants*』[*8]を自作、リンネの性体系二四綱目を忠実に踏襲した内容に官能的な挿絵を添えて出版し、商業的にも成功を収めた。

Ⅲ　ゲーテの「原植物」とセイロンベンケイ草

もちろん誰もがリンネの性体系を歓迎したわけではない。フランス生物界の重鎮ビュフォン伯爵（一七〇七～八八年）は、リンネの体系は植物の一部分（生殖器）のみに注目した偏った人為的分類法であると批判した。彼の若い同僚で、植物学の名門一族出身のアントワーヌ・ロラン・ド・ジュシュー（一七四八～一八三六年）は植物の花や実をはじめ各器官の特徴をつぶさに観察し、雌蕊や雄蕊のような瑣末な器官を単純かつ機械的に数え上げるのではなく、植物界をより広い視点から、より自然に適合した形で分類する新しい体系を構築しようとした。公表から完成まで一五年を要したという彼の『植物の属 *Genera plantarum secundum ordines naturales desposita*』は、現在の顕花植物分類の基礎を作った画期的著作である。フランス大革命が起こった一七八九年にパリで刊行されたのに因み、同業の研究者間ではこれは「植物の革命的著作」と呼ばれ、高い評価を得た。

さて、先にゲーテがイェーナ近郊の植物学者一族ディートリヒ家に接近したことを述べたが、当時存命中だった一族の長老アダム・ディートリヒ（一七一一～八二年）は、リンネとも学術的交流があった。その孫フリードリヒ・ゴットロープ・ディートリヒ*9（一七六五～一八五〇年）はゲーテの仕事仲間の一人で、一緒に出張の折、リンネの分類体系を手ほどきした。後年ゲーテは、自分に大きな影響を与えた人物としてイギリス劇作家シェイクスピアおよび哲学者スピノザと並べて、植物学者リンネの名を挙げている（一八一六年一一月七日付ツェルター宛書簡）が、リンネの性体系自体には批判的だった。というのもビュフォンと同様、リンネの分類方法は、ゲーテにとってあまりに機械的かつ人為的、言いかえれば静的で面白みがなく映ったからである。ゲーテにとって自然は活き活きとした魅力的な研究対象であり、分類方法もそれにふさわしく、動的《ダイナミック》なものであるべきだった。

その後エリート官僚として順調にキャリアを積み、まもなく一〇年が経とうとする頃、ゲーテは公務に追われて書きたい文学作品も思うように書けず、書き出しても完結できないままの状態が続いていた。また憧れの貴婦人シャルロッテ・フォン・シュタイン夫人[*10]（一七四二〜一八二七年）との精神的な愛にも限界を感じるようになっていた。この八方塞がり状態を打開すべく、ゲーテは、大胆にも公務を放り出して、長年の夢であった旅行先イタリアに脱出を図る。一七八六年七月末から温泉リゾート地カールスバート[*11]でカール・アウグスト公をはじめ、シュタイン夫人やヘルダーといった親しい面々と避暑を兼ねた湯治をしながら、ゲーテは用意周到な脱出準備を始めていた。ローマへの極秘旅行計画を知っていた唯一の人物は、故郷フランクフルトからヴァイマルに同行したザイデルで、彼にゲーテは留守中の出版作業や出版社ゲッシェンとの連絡方法等について指示を与え、後を託した。九月二日、ゲーテはシュタイン夫人とその末息子でゲーテが可愛がっていたフリッツ[*12]（一七七二〜一八四四年）、ヘルダー夫妻、そして何より主君カール・アウグストに宛て、しばしの暇を請う手紙をしたためた。目的地も期間も告げず、「少々長い旅になるだろう」という曖昧な内容だった。そして翌日九月三日、まだ夜も明けない午前三時、ゲーテは供の一人も連れず、「ライプツィヒ出身の画家、ヨーハン・フィリップ・メラー」という偽名を使って、避暑先カールスバートからまずはドナウ河のほとりの町レーゲンスブルクに向かって旅立ったのだった。ちなみに彼の荷物のなかには、リンネの著作が入っていた。

ミュンヒェンからオーストリアのインスブルックを経てイタリア入りしたゲーテは、ヴェローナ、ヴィツェンツァを通り、九月二六日からパドヴァに二泊する。パドヴァ大学では、附属天文台や解剖学教室を見学し、さらにヨーロッパ最古の同大学植物園を訪ね、その九月二七日の日記にこう書き付けた。「私の植物学的着想についての素晴らしい肯定」。

パドヴァ以降、ナポリやパレルモの植物園などで多くの植物を観察したゲーテは、多種多様な植物のなかにもその典型と言えるものがあるはずだという考えを強くし、これを「原植物 Urpflanze」と名づけた。言いかえれば、「これさえあれば、無限に地上の植物を作りあげることができる」はずの根源的な植物という意味である。イタリア旅行中のゲーテは、「原植物」が実在すると考えていたようだ。だが、その後一七九四年七月二〇日、イエーナ自然研究者協会（Die Naturforschende Gesellschaft Jena, 一七九三年設立）の例会終了後、簡単なスケッチを示しながら原植物を説明したゲーテに、シラーはきっぱりと「それは経験ではなく、理念です」と指摘したのだった。ゲーテが現植物を客観的なアーキタイプと考えたのに対し、シラーはそれを主観的なアイディアと見たわけだが、この時、ゲーテは自説に同調せず、自分とはまったく違う見方を示したシラーに興味と好感を覚えたらしい。この日を境に、ゲーテとシラーは急速に接近することになる。

さて、一七八八年初夏、結局二年間になった長期イタリア旅行から、さまざまな体験と成果を携えて、ゲーテはふたたびヴァイマルに戻ってきた。彼の植物学研究で幸運だったのは、同じ頃、アウグスト・ヨーハン・ゲオルク・カール・バッチュ[*13]（一七六一～一八〇二年）がイェーナ大学の植物学教授に就任したことだった。ゲーテは一七九〇年にイタリアでの植物観察の成果を論文『植物のメタモルフォーゼ』にまとめ、発表したが、この論文執筆期間中、質問に答え、草稿に厳しく目を通してくれたのが、他ならぬバッチュだった。ちなみにバッチュは一七九四年からはイェーナ大学附属植物園の初代園長に就任し、ドイツではおそらく初めて、植物園を「自然体系」に沿うかたち――現在の大学植物園の原型――に構成した人物とされる[*14]。

ヴァイマル国立劇場前に並んで立つゲーテ＝シラー像

この学術論文でゲーテは、植物の構造において特に重要なものは《根》でも《花》でもなく、《葉》であるという自説を展開した。彼の主張によれば、種も茎も萼《がく》も花弁も花粉もすべて形は違っているが、本来は皆同じ根本器官、すなわち《葉》が変態・発達したことになる。

余談ながら、ゲーテの「原植物」は、シラーに「理念だ」と即座に断定されたものの、彼の「原植物」のイメージに近い植物は存在する。事実ゲーテのお気に入りでもあったため、ドイツでは「ゲーテ草 Goethe-Pflanze」の愛称を持つこの植物は、セイロンベンケイ草という。最近は花屋もしくは観葉植物も扱うインテリアショップでは、「マザーリーフ」や「ミラクルリーフ」などというお洒落な呼び方で売られているが、この植物の特徴をよく捉えた呼称といえば、「ハカラメ（葉から芽）」だろう。この名のとおり、親株から葉を一枚摘んで、水を張ったシャーレのような浅い器に数日浮かべておくと、葉の縁からどんどん可愛らしい葉が芽吹き、根っこもでてくる、という不思議で楽しい植物である。むろんその後、小さな芽を植えかえれば、成長して花もつける。つまり葉から直接次世代を生み出すわけで、葉の役割に特に注目したゲーテのメタモルフォーゼ理論を見事に体現している。

Ⅳ　ゲーテの伴侶クリスティアーネと教訓詩『植物のメタモルフォーゼ』

話を元に戻そう。一七八八年六月一八日、光溢れるイタリアから帰国したゲーテだが、ヴァイマルの人々は彼を聖書にある放蕩息子の寓話のように優しく迎えてはくれなかった。何しろ公務を突然放り出して、最初は行方も告げずに姿を消し、その後も時折動向を伝える手紙を送っていたとはいえ、自己都合で二年間も勝手に留守にしていたのだから、宮廷で冷淡に扱われるのも当然だっただろう。また今も留学や海外赴任から帰国した誰もが経験する、いわゆる「逆カルチャーショック」

もあったはずだ。出発前と同じ枢密顧問官（ただし定例閣議に出席することは以後稀になる）、銀鉱山や税金に係わる部署の統括を任され、ゲーテは公務にも無事復帰したかに見えたが[*15]、その反面、周囲から孤立し、孤独に苛まれていた。帰国早々、シュタイン夫人に面会するも、冷たくあしらわれ、二人の関係は決裂した[*16]。

しかしまもなく三八歳の寂しがり屋のエリート官僚を慰めるべく、二三歳のクリスティアーネ・ヴルピウスが現れる。二人の最初の出会いは、一七八八年七月一一日頃、イルム河畔だった。クリスティアーネには兄の仕官願を直接若き枢密顧問官の手に渡す目的があったという。いわゆる一目惚れだったのか、ゲーテ自身の証言によると、七月一二日から二人はすぐに深い仲になり、以後「庭の家」で頻繁に密会を続ける。翌八九年、二人の関係が露見したのとほぼ同時に――情報漏洩元は、一説によるとゲーテが目をかけていたシュタイン夫人の末息子フリッツとか――、クリスティアーネの妊娠が判明、彼女は同年のクリスマスに未婚のまま、長男ユリウス・アウグスト・ヴァルター（一七八九～一八三〇年）を産む。このクリスティアーネこそ、ゲーテと家庭を築き、結婚生活を送った、ただ一人の女性であった。

しかしながら、ゲーテ研究者からは長い間、クリスティアーネは必要以上に軽視されてきた。否、それどころか彼女との関係は、文豪ゲーテの人生最大の汚点とみなされ、クリスティアーネなど語るに足らぬ無教養な醜女として、意識的に研究対象から除外されてきた観が強い。ジェンダー研究の進歩と並行して、ようやく一九九〇年代から、彼女に対する偏見に疑問が投げかけられ、一次文

ゲーテがかつて勤めていたヴァイマル城

献の再検討と正当な評価が始まった。
もともとクリスティアーネに対する非難・中傷は、ゲーテの名声とキャリアに対するあてつけのようなところがある。事実、彼女の兄もそうだが、ヴルピウス家の男性は代々大学を卒業し、宮廷に出仕しており、教養階級の出身である（ちなみにゲーテ父方の祖先は数代前まで職人である）。娘時代から兄を通して、演劇に親しんでいた彼女は、独自の審美眼を持っていたし、何より俳優の不安定な地位や生活も熟知していたから、杓子定規で理想ばかり追求する劇場監督の夫をとりなす助言者・仲介者の役割を終生果たした。「庭の家」ならともかく、貴重な調度や収集品に溢れ、来客も多いフラウエンプラーンの大邸宅の使用人および家計、さらに原稿を含む重要な郵便物の管理をすべて引き受け、問題なく取り仕切るのは、並の女性では務まらない（事実、妻クリスティアーネ没後、ゲーテが長男の嫁オッティーリエに同様の権利を委任することはなかった）。またナポレオン侵攻の際、フランス軍がヴァイマルで暴行と略奪の限りを尽くした一八〇六年一〇月一四日の夜、ゲーテ邸に押し入った暴徒を前に文字どおり「身体を張って」、大事な枢密顧問官ゲーテを守ったのは、他ならぬクリスティアーネだった。[*17] この後すぐにゲーテは正式な婚姻を決意、一〇月一七日に宮廷牧師に挙式を依頼する手紙を書き、その二日後、まだ戦時中の不穏な空気が漂う一〇月一九日、ヴァイマル市内ヤコブ教会で息子アウグストと書記リーマーを証人として、ごく内輪の結婚式を挙げた。二人の結婚指輪には一〇月一四日の日付が刻まれた。クリスティアーネにとっておそらく致命的だったのは、早くに両親をなくし、しっかりした後ろ盾を持たなかったことにある。もっとも後ろ盾があれば、彼女が刑罰に処せられる可能性も高かった未婚のままでの出産（ゲーテは正式な挙式には踏み切らず、事実婚に執着する一方で、枢密顧問官の権限を最大限に利用して彼女の処罰を回避した）やその後一八年間に及ぶ事実婚を続ける必要もなかったのだろうが――。

現在のゲーテ研究では、ゲーテが理想とする女性像は彼が幼少期に接した二人の女性、つまり実母カタリーナ・エリーザベト・ゲーテ（旧姓テクストル、愛称は「アーヤ夫人」、一七三一～一八〇八年）と妹コルネリアのいずれかに分類されるという見方が強い。事実、ゲーテは当初、彼の妹を連想させる、繊細で理知的なシュタイン夫人に憧れるが、壮年になると、朗らかで周囲の人間まで明るくするような実母のイメージを女性に求めた。快活で、心身ともに健やかなクリスティアーネは、ゲーテの母親に酷似していた。一方、ゲーテ自身は寂しがり屋のうえに神経過敏で気難しく几帳面で、強度の鬱状態に陥ることもよくあったらしい。そんなわけだから、ゲーテの母アーヤ夫人は、クリスティアーネこそ働き盛りの息子が一〇〇パーセント能力を発揮する環境を作りだしてくれる最適なパートナーであることを即座に見抜き、二人の関係を認めたのだった。そして彼女はお気に入りの嫁を、侮蔑ではなく、心からの賞賛をこめて「台所の宝」、「家の宝」、「ベッドの宝」と呼んだのだった。

もしアーヤ夫人が植物学にも明るければ、「庭の宝」と彼女を呼んだのではないか。クリスティアーネは庭仕事も得意で、アスパラガスや馬鈴薯を栽培し、季節の贈り物（日本式に言えばお中元やお歳暮？）に使ったり、余った野菜を売って家計の足しにしたりしていた。庭の林檎などから収穫した果実でジャムやムースを作り、料理に使うハーブも自家製だった。当時を模した薬草園が今もゲーテ邸の庭の片隅に作られている。植物学の良き助手でもあった彼女に捧げた詩『植物のメタモルフォーゼ』は、ゲーテがイタリアから帰国後すぐに手がけた同名の学術論文の内容を、詩的かつイメージ豊かに表現した教訓詩である。この詩が成立した一七九八年一月二六日、ゲーテは先に紹介したエラズマス・ダーウィンの教訓詩『植物の愛』をフューズリによる過剰にアレゴリー化された銅版画付で読み、題材は悪くないが、退屈で拙い詩と評価した（同日付のシラー宛書簡参照）。リンネの性体系を詳しく描写する代わりに、ゲーテの形態学（モルフォロギー）の真髄を洗練された韻文で表現しようと試みた本作品は、詩人が恋人を花咲き乱れる庭園を案内しながら、植物の観察法——詩のテクストでは「秘密の法則」——を伝授するという設定だが、同時に植物が成長して花をつけ、実を結ぶまでの過程を、人間の男女間の恋愛感情の芽生えから婚礼に至るまでのプロセスに重ね、教訓詩であると同時に恋愛詩としても機能している。

植物が次第に育っていく様子をご覧、
段階を追って、徐々に花をつけ、実を結ぶ。

静かで豊穣な母胎である大地から生を受け、
種子はすくすくと育つ。

……

葉脈やギザギザの縁を持つ葉が生い茂り、分厚い表面で
豊かな衝動は奔放に、無限に続くように見える。
ところがここで全能なる自然はその手で成長を止め、
ゆっくり、より完全なものに導いていく。

……

葉の縁が伸び続けようとする衝動は穏やかに静まり、
葉脈はさらにしっかり整う。
葉をつけずに、やわらかな茎がすっくと立ち上がり、
奇跡のような姿が観察者の目をひく。

……

交互についた葉の狭い台座で、花が揺れ動く。
だが、この素晴らしい眺めすら、新たな創造の知らせ。
色づいた葉は、神の御手が触れるのを感じ、
とっさに身を竦《すく》める。すると最も繊細な形が二つ、

いずれ一つのものとなるために、勢いよく伸びてくる。
それは愛らしい番《つがい》となって寄り添い、
数え切れないほどの番が、聖なる婚礼の祭壇を取り囲む。
婚礼の神が降臨し、芳しい香気が一面に漂い、
その強く甘い香りが、あらゆるものを活気づける。
すると今にも無数の芽が膨らんで、
膨らむ果実の母胎に優しく包まれる。
自然はここで永遠の力の環を閉じる。
……

さらに興味深いのは、この詩でもゲーテが自然を書物として解読するものとして捉えていることだ。自然という女神が記した聖なる文字（ヒエログリフ）を理解すれば、植物界と人間界の営みをパラレルかつ詩的に表現することなど、ゲーテにとって何の矛盾も困難もないのだった。

どの植物も君に永遠の法則を告げている。
どの花もより声高に君に語りかける。
でも君がここで女神の聖なる文字を解読すれば、

たとえ筆跡が違っても、君はあらゆるところに読み取るだろう。
芋虫はのろのろ這い、蝶は忙《せわ》しなく舞う、
同様に人間自身も決まった姿に変わっていく！（MA 13-1, S.150ff.）

V　閑話休題・ゲーテの恋歌変遷　『野薔薇』から『見つけた』へ

ところで、ゲーテが作った植物の詩と言えば、多くの日本の読者は『野薔薇』を真っ先に思い浮かべるのではないだろうか。それもおそらく明治四〇（一九〇七）年に独文学者・近藤朔風《こんどうさくふう》（一八八〇〜一九一五年）がつけた歌詞で――。

童《わらべ》は見たり、
野中の薔薇
清らに咲ける
その色愛でつ
飽かず眺む
紅におう、

野中の薔薇

手折りて往かん
野中の薔薇
手折らば手折れ
思い出ぐさに
君を刺さん
紅におう
野中の薔薇

童は折りぬ
野中の薔薇
折られてあわれ
清らの色香
永久に褪せぬ
紅におう、
野中の薔薇

独文学専攻の学生は、文学史の授業で、この『野薔薇』にゼーゼンハイム村の牧師の娘フリーデリーケ・ブリオーン（一七五二～一八一三年）を重ねることを教わるはずだ。シュトラースブルク大学在学中のゲーテは、先輩ヘルダーの民謡収集プロジェクト（さまざまな国の民謡を集めた『諸民族の声』を出版）に賛同し、積極的にフィールドワークを行うとともに、自ら民謡調の詩作を行った。なかでもドイツの読者に抒情詩がいかなるものかを知らしめた傑作が、一七七一年成立の『野薔薇』とされる。直訳すると「小さな薔薇、小さな薔薇、小さな赤い薔薇／荒野に咲く小さな薔薇」となる最後の二行を三回繰り返しながら、素朴な調べに乗せてドラマチックに展開する。一連では乱暴な少年が、荒野で一輪の小さな薔薇を見つける。ちなみにここでイメージすべきは、日本の花屋で売られているような薔薇ではなく、ローズヒップのこと。日本の花では、ハマナスが最も近い。第二連で少年は綺麗な花を自分のものにしよう、つまり「折る」と宣言し、花は「そんなことをしたら、私を忘れないように、棘で刺す」と警告する。第三連では、そんな花の警告など無視し、呻き声すらあげさせず、少年はさっさと手折ってしまった、と幼いゆえに残酷な彼の行為が語られる。

この物語性と素朴なリズムは、古今東西の作曲家を魅了したらしく、これまでこの詩に曲をつけた（付曲した）作曲家——余談ながら、ゲーテの時代、彼らはKomponist（英語のcomposer）ではなく「音の芸術家 Tonkünstler」と呼ばれた——は、もっとも有名なフランツ・シューベルト（一七九七～

一八二八年）とハインリヒ・ヴェルナー（一八〇〇〜三三年）を筆頭に一五〇人以上になると言う。事実、日本ではこの『野薔薇』の楽譜収集をライフワークとした独文学者・坂西八郎（一九三一〜二〇〇五年）編集による全九一曲の楽譜が出版されている（岩崎美術社、一九九六年）。

余談続きで恐縮だが、人口に膾炙《かいしゃ》している歌詞をつけた近藤朔風こそ、日本の『野薔薇』に一大転機をもたらした人物であったことを付記しておく。これについては江崎公子の論文[*18]に詳しいが、明治初頭の日本では、西欧の楽曲を紹介する際、曲の意味を完全に無視して、宗教曲を花月の歌に、恋愛曲は教訓めいた歌に代えるなど日常茶飯事だった。ヴェルナー作曲の『野薔薇』のメロディは、明治初頭の小学唱歌集では、『花鳥《はなとり》』という学問奨励の歌詞付で歌われていたという。江崎の論文から、以下、その歌詞を引用しよう。

山際《やまぎわ》白みて　雀は鳴きぬ、
はや疾《と》く起きいで、書読《ふみ》め我が子、
書読め我が子。書読むひまには、
花鳥めでよ。

またヴェルナーと双璧をなすシューベルトのポピュラーなメロディは、『葉陰の花』という、乙女の純潔を讃える歌詞付きで明治の高等女学校唱歌集に掲載された。『野薔薇』の本来の歌詞が「手折られた花」、つまり純潔を失うことを暗示するのに対して、まったく逆の方向性である。ドイツ語の持つリズムを維持することは無理としても、せめて原曲に沿った内容の訳詞をつけようとした近藤の試みは、明治の気骨ある文学者の大冒険に他ならなかったのだ。

ところで、ゲーテは『野薔薇』発表の二年後、一七七三年に『菫《すみれ》』という詩を書いている。あらすじは前者の逆バージョンで、男性の視点を持つ菫が、不注意な恋人に踏みつけられ息絶える、というもの。彼女の手（厳密に言えば足）にかかって絶命するのを幸せに感じる、という内容である。この『菫』には約四〇点の付曲があるそうだが、最も有名なのは、ゲーテの詩作と知らずにモーツアルトが作曲したという、彼が最初で最後にゲーテ作品に付けたメロディ（KV四七六番）だろう。

恋する相手を独占したい、可憐な女性を我が物にするためなら相手を傷つけてもかまわない、という『野薔薇』の少年。恋する相手に殺されるなら本望だという『菫』。いずれも当時二〇代だった若いゲーテの恋愛観を反映していると言えよう。これに関連した興味深い比較対象に、『見つけたGefunden』という詩がある。この詩は、還暦を過ぎたゲーテが、糟糠《そうこう》の妻クリスティアーネに二人の最初の出会いから二五年（正式に結婚していれば、二人の銀婚式にあたる）を記念して、一八一三年八月二六日に贈った小品である。

森のなかを歩いた、
ただひたすらに、

特に何を探すでもなく、
ただ心の赴くままに。

木陰に小さな花が
一輪咲いていた。
星のように輝き、
瞳のように煌《きら》めいていた。

僕がその花を手折ろうとすると
花はか細い声でこう言った。
「私は折られて
萎《しお》れてしまうの？」

僕は花を根っこから
全部掘り出して
綺麗な家の
庭に運んだ。

そして花を静かな場所に
植え替えた。
今やすっかり根を下ろし、
綺麗な花を咲かせ続けている。（MA 9, S.84）

もはや乱暴な少年ではなく、成人した詩人は、切花の一瞬の美しさを楽しむのではなく、根こそぎ掘り出して自分の庭に植え替え、毎年愛でる。森でひっそり咲いていた花も彼の愛情に応えて、根を張り、株分けし、さらに華やかに花を咲かせる――。銀婚式を迎えた妻に夫が贈るにふさわしい詩だが、日本の読者なら、ふとここでこんな疑問を抱かれる方もあるだろう。[*19]「なぜ詩人はそのまま愛でることができないのか、故郷である森でひっそりと咲かせておくという選択肢はないのか」、と。

この東西の自然に向ける視点の違いを、禅の研究家・鈴木大拙（一八七〇～一九六六年）がすでに一九五七年、メキシコでの英語基調講演で見事に指摘している。[*20]ヨーロッパと日本の自然観察の相違を明確に示すため、鈴木は松尾芭蕉（一六四四～九四年）の「よく見れば　なずな花咲く　垣根かな」という俳句とテニスンの詩『朽ちた塀の花 *Flower in the crannied wall*』（一八六九年）を比較した。前者の芭蕉の句では、俳人が最初は見逃しているが、よくよく見ると小さな野の花が一輪咲いていて、その花もじっと俳人を見つめていて、お互いに言葉はなくとも通じあうものがある。両者は同じ土俵に立ち、自然の調和が感じられる。俳人は花に歩み寄るも、触れはしない。観察するだけで十分満足できるからだ。ところがイギリス詩人テニスンの詩に登場する「私」は、朽ちた塀に顔を覗かせている小さな花を見つけるや、それを徹底的に探求するため、根ごとすっかり抜き取ってしまう。神の真理を探究するためには、その花一輪が枯れてしまおうともかまわない。否、これぞ西欧的自然科学者の正統的な態度なのだろう、と。触れずに見るだけで彼の好奇心は決して満たされない。飽くなき好奇心ゆえ、メフィストと契約するファウスト博士はその典型と言えよう。

VI　イェーナ大学附属植物園と詩『銀杏の葉』

ゲーテの時代は、学問知識のグローバル化が飛躍的に進んだ。しかしその萌芽はすでにルネサンス時代に認められる。今でもヨーロッパの伝統的古城や由緒ある修道院などを訪れると、《珍品収蔵庫 Raritätenkabinett》や《驚異の部屋[*21] Wunderkammer》と呼ばれる不思議な空間を目にすることができる。天井にカヌーやワニの剥製が吊るされていたかと思うと、魚や貝や人骨、さらに動物の剥製や人間の畸形標本が並んでいたり、ギリシア彫刻と日本の鎧が隣合わせに飾ってあったり、現代人の目から見ると、かなり雑多に珍品が飾られている。こうした珍品収集は、何より財産がなければ不可能だから、所有欲と知的好奇心を同時に満たすという二重の意味で高尚な趣味とされていた。「玩物喪志《がんぶつそうし》（無用のものを愛玩して大切な志を失う）」という言葉で収集癖を戒める日本とは異なり、西洋ではコレクションは知的活動として肯定されたので、裕福な収集家たちは、収集物を通して知性と富を誇示する欲求を隠す必要がなかった。繰り返しになるが、一八世紀以前の自然研究は、王侯貴族——お金を持っていて、暇もあって、そのうえ好奇心旺盛な人たち——に限られた《趣味・道楽》だった。彼らの収集品があまりにも膨大になり、体系的分類の必要性が生じたことで、雑多な《驚異の部屋》から整然とした《ミュージアム・博物館》への移行が始まる。一八世紀以降は、市民層にも自然の美しさを感受する精神的なゆとりができ、同様に珍しい標本を収集する趣味が流行する。折しも植民地貿易の拡大により、珍品が世界中から欧州にもたらされた。むろんこの珍品には、植物も含まれる。乾燥植物標本はもちろんだが、テニソンやゲーテの詩にあるように、苗や株ごと持ち込まれた珍しい植物も少なくない。それら異国の植物は、本来の生育地域とはまったく異なる環境で、大切に育てられ、研究された。

ゲーテが仕えたカール・アウグスト公は、植物学にも明るかった。事実、公はその豊富な知識ゆえ、現存する由緒正しい英国王室庭園協会（Royal Horticultural Society）の初代正会員に選ばれている。旅行で珍しい植物を見れば持ち帰るのは当然だったし、オークションや園芸家を通して手に入れた新種もあった。椰子が冬を越せるようヴァイマル郊外のベルヴェデーレ宮に温室を作らせ、イェーナ大学附属植物園にも一八一〇年以降、新しい温室を整備させている。イェーナ大学附属植物園は今も昔のままの場所にあり、その建物にはゲーテを記念した部屋がある。展示室には、「ゲーテの木 Goethe-Baum」と呼ばれ、ドイツで珍重されている樹木に関する説明もあるが、さて、読者はこれが何の木か思い当たるだろうか。

答えは「銀杏《いちょう》（公孫樹とも書く）」である。日本では街路樹としてありふれた木だが、この銀杏、恐竜が棲んでいた時代からの「生きた化石」で、中国・日本など東アジア地域に限定して生存する裸子植物である。植物の歴史上、裸子植物は、シダ植物と被子植物の中間に位置し、古生代に出現した原始的維管束植物（シダ植物）の繁栄後に出現し、中生代に全盛を迎えるも、白亜紀以降現在まで続く被子植物の繁栄により衰退した。松やソテツといった現在の裸子植物は、恐竜が生きていた頃に繁茂していた多種多様な植物の希少な生き残りで、そのなかでも顕著な例が、裸子植物の四綱の一つ、銀杏綱の唯一の生き残り、銀杏である。

そして銀杏が「ゲーテの木」と呼ばれる理由は、『西東詩集』（一八一五年）に収められている恋愛詩『銀杏の葉[*22] *Gingo biloba*』による。贈った相手は、ゲーテ家に昔から出入りしていた銀行家ヨーハン・ヤーコプ・フォン・ヴィレマー（一七六〇〜一八三八年）の後妻となったマリアンネで、『西東詩集』で伝説のカップル・ハーテムとズライカの役割をゲーテと演じ、相聞歌を贈答しあった（ゲーテ没後しばらくして、彼女は『西東詩集』所収のいくつかの詩が、ゲーテではなく、自作であることを公表・証明し、当時の研究者を驚かせた）。短い詩なので、以下、全文を引用しよう。

記念展示室のあるイェーナ大学植物学研究所の建物（右）と銀杏（左）

銀杏の葉

東の国から僕の庭に移された
この樹木の葉は
心得のある者に、秘密の意味を
味わう喜びを与えてくれる

これは一つの生きているものが
自然に分かれたものなのか
それとも二つのものが互いを求めあって
一つのものに見えるのか

この謎かけに答えることこそ
真実の意味を見出すこと
君は僕の歌に感じないか
僕が一つで、また二つでもあることを

（MA 11-1.2, S.71）

冒頭にある「東の国」は他ならぬ日本のこと、ヨーロッパでは絶滅していた銀杏 Ginkgo の種を持ち帰ったのが、一七世紀にオランダ商館付医師として来日したドイツ人、エンゲルベルト・ケンペル（ドイツ語の正式な読み方はケンプファー、一六五一〜一七一六年）だった。その八〇年後、リンネの弟子の一人で、長崎・出島に赴任したスウェーデン人カール・トゥーンベリ（一七四三〜一八二八年）が、銀杏の苗木をオランダに持ち帰ることに成功したという。記録上ヨーロッパ最古の銀杏は一七三〇年、ユトレヒト大学附属植物園の種から育てた（実生《みしょう》）株で、当初は中部ヨーロッパの寒さに耐えられるかわからなかったので、冬は温室に移動できるよう、鉢植えで育てたという。厳冬にも強く、育てやすいことがわかると、銀杏は王侯貴族を中心に新種のエキゾチックな植物として広まった。むろんカール・アウグスト公のお膝元、イェーナ大学附属植物園では一七九五年から銀杏の記録があり、一八〇〇年以降（現在に至るまで！）、ヴァイマルでは銀杏の苗木が名物の一つとして販売されるようになった。ちなみに今でも名物になっているという記述から読者は容易に想像できると思うが、先に引用したゲーテの詩『銀杏の葉』は、ドイツ語作品を《国文学》とする多くの独文学専攻学生にとって難解な作品の一つだ。その理由は明快、彼らドイツ人学生が銀杏を実際に見たことがないためである。

ところでヴァイマルおよびイェーナで銀杏が植えられている場所を正確に把握していたカール・アウグスト公とは対照的に、ゲーテ自身が銀杏に興味を抱いたのは、それから二〇年経った一八一五年になってからのことらしい。同行したズルピッツ・ボワスレー（一七八三〜一八五四年、中世および古代オランダ芸術の専門家でゲーテの友人）の証言によれば九月一五日、久しぶりに故郷フランクフルトに里帰りしたゲーテが、マイン川左岸にある薬剤師ザルツヴェーデルの庭から当時樹齢二三年になる銀杏の葉を、マリアンネに友情の印として持ち帰った。その五日後の九月二〇日、ヴァイマルへの帰途、ハイデルベルクに立ち寄ったゲーテは、別れを惜しんでフランクフルトから夫と見送りに駆けつけたマリアンネとハイデルベルク城の庭園にあった銀杏（残念ながら今は存在しない）を一緒に探したという。

Ⅶ　オーストリアから派遣されたブラジル探検隊とヴァイマル宮廷

ゲーテが生きた時代は、科学が個人の趣味から、大学で専門教育を受けた者の職業となり、さらにこれら学者たちの研究プロジェクトを国家が資金援助して長期探検隊の編成・派遣を開始する時期と重なる。フランスのナポレオンによるエジプト遠征（ロゼッタ石の発見で有名、一七九八〜一八〇〇年）などはその代表的な例である。しかし領邦国家ドイツでも財政的に豊かであれば、為政者の興味・関心に基づいて、小規模ながら探検隊が派遣された。たとえば筆者は、カール・アウグスト公の良きライバルであった隣国ザクセン＝ゴータ＝アルテンベルク公国のかつての都ゴータにあるフリーデンシュタイン城で、エジプト関係の装飾品や石碑をはじめ、何体ものミイラが常設展示されているのを目にした時、その関連性がとっさに把握できなかったが、これらの発掘品はまさに公の命を受けた探検家ウルリッヒ・ヤスパー・ゼーツェン（一七六七〜一八一一年）がカイロから、はるばるドイツに持ち帰ったものだった。残念ながらザクセン＝ヴァイマル＝アイゼナハ公国は探検隊を自力で組織・派遣するほどの財力はなかったらしい。[*23] しかし他国の王室の探検隊組織計画についてはアンテナを張り巡らし、最新の知識を入手する努力は怠らなかったようだ。

次に挙げる例は、オーストリア・ハプスブルク家の王女で、ブラジル皇妃となったレオポルディーネの輿入れを機に組織されたブラジル探検隊とヴァイマル宮廷の結びつきである。[*24] オーストリア皇帝フランツ一世の第五子にして第四皇女、マリア・レオポルディーネ・ヨゼファ・カロリーネ・フォン・エスターライヒ（一七九七〜一八二六年）は科学に関心があり、植物学および鉱物学を熱心に学んでいた。レオポルディーネ姫は、彼女の実母が亡くなったあと、フランツ一世の皇后となった若い継母マリア・ルドヴィカ・ベアトリクスと一緒に旅行をすることも多く、一八一〇年には湯治先カールスバートでゲーテと面識を得た。その後、姫は一八一七年二月にポルトガル皇太子ドン・ペドロと婚約し、八二日間にわたる船旅の後、一八一七年一一月五日、ブラジルに到着するが、その婚礼従者一行にはオーストリア、バイエルン、トスカーナの三国混成探検隊、すなわち学者とその助手達が含まれていた。カール・アウグスト大公の指示だけでなく、自らの興味からも、ゲーテはこのブラジル探検隊の動向把握に努めている。ゲーテの重要な情報源となったのは、オーストリア宮廷鉱物キャビネット監督責任者カール・フランツ・アントン・リッター・フォン・シュライバース（一七七五〜一八五二年、一八二一年ウィーンに新設されたブラジル博物館初代館長就任）だった。このシュライバースに宰相メッテルニヒは、ブラジル探検隊の学問的見地から有効な編成と支援を命じた。このシュライバースとの頻繁な文通により、カール・アウグスト大公とゲーテは、ブラジルからの新情報のみならず、珍しい品や植物の種子をオーストリア経由で入手していた。

大公とゲーテ両者の興味を特にひいたのは、当初浮腫に効くという噂のあった薬用植物の根、「リオ吐根《とこん》」（Raiz Preta の名で紹介されていた）だった。[*25] 吐根の原生地は南米アマゾン河流域で、コロンビアまたはブラジルから出荷され、後者をリオ吐根と呼ぶ。同義語で使われる現地語由来の呼称 **ipecacuanha** に「吐き気を催す」という意味があるように、催吐剤としての効果が高い薬草である。先に紹介した教訓詩『植物の愛』の作者エラズマス・ダーウィンは、大著『ゾーノミア、もしくは有機生物の法則』[*26] 第三部で医薬品の使用法・効果を論じているが、胃の不快感解消には砕いた酒石と同様、吐根を少量処方すると有効だという記述がすでに認められる。

またブラジルに派遣された研究者のうち、一八二三年以降、ゲーテと親密な人間関係を築いた人物が、バイエルン側から派遣されたミュンヒェンの植物学者フリードリヒ・フィリップ・フォン・マルティウス[*27]（一七九四〜一八六八年）である。椰子の美しい姿に魅せられたゲーテは、マルティウスの『椰子の自然誌 *Historia naturalis Palmarum*』の愛読者となり、自ら小論文『マルティウスの椰子に関する著作について』を執筆している。マルティウスとゲーテの間を仲介したのが、イェーナ大学医学部在籍時代、特にバッチュに師事した卒業生で、一八一八年のボン大学教授移籍と同時にレオポルディーナ自然科学アカデミー会長に就任したクリスティアン・ゴットフリート・ネース・フォン・エーゼンベック[*28]（一七七六～一八五八年）だった。

さて、ブラジル探検隊の一行には、自分でつけた偽名「ブラウンスベルク伯」を名乗って参加したマクシミーリアン・アレクサンダー・フィリップ・フォン・ヴィート・ツー・ノイヴィート王子（一七八二～一八六七年）の姿もあった。王子はむしろ鳥類収集で成果を挙げたが、ゼニアオイ科の新種植物二点も持ち帰った。この新種は、ネース・フォン・エーゼンベックが学問的解説を施し、マルティウスの尽力と王子の承諾を得て、ゲーテに因み、ゴエテア属（Goethea cauliflora および Goethea semperflorens）と名づけられた。折しも一八二三年二月中旬からゲーテは体調を崩し、かなり危ない状態だった[*29]。同月一七日には呼吸困難で一睡もできなくなり、悪寒で身体が震え、両足には浮腫ができた。二月一八日に心臓発作を起こしてからは重体に陥り、国外には「ゲーテ逝去」の誤報が流れ、本人も死を覚悟したらしい。峠と言われた二四日を奇跡的に越え、ゆっくりと体力を回復しつつあったものの、衰弱はひどく、生きる気力を失いがちだった老詩人にとって、既知の学者三名からの「命名」の贈り物は、ことさら嬉しかったようだ。四月二四日付でネース・フォン・エーゼンベックに送った礼状は、植物学の専門家たちからの思わぬ贈り物を素直に喜び、生きる希望を見出したゲーテの感謝の言葉に溢れている。

植物学は、その五年後、ゲーテにもう一度、生きる目的を与えた。同年六月一四日に長年仕えた主君、気心の知れた親友でもあったカール・アウグスト大公がベルリンからヴァイマルへの帰途、急逝する。ゲーテはその翌日、訃報を受けるが、本来なら大公の葬儀責任者になるべき立場であるにもかかわらず、その衝撃と悲痛のあまり、葬儀出席にも耐えかねて、イェーナ郊外ザール河畔の小高い丘の上に建つ瀟洒なドルンブルク城に逃避、七月七日から九月一一日までの二ヶ月間、ここに引き籠る。風光明媚なドルンブルクで、ゲーテは次第に平静を取り戻し、同時に自然研究への情熱を取り戻す。好都合と言うべきか、城の斜面には一面の葡萄畑が広がっていた。[*30]こうして一八二八年の夏をゲーテは蔓植物の研究に費やし、「葡萄の木は私にとって最も素晴らしい標本だ」という文を含む植物学論文『植物の螺旋的傾向について』[*31]（一八三一年）に結実させた。マルティウスから得た最新研究成果にも刺激されて成立した二篇からなるこの論文は、ゲーテ最後の植物学研究となった。

第2章

種痘と解剖実習　ゲーテと医学

Goethe und die Medizin

I　ゲーテと天然痘　『詩と真実』の描写から

ゲーテが生きた時代、「愛と天然痘からは誰も逃げられない „Von der Liebe und den Pocken wird keiner verschont"」という格言が人口に膾炙していた。ここでの「愛」は麗しい響きだが、実際は愛の営みによって媒介される性病「梅毒」のことを指すという。ともあれ、こちらについては一八世紀にいくつかの効果的治療法が見いだされ、それほど恐れる必要はなくなっていた。だが天然痘（現在は Pocken、ゲーテ時代の古風な呼び方では Blattern が使われる）については、まだ効果的な投薬や治療法は発見されていなかった。ウイルス感染による伝染病のため、罹患した場合は速やかな隔離が必要で、患者は命を落とす危険があり、何とか一命を取りとめても、失明したり皮膚に無残な痘痕が残ったりすることが多かった。

世界保健機構（ＷＨＯ）は一九六七年に種痘を義務化し、その甲斐あって、一九八〇年に天然痘根絶宣言を行った。しかしここに至るまでの天然痘と人類の闘いの歴史は長く、数千年以上に及んだ。なかでもスペイン征服者が南米にもたらした天然痘が、インカおよびアステカ帝国の古代文明の滅亡に決定的な役割を果たしたという推測は良く知られているが、一八世紀ヨーロッパでも六〇〇〇万人が天然痘の犠牲になったという。研究者プファイファー[*1]によれば、種痘が導入されるまで、毎年ヨーロッパでは約四〇万人（うちドイツでは約七万人）が天然痘で亡くなった計算になるという。同じ頃の日本、すなわち江戸時代の死因の第一位もしくは二位に挙げられていたのも天然痘だったという。[*2]有名な罹患例では、やや時代が遡るが、伊達政宗（一五六七〜一六三六年）が天然痘で右目を失明している。オーストリア女帝マリア・テレジア（一七一七〜八〇年）は五〇歳の時、罹患したが、一命をとりとめている。ゲーテも六歳くらいで罹患したことが、自伝的作品『詩と真実 *Dichtung und Wahrheit*』に記されている。ここで興味深いのは、彼が天然痘に有効とされる「予防接種」にすでに言及していることだ。

天然痘の予防接種は、早くから著名な文筆家が明解な文章で強く勧めていたにもかかわらず、私たちのところではまだかなり問題視されていた。そのためドイツの医師たちは、自然発症を先回りするようなこの施術を躊躇《ためら》った。これに当て込んだイギリス人が大陸に来て、先入観のない裕福な家の子どもたちに高額な値段で種痘をした。だが多くは今までどおり古くからの災厄にさらされた。天然痘は一家全体に猛威をふるい、多くの子どもたちの命を奪い、可愛らしかった顔立ちを醜く変えた。それに有効とされ、すでにその有効性を証明していたにもかかわ

らず、種痘の実施に踏み切った親は皆無だった。(MA 16, S.39)

ただしここでゲーテが「予防接種」や「種痘」と呼んでいるのは、現在の読者が通常想像するだろう牛の天然痘を接種する「牛痘法 Vakzination」ではなく、人間の天然痘を利用した「人痘法《じんとうほう》 Variolisation」のことである。中国をはじめ、インドやトルコでは、天然痘患者の膿などを感染前の人間に接種し、軽度の天然痘を人工的に発症させて免疫を得るこの「人痘法」が早くから普及していた。イギリスにこの方法が知られたのは、一七一七年、英国女流作家モンタギュー夫人(一六八九〜一七六二年)の書簡を通してだという。[*3] コンスタンティノープル(現在のイスタンブール)駐在英国行使夫人でもあった彼女は、駐在先で自分の息子たちに人痘法の接種を行わせた。一七二一年には本国イギリス宮廷で人痘法が披露され、英国王ジョージ一世は死刑囚六名を被験者に選び、種痘後は彼らに恩赦を与えた。その後英国内では人痘法が普及、一七四九年頃にはスイス・ジュネーブ経由でヨーロッパ大陸でも知られるようになった。とはいえ、この方法は命の危険が絶対にないとは言い切れなかった。当時四〇から五〇人の人痘接種者のうち、平均一名が重症となり死亡していたというから、どんなに効き目が有効と言われても、万一自分の子どもがその二〜三パーセントの不幸な一人になってしまったら——と考えると、親も躊躇してしまったのだろう。

さらに右に引用した「そのためドイツの医師たちは、自然発症を先回りするようなこの施術を躊躇った」という一文からは、啓蒙化された市民はともかく、一般には種痘がまだ信仰上、神が懲らしめのために人間に振るう鞭を折るような、罪深い行為とみなされていたことが窺える。一八〇六年からヴァイマルに住み、自ら主宰するサロンを通してゲーテ夫妻とも親しく交際した女流作家ヨハンナ・ショーペンハウアー（一七六六～一八三八年、哲学者アルトゥア・ショーペンハウアーの母）の幼少時代の回想を挙げよう。ダンツィヒの裕福な商家の娘だった彼女は、他二人の姉妹と人痘法の予防接種を受けた稀な例だった。

……人痘法は総じて特に嫌悪感を抱かれる対象で、異議が唱えられていた。ヨーロッパの半分でたちどころに掲載された新聞広告も効果を奏さなかった。ダンツィヒから何マイル、いや何十マイルも離れたところでさえ、どんなに熱狂的な支持者が声を大きく効果を唱えても、教会の説教壇から説明されても、恐れ多くもそんな神を試すような身の程知らずで傲慢な試みをほんのちょっとでも真に受けようとした者はいなかった。多くの敬虔な信者たちは、人痘に強い嫌悪感を抱いたのだった。*4

啓蒙に迷信がここでも対峙する。近代ヨーロッパにおける自然科学受容を調査する時、絶対に見過ごしてはならないのが、宗教すなわちキリスト教信仰である。詳しくは天文学とゲーテとの関係で再度言及するが、日本人が地動説をさほど抵抗なく素直に受け入れたのは、キリスト教と対峙する必要がなかったことが最大の理由とされている。ヨーロッパでは、たとえ天文学者がどんなに天動説の誤りを学問的に指摘できたとしても、地動説が本当に普及するためには、納得のいく哲学的理由づけが必要だった。望遠鏡を常用観察機器として使うにしても、避雷針を屋上に設置するにしても、近代科学は常に哲学、特に文学を仲介とした精神的援護なしでは社会に認知・許容されなかったのだ。

種痘の普及についても、まず伝統的なキリスト教的立場からの反対意見を論破するのが最初の課題だった。「子どもたちが天然痘に罹る必要がないとお考えなら、父なる神はこんな流行病をお創りにはならなかったはずだ」などと宿命論を唱える反対者に、啓蒙主義者は「人間が天然痘と闘うことをお望みでなかったなら、神は種痘を発明させなかったはずだ」と言い返したものだった。この場合、種痘は、人間が理性を働かせれば、神がより素晴らしい進歩を約束してくれる代表例となった。以下は、ゲーテ没後一〇年以上経った一八四四年にスイスの郷土作家イェレミアス・ゴットヘルフ（本名アルベルト・ビッツィウス、一七九七〜一八五四年）の啓蒙的作品からの引用だが、老牧師とハンスリという名の農夫の間で、牛痘法実施が話題になる。ここでは子どもに種痘をさせることを拒否する頑固で信心深い農夫に、牧師が火事を例にとって説得を試みている。

牧師「お前さんの頭の上の屋根が、真っ赤な炎に包まれていたら、神の御心のままに、とそのまま何もしないでいるのかね。足を使って、消火に努めるだろうが」。

農民ハンスリ「そりゃそうです、牧師様。でも足は神様が授けてくださったものだから、御用に使うわけですよ」。牧師「同様に慈しみ深い神様は牛痘を授けてくださったのだ。これは牛の病気でね。神の御心に反するなら、神様は人間に牛痘など作らせなかっただろうよ[*5]」。

事実、これはゲッティンゲンの物理学者ゲオルク・クリストフ・リヒテンベルク（一七四二～一七九九年）が避雷針設置に関して――次章で再度言及するが――使ったのとまったく同じ論法である。一七八〇年六月二四日付の『ゲッティンゲン報』でリヒテンベルクは、『ゲッティンゲン市における最初の避雷針に関する所見付報告』と題した論文を発表した。ここで彼は迷信を信じて避雷針設置に反対する人々に「それでは神が我々に送り込むあらゆる病気や事故を心から喜び、それに対して処置や対策を一切とらないのか？」と問いかけ、避雷針を使う正当性を主張したのだった。

さて、話をゲーテに戻そう。こうして両親が当時紹介されてまもない、安全とは言い切れない人痘を子どもたちに施すかで悩み、二の足を踏んでいるうちに、息子ゲーテは天然痘に罹ってしまった。『詩と真実』には彼の病気の進行も描写されている。

災難は我が家にも及び、何より私の身を直撃した。全身が発疹で覆われ、顔中も発疹だらけになった。何日もの間、私は目も見えず、ひどい痛みに苦しんだ。できるかぎり痛みから私の気を逸《そ》らせ、疱瘡を掻き壊して患部をさらに広げないよう、皆は私がお利口にしていれば、何でも買ってあげる、何でもしてあげると約束した。……終《つい》に苦痛の時期が過ぎて、私の顔からまるで仮面が剥がれるように疱瘡が引いていった。天然痘は私の肌にあからさまな痕は残さなかったが、それでも容貌を明らかに変えた。私自身はふたたび日の光を見ることができただけで満足で、次第に瘡蓋《かさぶた》も取れていった。(MA 16, S.39)

ちなみに研究者ヘルマン・コーン[*6]は、一八〇七年にゲーテ生前のマスク——死について過敏だったゲーテは、自らのデスマスクを取らせることを断固拒否したという——を取った石膏鋳型を詳細に調査し、顎と左頬と額の三箇所にほとんど目立たない痘痕を認めている。ゲーテが言うように確かに目立つ痕は残らなかったようだが、コーンはまた「ゲーテは若くして軽度の近視になったが、目の炎症が原因とされるこれは天然痘の後遺症ではないか」[*7]と推測している。

Ⅱ　ヴァイマルにおける天然痘流行　フーフェラントとシュタルク

もう一つ、「種痘」が思いがけなく登場するのが、ゲーテの後期小説『ヴィルヘルム・マイスターの遍歴時代』(決定稿、一八二九年)である。ここでは主人公ヴィルヘルムが幼年期の思い出として、少年の溺死事件を語ったあと、種痘への言及が続く。

ともあれ、この不幸な事件〔少年の溺死〕は多くの議論や社会的活動を促すきっかけとなった。私の父は当時、自分の考えや関心を家族や自分が住む町に限らず、博愛精神により社会一般に拡大・普及させようとした人物の一人だった。種痘実施にあたり、当初の大きな障害を取り除くべく、父は医師や警察関係者への協力を惜しまなかった。（MA 17, S.507f.）

当時の医学的背景を知らずに、現代の読者がこの部分を理解するのは難しい。だが、この短いエピソードこそ主人公が外科医を志す直接の動機であるとともに、自然科学（医学）の発達による自然の脅威克服という重要なテーマを扱っている部分なのである。

そしてドイツにおける種痘普及に大きな役割を果たした一人が、クリストフ・ヴィルヘルム・フーフェラント（一七六二～一八三六年）だった。フーフェラントは、一八・一九世紀の医学的啓蒙に努めた医者の一人で、特にその著書『長寿術 *Die Kunst, das menschliche Leben zu verlängern*』（一七九六年）が有名である。*8 一七八〇年春学期からイェーナ大学に通ったが、翌八一年秋学期からはゲッティンゲン大学に移籍し、八三年夏に医学博士号を取得した。ちなみに前述したリヒテンベルクは、フーフェラントの指導教授でもあった。ヴァイマルの開業医をしていた実父の病気と失明によりその診療所を受け継ぎ、以来、ヴァイマル宮廷に集う文人たち——ヴィーラント、シラー、ヘルダーそして無論ゲーテ——の診察も引き受け、まもなく宮廷医も兼務するようになった。ゲーテ邸での気心の知れた友人・知人を集めた勉強会（教養サロン）でフーフェラントが行った講演を聴き、感銘を受けたカール・アウグスト公は、一七九三年春に彼をイェーナ大学医学部正教授に任命した（余談ながら、イェーナ大学ドイツ文学研究所はかつてのフーフェラントの住まい――彼の転出後は、ゲーテと親しかったイェーナの出版社長フロマンの所有となる――を改装したもので、壁に記念札が掛かっている）。在任中は医学の研究と執筆活動、学生の指導に加え、一般への医学知識の普及に努めたが、一八〇一年にプロイセン国王フリードリヒ・ヴィルヘルム三世の侍医兼ベルリン病院長に就任した。とはいえイェーナを去ったあとも、フーフェラントとゲーテの間の交友関係が絶えることはなかった。

ところでフーフェラントもゲーテ同様、子どもの頃、天然痘を患い、何とか一命をとりとめたという経験の持ち主だった。彼は初期の著作『天然痘根絶について *Über die Ausrottung der Pocken*』（一七八七年）で専門家に限らず一般に向けて、衛生的理由から天然痘による死者の遺体は隔離すべきであると説き、ヴァイマル最初の死体仮安置所建設のきっかけを作った。*9 一七八八年にヴァイマルで天然痘が大流行した時――ゲーテはイタリア旅行中だった――フーフェラントは病状経過をつぶさに観察するとともに、人痘法も実施し、翌年にはこれらをまとめた『一七八八年のヴァイマル

フーフェラントの肖像

における自然的および人工的天然痘発症に関する所見』をライプツィヒの出版社から刊行した。[*10] 天然痘流行に関する彼の知識はこの時点ではまだ不足していたが、流行の初期段階で有効な措置の一つとして、人痘法の実施を挙げていることは注目に値する。フーフェラントは軽症の天然痘患者から痘苗を採取し、健康な人間に接種していた。

興味深いのは、フーフェラントとほぼ同時期に、日本でも秋月藩医の緒方春朔《おがたしゅんさく》（一七四八～一八一〇年）が人痘法による種痘を実施し、記録上、日本で最初に種痘に成功していることだ。[*11] オランダ医学を学ぶための長崎留学中、緒方は中国医書『醫宗金鑑《いそうきんかん》』を読み、患者の痘痂《とうか》（かさぶた）を使った人痘法の知識を得た。緒方はここからさらに痘痂の粉末を木製ヘラに盛って鼻から吸引させるという、安全性のみならず確実性も飛躍的に高めた方法を編み出し、一一〇〇人以上の子どもに実施してすべて成功したという。[*12]

さて、フーフェラントと並んで忘れてはならないのが、ゲーテ在職中イェーナ大学で活躍した医師ヨーハン・クリスティアン・シュタルク（一七五三～一八一一年、「シュタルク一世」、「大シュタルク」などの呼称が使われる）である。彼はカール・アウグスト公および母アンナ・アマーリア公妃の侍医を務め、シラーやゲーテの主治医でもあった。シュタルク一世は、イェーナで助産学を専攻し、一七七七年に博士号を取得したあと、七九年からは同大医学部准教授に就任した。一七八一年には個人病院を設立している。彼こそ、領民の反感をはねつけ、種痘を最初にザクセン＝ヴァイマル＝アイゼナハ公国に導入した功労者であった。ライツによれば、シュタルク一世は一七八八年四月二二日に若干五歳のヴァイマル公の世継ぎ、カール・フリードリヒ王子に種痘を施している。種痘は天然痘に罹った乳牛から採取した新鮮なリンパ液を使うため、ヴァイマル近郊の小さな村、牛小屋の目の前にある四阿《あずまや》で行われたという記録から、実はシュタルクが、後述するジェンナー以前に牛痘苗を使う技術を知っていたと推測される。一七九三年一〇月には、彼のもとでゲーテの一人息子アウグストも種痘を受けた。

同姓同名のシュタルクの甥（一七六九〜一八三七年、「シュタルク二世」、「小シュタルク」と呼んで区別される）も早くから――おそらく一八〇〇年頃と推定――牛痘法の定着に尽力したが、彼が義務化を主張した予防措置は「学部内の反対意見ゆえに」残念ながら成功しなかった。*13

Ⅲ　英国医師ジェンナーと牛痘法

一七九六年、英国医師エドワード・ジェンナー（一七四九〜一八二三年）は天然痘に有効な新しい種痘方法すなわち「牛痘法」を考案した。彼は牛の天然痘（牛痘）を観察し、牛痘にかかったことのある乳搾りの女たちが天然痘に罹らない、あるいは罹ってもほんの軽症で済むことを経験的に知っていた。さらにすでに牛痘に罹った人物に人痘法の接種を行っても効果がない、つまり種痘が有効となった証拠に、痘瘡が出ないことも確認した。英国内では小作人ベンジャミン・ジェスティなる人物が、すでに一七七四年に妻と二人の息子に牛痘法の予防接種を行ったという話があり、またドイツでも北ドイツ・キール近郊に住むプレットなる学校教師が、同様の観察をもとに牛のリンパ液での種痘を実践している（一七九一年）。先に記述したように、ヴァイマル公侍医を務めていたシュタルク一世も牛痘法技術を明らかに有していたが、学術的報告書や記述の類は保存されておらず、学術的根拠に基づく予防接種実施はジェンナーが先駆者とみなされている。また当のジェンナーでさえ、人体実験に踏み切るには時間がかかっており、一七九六年五月一四日、当時八歳の健康な少年に初めて牛痘法の予防接種を試み、成功したのだった。早速ジェンナーは詳細な報告をロイヤル・ソサエティーに送るが、「貴殿の名声をこんな不確実な実験で台無しにされるべきではない」というコメント付きで返却されてしまう。しかしジェンナーは一七九八年に報告書『牛の天然痘と呼ばれる牛痘の原因と影響に関する研究』を発表、牛痘法の技術を紹介し、その長所を挙げた。一八〇三年には予防接種施設としてのジェンナー協会が設立され、天然痘の死者は激減したという。ジェンナーによって開発された牛痘法は、その確実性が評価され、イギリス国内だけでなく、ヨーロッパ諸国にも広まった。

　ドイツでいち早くジェンナーの牛痘法に反応した人物の一人が、ベルリンのフーフェラントだった。*14 早くも一七九九年に彼は著書『自然および人工的天然痘並びにその他小児が罹患する病についての所見』を書き上げたばかりでなく、自ら主宰する専門雑誌にもジェンナーの牛痘法に関する経過観察と長所を掲載した（ただし、フーフェラントが彼の著作でジェンナーの名に言及していないのはいささか奇妙、との指摘がある）。

フーフェラントは予防接種を徹底するには熟練した医師が必要であることにも注目し、プロイセン国内では国が認定した医師しか種痘を行ってはならない旨、厳格に記した回状を出すとともに、痘苗の入手方法についても詳細な指導要綱を定めた。彼の指導により、一八〇二年にはベルリンに世界初の公的予防接種――特に天然痘を念頭に置いた――施設「プロイセン王国種痘研究所」が、当時のプロイセン王フリードリヒ・ヴィルヘルム三世（一七七〇～一八四〇年）と王妃ルイーゼ臨席のもと開所した。当初、種痘が義務化されたのは兵役に就いている者に限られていたが、自発的に予防接種を受ける者が増え、以後、天然痘の死者は激減したという。プファイファーの研究によれば、一八〇一年から一〇年の間にプロイセン国内では約六〇万人が種痘を受けたという。[*15] 一八〇七年にはバイエルン公国およびヘッセン公国でも種痘が義務化された。[*16]

Ⅳ　ゲーテが理想とした医師像　ヴィルヘルム・マイスターの解剖実習

ゲーテもまた天然痘の予防接種に理解を示した。これをよく示す証拠に、彼の書記エッカーマンによる一八三一年二月一九日にゲーテと彼の最後の主治医にして友人のカール・フォーゲル博士（一七九八～一八六四年）の会話記録がある。フォーゲルはここで、「最近、予防接種を行ったにもかかわらずふたたび公国内アイゼナハで天然痘の流行があり、短期間に多くの人間の命を奪った」と報告した（MA 19, S. 412）。エッカーマンの記録は続く。

「自然は人間を繰り返しからかうものですから」とフォーゲル医師は続けた、「私たちは自然に対するセオリーが有効か、よく注意しなければなりません。天然痘予防接種は確実この上ないとされ、法的に義務化されました。ですが予防接種を受けた者も死亡している今回のアイゼナハの例をみますと、予防接種への信頼が揺らぎ、また予防接種法令の信用を貶める気がいたします」。

「それはそうだが」とゲーテは首肯しつつ、「厳格な法令により予防接種を続けることに、私は賛成ですな。予防接種義務化による恩恵が明らかである以上、そんな些細な例外は問題にならんでしょう」と続けた。

「仰ることはごもっともです」とフォーゲルは同意を示し、「予防接種が天然痘に効果を発揮できなかった今回の例については、種痘が不十分だったと申し上げたいくらいです。予防接種は発熱するくらいの強さがないと、有効になりません。発熱せず、肌が赤くなったくらいでは無効です。ですから強めの種痘を接種することを公国内の委員たちに徹底させるよう、本日の会議でも提案して参りました」。

「貴殿のご提案が徹底されますよう」と賛同し、ゲーテはさらに続けた。「規則を厳格に守ることについては、いつも賛成です。いたるところで精神的弱さと度を過ぎた自由主義ゆえ、人々が必要以上に譲歩しがちな今のような時期には、なおさら必要なことです」。(MA 19, S.412f.)

この会話から、ゲーテが天然痘予防接種の支持者であったことは明白である。ゲーテの時代のパンデミック・天然痘は、医学の進歩と新しい種痘技術によって克服された。こうして種痘は、避雷針とともに――現在の読者にとっては奇異な組み合わせだろうが――技術の導入によって自然の脅威を制圧する人間の理性的能力の象徴となった。しかしゲーテが人間の能力に限界があることを忘れていなかったことは、一八二七年八月一二日に長年の同僚にして親友でもあったミュラー宰相との会話から読み取れる。

「医者は私たちの寿命を一日たりとも長くできないだろう。私たちは神が定められた長さを生きる。だが、私たちが哀れな捨て犬のごとく惨めに生きるか、健康に快活に生きられるかの違いはあり、それはひとえに賢い医師の力にかかっている*17」。

この会話のポイントは、ゲーテの医師に対するスタンスが明確になっていることにある。ゲーテによれば、医者の使命は患者の命を単に長くすることではなく、その生活の質、現代風に言えばQOLを高めることにある(なお、この含蓄のある言葉から読者は「患者」としてのゲーテもさぞ理想的であったろうと想像されるかもしれないが、病床に伏した時のゲーテはまた別で、主治医に悪口雑言を吐いて、困らせていたという記録が残っている)。翌二八年三月一一日には、エッカーマンに対してもゲーテは次のように語っている。

「もし真の治療を望むなら、医者だって創造的でなければならない。そうでなければ、偶然みたいなもので、行き当たりばったりで治療を成功させるにすぎず、ただやっつけ仕事をするだけになってしまうからね」。(MA 19, S.606)

医者は愛情豊かで、創造的でなければならない、とゲーテは主張していた。*18 真の医者は生産的かつ創造的であり、この意味で芸術家に近い存在であるべき、というのが彼の持論だった。医者の倫理性と創造性という、今なお色褪せることのないテーマを扱っているのが、何度か言及したゲーテの後期小説『ヴィルヘルム・マイスターの遍歴時代』である。

幼い頃、少年の溺死事件を目撃したヴィルヘルムは、事故当時、適切な瀉血が行われていれば、少年の命が救えたかもしれないことを後に知った。その後、『徒弟時代』では旅の演劇団に加わり、自らも舞台に立ってドイツ演劇の質向上に努めた彼だったが、《塔の結社》に入団し、遍歴の生活を送るなか、外科医を本職にする意志を表明する。彼の意志は《塔の結社》に認められ、彼はある大都市の専門施設で、念願の外科医修業を開始するわけだが、その外科修業中のエピソードが、『遍歴時代』第三巻第三章で主人公の口から語られることになる。[*19] 解剖学の講義で、ヴィルヘルムは俳優としての過去のキャリアやそこで得た演劇の知識が決して無駄ではなかったことに思い至る。そしてある日、主人公は自らメスを握り、人体解剖実習に臨む。実習生ヴィルヘルムに与えられた実習課題は、「世にも美しい女の腕」だった。不幸な恋愛に我を失い、入水自殺を図ったこの美しい娘の屍《しかばね》は、自殺者の処置規則に従って、解剖実習に供されたのだった。

もともと手と目は人間の身体のうちで最も動き、感情表現を行うので、解剖の際も死者の生前の特徴をよく伝える部位だという。他の学生たちが美しい娘の死体を研究対象として、速やかに着席し、執刀を開始したのに対し、ヴィルヘルムはまず、彼女が生前、この綺麗な腕を恋人の腕に絡めて、愛を語り合った場面を想像し、呆然と立ち尽くす。彼は覆いの下から現れた美しい腕にメスを入れることに戸惑い、躊躇する。「この類稀な自然の被造物をさらに傷つけることへの嫌悪感と知識欲に飢えた男が遂行すべき課題とが胸中でせめぎあった」(MA 17, S.555)。彼の周囲の人々は、後者の欲求に従って、メスを執った。さて、ヴィルヘルムはこの後どうしたのか——。その後の彼の行動を理解するために、当時の解剖学の状況を確認しておこう。

V　イェーナ大学新解剖塔とゲーテの師ローダー

「解剖学 Anatomie」という言葉は、ギリシア語で切断と解剖を意味する anatemnein に由来するという。現在では解剖学にもさまざまな領域があるが、ゲーテ時代の「解剖学」と言えば、肉眼解剖学、特に人体解剖が想起される。西洋で初めて人体解剖が行われたのは紀元前四世紀、場所はアレクサンドリアだった。しかしまもなく人体解剖は禁止され、犬・猫・鳥・魚など身近な動物を代用して人体解説が試みられるようになった。むろん、動物と人間の作りは同じではないから、誤った考えが広まり、混乱した状況がルネサンス頃まで続いた。一三世紀になってようやくイタリア・ボローニャで人体解剖が再開されたのだった。

一八世紀には医学的思考も劇的に変化した。当初はむしろ哲学的見解が中心だった授業内容も、世紀末には自然科学を基礎に解剖実習等が導入されていく。一七八五年にはウィーンに王立医学・外科学アカデミー（Josephinische Medizinisch-Chirurgische Akademie）が、一七九六年にはベルリンに外科医養成所（Chirurgische Pépinière）が開校した。ヴュルツブルク大学医学部では一七九〇年度秋学期から定期的に解剖実習が導入されていた。[*20] むろんイェーナ大学も例外ではなく、一七七八年にゲーテの解剖学の師、ユストゥス・クリスティアン・ローダー（一七五三〜一八三二年）が、解剖学・外科学・産科学を専門とする医学部教授に就任した。

さて、医学部にはいわゆる「解剖劇場 anatomisches Theater（theatrum anatomicum）」がつきものだった。それは文字どおり、解剖学用公開劇場だった。簡単に説明すると、まず解剖台を中心に階段状の見物席が楕円――眼球の解剖研究に由来した形として解剖のシンボルとされていた――に取り巻く。中央の解剖台では、助手に介添えされつつ、外科医が執刀しながら解説する、まさにライブの解剖講義を行った。この解剖台には、歌舞伎舞台の奈落のような装置があり、解剖済みの死体や解剖中に出た不要物を落として処理できるように工夫されていた。なお、人体解剖の初期には、解剖台よりも高い位置に座っている内科医が外科医に指示を下すのが常だった。これには医学界のヒエラルキーにおいて、直接手を汚す外科医は内科医よりも劣ると位置づけられていたことによる。もともと外科医は床屋・理髪師と同義語で、「床屋外科」とか「床屋医者」とか呼ばれていた。現在も理髪店の店先で目にする赤と青と白の帯の看板は、理髪師が外科医を兼務した時代の名残で、三つの帯はそれぞれ動脈（赤）、静脈（青）、包帯（白）を象徴している。内科医が学際的共通語ラテン語を使い、大学で医学を専攻した専門家として社会的にも高い地位を獲得していたのに対して、外科医は久しく理髪師の同業組合に所属し、肉体労働者とほぼ同格に位置づけられていた。ちなみに理髪師から近代的な意味での

ローダーの肖像

イェーナ大学解剖塔跡

「外科医」に転身した最初の人物は、フランス王室公式外科医になったアンブロワーズ・パレ（一五一〇？～九〇年）とされている。

解剖対象には、絞首刑になった犯罪者の死体が主として使われた。なお解剖は冬季限定で行われた。気温が高い夏では、死体が腐敗し、下手をすると疫病感染を招く恐れがあったからだ。現在の医学部人体解剖実習は数ヶ月かけて行われるが、防腐剤がない当時は、まさに時間との戦い、解剖に着手したら最後、夜を徹してでも作業は続けられた。蝋燭で照明をとり、悪臭を防ぐ香水を振りまきながらの、さぞかし凄惨な見世物だったに違いない。近代解剖図の始祖レオナルド・ダ・ヴィンチ（一四五二～一五一九年）も、人体解剖は肉体労働で、腐敗臭に耐えられる丈夫な胃が必要だ、と説いている。

なお、イェーナ大学では一七五〇年に新たに解剖劇場が建設された。この新解剖劇場こと「解剖塔」は、その遺跡が今も市内に残る。ゲーテは新任教授ローダーと定期的にコンタクトをとるだけでなく、八一年以降は彼の骨学および靭帯に関する解剖学講義に出席したり、非公開の解剖実習に参加したりしている。この関連で、ローダーの指導のもと、一七八四年にゲーテが、それまで人間にはない――ゆえに他の動物と一線を画す、人間の優位性指標となっていたため、この発見は容易に認められず、学術論文として公式に発表されるまで三〇年以上を要した――と考えられていた顎間骨を発見したことを忘れてはならない。*21 なお、この発見の舞台は「解剖塔だった」と遺跡前の説明にも書かれているのだが、最近ではローダーの骨学標本室があった城内（現在のイェーナ大学本館）であるという見方が強くなっている。*22

ローダーは巧みなメス捌きで有名だったが、その実習作業について、ゲーテはカール・アウグスト公宛の書簡（一七八一年一一月四日付）で次のように報告している。

彼［ローダー］は見学者の私に一週間で、これ以上できないほど、ありとあらゆるものを使って、骨学と靭帯学を実演しながら教授してくれました。二体の不幸な、同時に私たちによってほとんどの皮を剥がれ、その罪深い肉体を提供してくれたという意味で幸運な死体が使われました。

（WA IV-5, S.211）

ザクセン＝ヴァイマル＝アイゼナハ公国内では、すでに一八世紀から、刑死あるいは自殺による屍を解剖劇場に調達するルートが整備されていた。そのためイェーナ大学医学部は、当初ゲーテが後に『遍歴時代』でヴィルヘルム・マイスターに語らせたような（MA 17, S.554）実習用死体の不足に悩んではいなかった。解剖実習用の死体は、特定の解剖学世話人の手によって適正価格で入手できたという。[*23] またヴァイマル枢密顧問官の一人、ヤーコプ・フリードリヒ・フォン・フリッチュ伯（一七三一〜一八一四年）も積極的に解剖実習用人体標本の入手に努めた。ロンドンからのいわゆる修学旅行の帰途、一七八三〜八五年にかけて、彼は計八〇体の人体標本――ただし入手先は不明――をイェーナの解剖塔に調達したという。

他方、ローダーがイェーナに着任してから、医学生の数は著しく増加した。就任当初の一七八八年度は春・秋学期ともに一〇〇人程度だった学生数が、九六年度には二倍の二〇〇人以上になっている。この時期、人体標本の不足が問題になったはずだが、ローダーはこの問題を巧みに処理したようだ。ゲーテの報告によると、一七八六年度の秋学期開講に際して、ローダーは、「ザクセン公国から夏・冬、私費で標本を入手したい。その代わり家計が苦しいことの証明書類を提出したザクセン公国出身の学生については、解剖学と外科学の授業を無料にする」[*24] ことを申し出ている。

しかし誰もがローダーのように需給ルートを確保できたわけではない。この結果、解剖に使うために墓場を荒らし、死体を盗む犯罪が発生する。この解剖学用死体盗人――ゲーテは、英語の resurrection men を直訳した Auferstehungsmänner という表現を用いている――は、特にイギリスで頻発していたらしい。『遍歴時代』の主人公ヴィルヘルムは、解剖目的で新しい墓が暴かれ、土葬されたばかりの死体が盗まれる日常の恐怖を次のように語っている。

年齢や威厳や身分の高低とは一切関係なく、墓所はもはや確実な永眠の場ではなくなった。花で飾られた盛り土も、故人の記憶をとどめるための碑文も、この実入りの良い略奪者の欲にかかっては、なす術《すべ》が何もなかった。(MA 17, S.554)

後にヴィルヘルムが師事する造形解剖学者は、さらに解剖用死体を入手すべく発生した殺人事件について語る。事実、『遍歴時代』執筆中の一八二八年、ロバート・ノックスの解剖アカデミーが医学用殺人死体を買い漁っていた事件が発覚しており、ゲーテはこの医学スキャンダルをタイムリーに『遍歴時代』に使ったわけだ。ちなみに殺人主犯ウィリアム・バークは裁判にかけられ、死刑になった死体は公開解剖された。[*25]

VI　解剖学図とイェーナ大学専属絵画教師

解剖学は人体構造に関する学問だが、この習得には絵画的再構築、いわゆるスケッチおよびデッサンの能力が要求された。ゲーテの時代は写真術発明以前だからなおさら、解剖の記録を二次元平面上に再現する芸術的能力は重要視されていた。ローダーに師事するにあたって、ゲーテは早速、ヨーハン・ダニエル・プレスラーの銅版画が豊富な解剖学教科書（*Deutsche Anweisung und gründliche Vorstellung von der Anatomie der Mahler*, 一七〇六年）を取り寄せ、図版の模写による学習を行っている。[*26] 一七八一年一〇月一九日付シュタイン夫人宛の手紙にも「今宵は解剖図を模写し、不足部分の改善に勤《いそ》しみました」（WA IV-5, S.205）という文章が認められる。この解剖学で得た新しい経験を、ゲーテは早速一七八一年一一月から翌年一月にヴァイマルの絵画学校で伝授した。[*27] イタリア旅行中もゲーテは解剖学に従事しており、特に一七八七・八八年のローマ滞在中は、さまざまな部位の人体スケッチを集中的に行っている。[*28]

ゲーテがイタリアで解剖学スケッチに勤しんでいた一七八八年、イェーナでは師ローダーが『解剖学教本 *Anatomisches Handbuch*』第一巻を刊行した。この巻で、彼がゲーテによるヒトの顎間骨発見に言及していることは注目に値する。また一八〇三年には一〇年近い準備期間を経て、全二巻大型美装版『人体解剖図版 *Tabulae anatomicae quas ad illustrandam humani corporis fabricum collegit et curavit*』がヴァイマルから刊行された。[*29] この記念碑的著作はローダーの二五年間にわたるイェーナでの研究成果であり、同時にイェーナ大学への餞別の品となった。というのはこの年、彼はその間に四〇〇〇点を超えるまでになった解剖学プライベート・コレクションごと、ハレ大学医学部に移籍したためである。

この『人体解剖図版』にローダーは三名の素描家と一四名の銅版画家を惜しみなく投入したが、

そのなかに学術的素描にかけてはドイツでも屈指のヤーコプ・ヴィルヘルム・ルー（フランス系の苗字で、ドイツ語ではルークスとも読まれる。一七七一～一八三一年）の名前があることは見過ごせない。ローダーは「解剖学ごときに有名な素描家を使いすぎる」と批判されたこともあるというが、先にも述べたように写真がない時代、視覚的な見栄えと完璧さを最も要求する解剖図において、支払いさえ可能なら、トップクラスのデッサン力を持つ人材を使うことは当然のことだった。ローダーがロンドン遊学中に師事したことがある、あの有名な英国解剖学者兼外科医のウィリアム・ハンター[*30]（一七一八～八三年）も解剖学著作に使う挿絵の品質を非常に重視していたと言う。特にローダーの『解剖図版』第一巻は、計一八二点の図版に一四三一点の挿画が収められており、そのうち三〇九点の挿画は彼自身が行った解剖標本を直接素描したオリジナルだったから、並の画家に任せられる対象でもなかったのだろう。

これに関連して、最近の一八世紀ドイツ文化に関する研究成果として、ルーのイエーナ大学における職業、「大学専属絵画教師 akademischer Zeichenlehrer」の活動が徐々に明らかになりつつある。[*31]これによると、一八世紀半ばのドイツには、芸術を介した学問の伝授に二つの方法があったという。その一つが名前だけ先行して挙げておいた「絵画学校 Zeichenschule」である。ヴァイマルではカール・アウグスト公の母で自らも聡明な啓蒙君主として知られたアンナ・アマーリア公妃が絵を描くことを好んだこともあり、一七八一年以来、市民の誰でも無料で受講できる絵画コースが複数開講された。貴族の高尚なたしなみに市民が参入するとともに、国家が援助する市民教育機関としての絵画学校は、ヴァイマルの他にもドイツのいくつかの都市で個別に組織されつつあった。なかでもヴァイマルの絵画学校は、いわゆるカルチャーセンター的性格のみならず、フリードリヒ・ヨーハン・ユスティン・ベルトゥーフ（一七四七～一八二二年）が経営する宮廷御用達出版印刷工場（Landes-Insudtrie-Comptoirs）と連携し、当初から市民の職業訓練所としての性格を強く打ち出していたのが特徴だった。*[32]

これとは別に、いくつかの総合大学では、かつての自由学芸の延長として絵画授業が開講されており、それを担当する専属絵画教師を擁していた。当初は貴族の師弟の審美眼を鍛えるための習いごとにすぎなかった絵画だが、一八世紀後半になると、解剖学図にとどまらず、学術機器使用の解説挿絵や精確な測量図の作成など、自然科学分野での学術的役割が強く意識されるようになった。自然科学系専攻学生が観察対象を迅速かつ正確に把握するために、学術的な意味でのデッサン力は必要不可欠であり、ローダーをはじめ、イェーナ大学の自然科学系教授陣は、観察スケッチが下手な学生に対して、しばしば苦言を呈していた。

ルーはもともとイェーナ大学で数学を専攻していたが、ローダーの解剖学も聴講していた。彼の学友にはヴュルツブルクで代々医師を務めるシーボルト一族（標準ドイツ語読みではSが濁音となるジーボルトだが、南独ではオーストリア同様Sの発音が清音となり、後者を名乗っていた）出身のヨーハン・バルトロメウス・シーボルト（一七七四～一八一四年、長崎に来たシーボルトの叔父）がいた。彼の医学部学位請求論文提出にあたり、ルーは精確にして美しい消化器官のスケッチを提供し、専門研究者の注目を

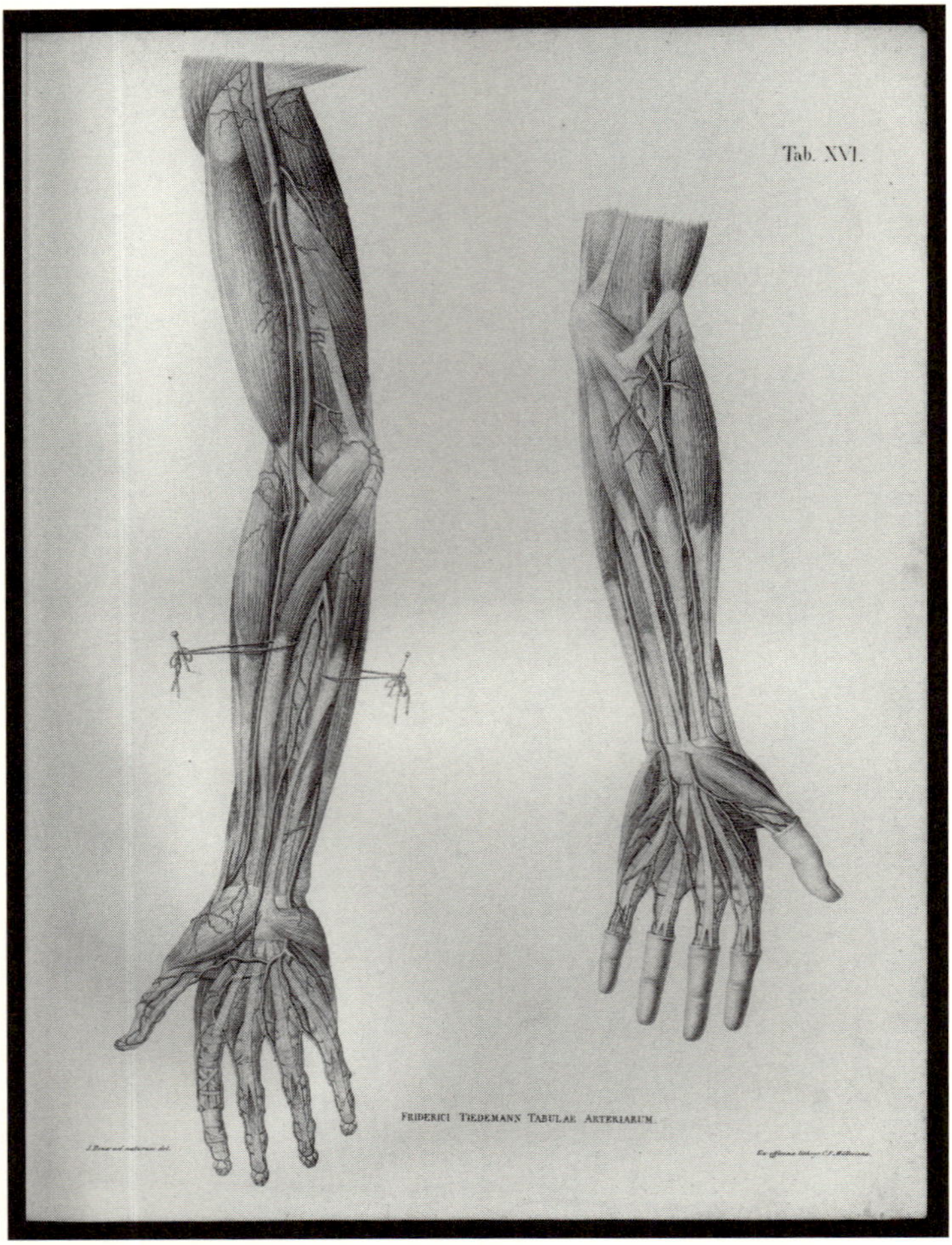

ティーデマン著『人体の動脈全図』におけるルー作「腕の解剖図」
イェーナ大学図書館 ThULB の許可による。転載不可

集めた。その後ルーは、前章で名前を挙げた植物学者バッチュや解剖学者ローダーなど優れた研究者のパートナー画家として学術的価値の高い仕事を次々とこなし、名声を得たが、一八〇三年にローダーがイェーナを去ってからは、彼本来の実力を発揮する機会に恵まれずにいた。一八一二年にルーはイェーナに学術絵画専門のアカデミー設立を進言、関心はひいたものの、結局実現には至らずにいた。医学生のデッサン指導以外に特に目ぼしい役目もなく、不遇をかこつルーを見かねたゲーテは一八一六年、彼に一年間のハイデルベルク留学を勧めた。このあいだ、ゲーテはルーが進言した学術絵画専門アカデミー設置を実現させるべく下準備を行っていたが、彼の帰国までに間に合わず、イェーナでのキャリア形成に限界を見たルーは、ちょうどハイデルベルク大学から提示された解剖図専門の准教授を受けることを決意する。一八一九年、同大学教授に着任したルーは、そこで解剖学および生理学教授F・ティーデマンというパートナーをふたたび得て、学術的挿画家としての地位を不動のものにした[*33]。他方、計画がようやく実現しかけたところでルーに去られたゲーテは、しばし呆然としたらしい。

Ⅶ　若き医学講師マルテンスと蝋製標本

イェーナ大学専属絵画教師だったルーより、少し若い同大医学部私講師フランツ・ハインリヒ・

マルテンス（一七七八〜一八〇五年）が、ライプツィヒの出版社から性病の症状に関する彩色図版集（*Icones symptomatum veneri morbi ad naturam delineavit*）をフランス語とラテン語の二言語表記で出版したのも一八〇三年のことだった。この書籍に収められた二四点の彩色銅版画は、いずれも著者マルテンスとライプツィヒ在住の同僚ヴィルヘルム・ゴットリープ・ティレシウスが描いたもので、各図には詳しい専門的解説が付いている。だがすでにこの年、マルテンスは、彩色絵画は参考資料として完璧でないことに気づき、二次元平面の絵画から三次元立体模型の使用に移行していく。

……それで私は蝋細工でできるだけ実物そのものを模倣することにし、現在、蝋で作った男性および女性の生殖器コレクションを所有していますが、これは可能なかぎり忠実に実物を再現していると申し上げることができます。*34

この蝋製模型（ムラージュ）は、一九世紀初頭、特に皮膚科と性病科の領域で重宝された。この時期は、ちょうど皮膚科と性病科が成立した時期にあたる。両科で重要な診察対象になる皮膚の三次元的疾患は、マルテンスが述べているように、二次元平面ではどうしても伝えきれないところがあった。色を塗っただけでは不十分な皮膚の凹凸や湿疹の様子をより正確に伝える手段として、蝋製標本は重要な役割を果たした。まず患者（多くは遺体）の疾患部の石膏鋳型をとり、その鋳型に蝋を注いで型を作り、それに彩色を施していく蝋細工模型は、解剖学者と芸術家の共同作業として作成されるのが常だった。

ゲーテは早くからこの若く有能な医学講師とその蝋製模型制作を積極的に支援・奨励した。その期待に応えるように、マルテンスは一八〇四年にはイェーナ大学准教授になり、翌〇五年には正教授に昇任するが、残念なことにその年にチフスにかかり、まだ二〇代の若さで亡くなってしまう。ゲーテは彼が遺した蝋製模型、液浸標本、骨格標本などを購入し、一八〇六年五月に解剖学博物館責任者ヨーハン・フリードリヒ・フクス（一七七一～一八二八年）に託した。[*35] マルテンスは後継者を持たなかった（というより育てる時間を持てなかった）ので、彼の死とともに貴重な技術も失われてしまった。しかしゲーテはその後も何とか蝋製模型技術を復活させようとしたことが、一八一二年のイェーナ博物館および学術施設に関する年次報告から読み取れる。

> 枢密顧問官フクス氏は、いくつかの人間の畸形部位を石膏にとり、それに蝋を注ぎ込む技術を試している。これは故マルテンス教授が熟練していた技術であるが、私はこれが継承され、マルテンス流（蝋製模型）の興味深いコレクションが増えていくことを強く期待する。（MA 9, S.985）

フクスの試みは成功しなかったようだが、その後も、ゲーテは解剖学における蝋製模型、彼が言うところの「造形解剖学 Plastische Anatomie」の教育的意義を強く意識し、忘れることはなかった。その証拠に、『造形解剖学』という題の自然科学小論としても知られる、ゲーテが一八三二年二月四日にプロイセン参事官でベルリンの商業研究所創設者ペーター・クリスティアン・ヴィルヘルム・ボイト（一七八一～五三年）に宛てた書簡がある。ちょうど数日前の一月末、ゲーテはかの死体盗人W・バークの死刑記事（*Die Ersticker in London aus Brans Miszellen*, 1. Heft, 1832）を読んだばかりで、ボイトの書簡にはこの記事を同封している。この書簡でゲーテは、解剖学者と彫刻家と石膏職人をイタリア・フィレンツェに派遣し、造形解剖学すなわち蝋製模型の技術を習得させ、ドイツに導入するよう提案している。

造形解剖学については、フィレンツェで長年かけて高度に洗練・発達した技術でありながら、他の都市ではまったく発達も普及もしていません。これほど学問、芸術、趣味・技術のすべてが完全に一体化し、活発に関与する仕事はありません。（MA 18-2, S.539）

一七七五年、イタリア・フィレンツェで、解剖学博物館「ラ・スペコラ」——イタリア語で「天文台」の意味、当初天文台が併設された科学関連施設だったことに由来——が創設され、その多彩な蝋製標本コレクションが一般公開された。これら蝋細工の解剖標本は、トスカーナ大公レオポルド一世と初代館長フェリーチェ・フォンタナの指示により、主に一七七一年から一八三〇年にかけて——ちょうどゲーテが生きていた時期に重なる——に制作され、当時すでに標本数が計一四〇〇体を超え、直立および仰臥姿勢の全身標本二六体、計五六〇以上の木製展示ケースに展示されていたという。[*36]むろん前述したマルテンスの蝋製模型だけではなく、このラ・スペコラ博物館をイタリア旅行中にゲーテが見学した可能性は非常に高い。しかし『遍歴時代』の解剖実習エピソードについて論じたクリューガー＝フュアホフおよび神尾の両氏とも、一七八六年の短い滞在あるいは二回目の一七八八年の一二日間にわたるフィレンツェ滞在でゲーテがラ・スペコラを見学した可能性を指摘しつつも、決定的な証拠がないとして、慎重に断定を回避している。[*37]

Ⅷ 『遍歴時代』におけるヴィルヘルムと造形解剖学者との対話

造形解剖学導入の意義を語るうえで、ゲーテは自ら、先に引用したボイト宛の書簡で、『遍歴時代』におけるヴィルヘルムの解剖実習エピソードの部分を読み返していただければ幸いです（MA 18/2, S.539）、と書き添えた。というわけでしばらく寄り道をした本論も、解剖学教室で入水自殺した娘の美しい腕を前に、メスを握って立ち尽くすヴィルヘルムのところに戻るとしよう。

この瞬間、品の良い紳士——まもなく造形解剖学者と判明する——が現れ、ヴィルヘルムを解剖実習室から誘い出し、自宅に連れて行く。造形解剖学者は、壁一面が蝋や他の素材で作られたと思しきさまざまな解剖学模型で埋め尽くされた広間のような工房にヴィルヘルムを案内し、驚きに目を瞠《みは》っている彼にこう語りかける。

造形概念を高めた外科医は特に、どんな傷を前にしても、永遠に創造を止めない自然の介添えができるでしょう。内科医にとっても、造形概念は体内の機能を診察する際に役立つでしょう。……率直に申し上げて、あなたは破壊よりも構築が、分離よりも結合が、また死んだものをさらに殺すよりも死者を生かすことがより重要であることを知るべきです。（MA 17, S.557）

解剖劇場の主演者は、「死」である。そこに生命の出番はない。近代以降の自然科学者は、生きと創造を続ける自然にはもはや関心を示さず、自然がすでに造り上げたもの、つまり被造物に関心を向けるようになった。生命が宿らない標本を執拗に分析するが、分析結果の背後にある、本来の生きた対象に目を向けることを忘れがちである。ヴィルヘルムとの会話で造形解剖学者は、統合法則の重要性を繰り返し強調する。「構築」と「結合」は「破壊」と「分離」と同様に重要で、解剖学者は死体を解剖するけれど、この解体作業は、将来、人間の生身の身体を統一体として扱うための実習であることを一瞬たりとも忘れてはならない、と。言いかえれば、自分が分離・切断した研究対象に対しては、時間と愛情をかけて、それをふたたび元どおりにする責任を負うのだ。自然科学者には理性と論理性が必要だが、これは前提条件にすぎない。頭だけでなく心でも研究課題に対峙し、じっくり時間を費やし、客観的対象の背後に共感できるものを見出し、その対象に愛情をもって接すべし。よってヴィルヘルムが自殺した娘の腕に、彼女の生前の幸福な時間を思い描き、執刀を躊躇したことは、彼の外科医としての素質を否定するものではない。なぜなら生真面目な学問とグロテスクな好奇心の差はほんの紙一重で、たとえば蝋製標本は医学の授業に有効な教材になるが、他方でマダム・タッソーの蝋人形館のような、あのグロテスクな流れにも与する。身体修復のための教材とするか、猟奇的な見世物にするかは、扱う人間の心情に左右されるのだ。『遍歴時代』刊行と同年の一八二九年に発表されたゲーテの短い自然科学論文『分析と統合 *Analyse und Synthese*』にも似たような記述がある。

あまり考えていないように見えるけれど、分析を行うにあたって大切なのは、いかなる分析も統合を前提とすることである。堆積した砂は分析できない。だが、それがさまざまな成分から、たとえば砂と金から成り立っているなら、それを洗って、軽いもの〔＝砂〕を流し、重いもの〔＝金〕を残すのは分析である。……生物以上に高い統合があるか。解剖学、生理学、心理学などに苦労させられなければならないのは、私たちがどんなに細かく解体しても、必ず元どおりになる複合体をほんの少しでも理解するために他ならないのだ。(MA 18-2, S.362)

ゲーテに言わせれば、理想の医師は、解剖を通して、身体の生き生きとした美しい連関を理解できなければならないのだった。蝋や木材で作られた解剖模型を使って、ヴィルヘルムは彼の医学知識を再構築する方法を学んでいく。模型をばらばらにし、各器官や部位をじっくり観察した後、ふたたび元の位置に戻す。

この作業で、記憶を呼び起こす力がどのくらい強いか、あるいは弱いかを試せるのが彼〔＝ヴィルヘルム〕には心地よく、またこの作業を通して記憶がふたたび呼び覚まされるのを驚きながらも嬉しく認めたのだった。（MA 17, S.558）

《記憶》は、ある出来事や経験、また見たり聞いたりしたものを覚え、必要なときに想起する能力である。記憶の貯蔵庫にしまってある過去の出来事、学習や体験を意識して引き出す作業が《想起》だ。しかし、この想起の場面では、想像力が駆使されることが多く、一種の創造的プロセスとなる。《忘却》と《想起》は相反する対概念のように見えるが、両者は記憶と知識の介在において、むしろ相互に補完する役割を果たす。この記憶のプロセスに蝋製模型が有効利用できることを、ゲーテは早くから指摘していた。次の引用は、ヴィルヘルムに対する造形解剖学者の言葉である。

「内科医および外科医のほとんどは、解剖された人体の一般的な印象を記憶にとどめれば十分だと信じていますが、この種の模型は、だんだん意識から薄れていくイメージをふたたび蘇らせ、必要な情報を鮮やかに留めておくのに役立つはずです。人によって愛情や好みの違いはあ

るでしょうが、そうすればどんな些細な解剖術結果でも見事に模造できるでしょう」。（MA 17, S.559）

蝋製解剖模型は、身体をどう修復するかの情報提供に役立つ。この言葉の直後、造形解剖学者は、「亡くなった助手の最後の作品」だと断って、ヴィルヘルムに「驚くほど精巧に模造された顔面神経」を示しつつ、「彼なら私の考えを実行し、私の願いを有効に普及させてくれるだろうと、大きな望みをかけていたのですが……」と口惜しげに語る。[*38] 同時にこの台詞は、夭折したマルテンスを悼むゲーテ自身の声そのものに聞こえる。

本章の前半は天然痘、後半は蝋製標本を扱ったが、この二つは今も重要な結びつきを保っている。天然痘が幻の伝染病となった現在、その症例を観察するとしたら、それは医学部に保管されている蝋製標本だけが手がかりだという。またゲーテの時代、天然痘と同じくらい回避不可能な病気とされた梅毒についても、その進行した皮膚疾患を実際に目にすることは非常に稀になったため、ここでも蝋製標本が重要な教育的かつ臨床的役割を担っているということである。

第3章

避雷針と望遠鏡　ゲーテと物理学

Goethe und die Physik

I　避雷針の発明者フランクリンとドイツにおける普及

すでに前章で種痘と双璧をなす近代科学の大発明が、避雷針であることに触れた。日本では怖いものを順に挙げていくと「地震・雷・火事云々」となるらしいが、活発な火山帯もなければ、地震もまず起きないドイツでは、長い間、雷は身近で最も恐ろしい自然現象だったようだ。ドイツの宗教改革者マルティン・ルター（一四八三～一五四六年）が修道士になったきっかけが、当時法学部生だったルターの前に落ちた雷だったことは有名である。ルターは落雷による死への恐怖から、嵐のなか、修道士になるという誓いを立てたのだった。それから二〇〇年以上が過ぎたあと、神の力ではなく、科学の力、すなわち避雷針の発明によって、ベンジャミン・フランクリン（一七〇六～一七九〇年）は雷の恐怖から人類を解放したのだった。

フランクリンがアメリカ合衆国の独立宣言の草案作成に参画し、また大陸会議の駐仏大使としても合衆国建国に重要な役割を果たしたことはよく知られている。しかし当時のヨーロッパにおいては、むしろ彼の電気と雷に関する研究業績すなわち自然研究者としての評価の方が高かった。フランクリンの科学に対する興味は、熱伝導および熱放射、磁気学、光学、流体力学と並んで、特に電気学に向けられていた。彼はライデン瓶内で起る電気火花（スパーク）と稲妻が同じものであると考え、一七五二年、凧の実験により、稲妻と電気が同一であることを確認、これに基づいて避雷針を発明するに至った。なお肝心の発明年は、一七五二年もしくは一七五三年とする二通りの記載があり、参考文献中でも分散している。

前章で伏線を引いておいたフランクリン考案の避雷針は、新大陸では一七五三年以降急速に広まり、一〇年ほどで富裕層の多くが避雷針を設置したと報告されている。[*1]他方、ヨーロッパにおける避雷針普及には思いのほか時間がかかり、ようやく八〇年代になってから一般化した。落雷を恐れていた地域にもかかわらず、その回避に有効な措置・普及に数十年もの遅れをとった理由は何だったのか。本章では、まずドイツ語圏における避雷針受容をめぐる精神的抵抗と克服の歴史を科学と文学——もちろんゲーテの作品も——の両方から振り返ってみたい。

いくつかの研究報告をまとめてみると、[*2]ドイツ語圏の記録では、一七五四年にメーレンの司

ベンジャミン・フランクリンの肖像

祭P・ディヴィッシュ(一六九六〜一七六五年)が修道院に雷除けの装置らしきものをとりつけたが、避雷針とは到底呼べないお粗末な代物だったらしい。一七六九年にハンブルクの医師兼自然史学教授J・A・H・ライマルス(一七二九〜一八一四年)が聖ヤコブ教会に、またシレジア・サガンの大修道院長J・I・フォン・フェルディガー(一七八八年没)が教団教会塔にそれぞれ独自に避雷針を設置したが、いずれも肝心の大地との接触(アース)によって雷の電気を地球に逃すための工夫が不完全だった。よって厳格に定義すると、すでに前章で名前を出したゲッティンゲン大学教授ゲオルク・クリストフ・リヒテンベルクこそ、ドイツで避雷針を設置した最初の人物となる。

リヒテンベルクはライマルスをはじめとする多くの研究者・知識人と文通を行い、避雷針の設計や効果について積極的に情報を収集・交換していた。数年にわたる研究の末、一七七八年に避雷針についての見解を初めて公表し、さらに一七八〇年五月二四日、ゲッティンゲンの自宅庭内に試験的に避雷針を設置した。*3 作業は早朝六時から夜八時までの一日がかりで、午後には遠雷が聞こえ、怪しげな雲行きを睨みながらの作業であったという。作業中、小耳に挟んだ野次馬たちのコメントを、リヒテンベルクは翌二五日付J・A・シェルンハーゲン宛書簡で楽しげに報告している。

昨日私が耳にした、通りすがりの人々の言葉を貴殿に伝えないわけには参りません。ある者が「あれ、磁石がくっついてるぞ」と言うと、他の一人が「あれは磁石じゃない、雷光器だ」と言う。あるグループの代表者は「先端で稲妻を作って、かまどで雷を轟かせるんだ」と言い、他の者たちは「夕闇が迫れば、すぐ始まるぞ」と言う。こうして夜ふけまでかなりの人だかりがありましたが、その多くは雷が来たら、すぐにもこの園亭を直撃すると信じ込んでいました。どうです、すてきではありませんか、こんなふうに空も我々の理論と推測を微笑ましく思ってくれているのでしょう。[*4]

隣人たちは避雷針を雷電召喚の魔術と思い込み、リヒテンベルクは魔術師の疑いをかけられ、近所からは「薔薇の花束のかわりに、呪詛の言葉を貰い続けた」（六月一五日付コッホ嬢宛書簡[*5]）。雷を制御することは、神話（神々は稲妻と雷鳴のなか、語りかける）およびキリスト教倫理（罪深き者は落雷の罰を受ける）からの解放、いわゆる《脱魔術化》に直結した。これは迷信に宣戦布告した啓蒙主義の精神にふさわしいものだったが、それゆえフランクリンの避雷針発明とほぼ同時の一七五三年、ロシアのサンクトペテルブルク科学アカデミー会員で物理学者のゲオルク・ヴィルヘルム・リヒマン（一七一一～五三年）が凧の実験中に感電死したことは、当時の研究者たちに少なからぬ衝撃を与えたのだった。

ゲオルク・クルストフ・リヒテンベルクの肖像

Ⅱ　啓蒙科学の前哨戦　天体望遠鏡導入をめぐって

前章でヨーロッパにおける種痘導入の経緯をご存知の読者は想像に難くないと思うが、避雷針が普及するには「避雷針の設置は全能の神の力への干渉もしくは危険な冒涜行為ではないのか」という宗教的問いに満足のいく回答を出す必要があった。ところで、この避雷針導入以前に、近代科学はある光学機器の利用をめぐって、その前哨戦を経験していた。すなわち《望遠鏡》の導入に関する一連の議論である。*6 現在、理科や物理・天文学で当然不可欠の機材あるいは教材として使われている《望遠鏡》と高層建築の屋上に必ず設置されている《避雷針》の受容過程は、酷似しているだけでなく、近代ヨーロッパ啓蒙精神をよく反映している。つまり、自然科学と文学が相互に支えあっていた密月時代の特徴を示しているので、少々遠回りになるが、その前哨戦、望遠鏡導入の歴史をこの機会に辿っておこう。

アリストテレス以来、約二〇〇〇年にわたって、自然研究者が扱う世界は肉眼で見えるものに限られてきた。「人間が肉眼で見えないものはない」という前提のもと、技術的手段は不要とされた。それどころか技術的補助具を使うことは、「自然を欺く」あるいは「自然に逆らう」こととされ、自然に対する不当な暴力とみなされていた。この意味で、望遠鏡は当初、手品やあやかしの道具、せいぜい玩具程度にしか考えられておらず、学問との関連性は非常に希薄だった。なにより高尚かつ洗練された自由七科の一つ「天文学」と、レンズ磨きなどの卑しい手仕事の道具「望遠鏡」とはまったく釣り合わなかった。

ところで望遠鏡が発明されたのは、一七世紀初頭のオランダとされるが、最初の発明者は不明である。最初の特許出願は、一六〇八年秋のハンス・リッペルスハイ（一五七〇〜一六一九年）によるものだが、オランダ国会は「類似品がすでに国内に流通している」として――しかも同様の特許出願が二件続いた――、彼の請願を斥けている。翌一六〇九年春、パドヴァのガリレオ・ガリレイ（一五六四〜一六四二年）は望遠鏡発明の噂にヒントを得て、「光学の筒」の自作に成功、木星の四大惑星を発見した。彼の惑星発見は確かにセンセーショナルだったが、何よりも天体観測に望遠鏡を使用したことこそ、それまでの天文学の伝統であった「裸眼による可視性」という規範を打破した、という大きな意味を持った。とはいえ、ガリレイのレンズは研磨が不十分で、ほとんどの天体は七色の光の輪に囲まれて見えたという。望遠鏡の受容史を研究したパネクによると、ガリレイが自作した一〇〇本以上の望遠鏡のうち、木星の衛星が観測できたのはほんの一〇本程度にすぎなかったらしい。[*7] しかしこれとは無関係に、彼の同僚たちはアリストテレス以来の伝統に忠実であろうとし、この新観測器具の導入、否、望遠鏡を覗くことすら拒否した。他方、ガリレイは望遠鏡製作者としての才能はあったが、その製作過程は経験と勘に依存しており、同僚たちを納得させるための光学理論が欠如していた。もっとも問題は光学理論の欠如だけではなかった。望遠鏡は人間の感覚を拡張させる最初の道具であり、双眼鏡やルーペのように単に対象を拡大させるにとどまらず、肉眼では見えない、隠された存在を露呈したからである。

一六一〇年の時点で、ガリレイを論理的に援護できる人物は『屈折光学』（一六一一年）の著者ケプラーだったのだが、ドイツでは良質なガラスが入手できず、自身の光学理論に基づく望遠鏡の自作ができなかった（試作は一六三〇年、シャイナーによる）。しかもケプラー式望遠鏡の場合、見える像が倒立だったので、これも製作当初は、かなり胡散臭い道具だと考えられていたらしい。このように望遠鏡製作と光学理論が一体化するまでは、かなりの時間を要した。望遠鏡が自然科学の研究機材となり、それを使って観測した宇宙像が事実として認められるには、当然のことながら望遠鏡で空を覗いただけでは不十分で、視覚対象がレンズによって拡大されていても、上下が逆転していても、対象部分の配置が変更されることなく、忠実に網膜上に映し出されるという理論的保証が必要だった。

理論的保証と同じくらい重要だったのが、宗教的対応だった。「肉眼で見えないものを見る」という行為は、神が与えた人間の領域を越えること、神への冒涜に他ならない。これに対して、哲学者F・ベーコンやパスカルは、望遠鏡の発明を「楽園追放以来人間が剥奪されていた視力の回復」と位置づけた。つまり、当時の文筆家たちは「望遠鏡＝人間の思い上がり・慢心」という公式を「望遠鏡＝神が近代人（当時の現代人）に与えた恩寵」という公式に転換することによって、天文学者たちを弁護したことになる。この「神の恩寵による第二の眼」という望遠鏡のイメージは、一六八七年から一七〇七年までフランス・アカデミーの中心議論となった、いわゆる《新旧論争》（仏語

Querelle des anciens et des modernes, ドイツ語 *Streit der Alten und der Neueren*, 「古代派と近代派の論争」とも呼ばれる）でさらに強化される。新旧論争とは、簡単に言えば「古代人と近代人（当時においては現代人）の優劣をめぐって戦わされた論争」である。この論争で学者たちは、「どちらの時代が、より優れた人物を輩出したか」、「どちらの時代が、より豊かな知識を蓄えたか」という問題はもちろんのこと、最終的に「知識の増加は、果たして進歩を意味するのか」、つまり「近代（現代）において、人は、今まで以上に幸福になったのか」という問いに取り組んだ。この論争において、望遠鏡は近代の優越を示す証拠の一つとして、重要な役割を果たしたのだった。

一七世紀後半になると、これまでの単レンズを使った（ガリレオ式およびケプラー式）屈折望遠鏡とはタイプが異なるニュートン式望遠鏡、つまり金属鏡を使う反射望遠鏡が登場する。反射望遠鏡は、色収差がなく、鏡筒も短くてすむので、急速に普及した。なかでも反射望遠鏡を大きく飛躍させたのが、ドイツ・ハノーファー生まれの音楽家でイギリス移住後は天文学者として活躍したウィリアム・ハーシェル（一七三八〜一八二二年）である。ハーシェルは一七八一年、自作望遠鏡で天王星を発見、この快挙を記念して、ベルリン天文台長ヨーハン・エレルト・ボーデ（一七四七〜一八二六年）の提案により、発見位置、星座で言えば双子座の近くに「ハーシェルの望遠鏡座」が新設された。現在、この「ハーシェルの望遠鏡座」は残念ながら存在しないが、その代わりフランスの天文学者ニコラ・ルイ・ド・ラカイユ（一七一三〜六二年）が提案した「望遠鏡座」は今も南天に健在である。[*8] こうして近代の象徴「望遠鏡」は、天空において古代ギリシアの神々と肩を並べる存在になったのだった。

Ⅲ　近代のプロメテウス像復活

さて、天体望遠鏡が古代ギリシアの神々に比肩する地位を天空で獲得するのとほぼ時を同じくして、避雷針の発明者フランクリンは、古代ギリシア神話由来の渾名「新時代のプロメテウス」を献上された。この渾名もまた《新旧論争》の重要な争点「知識の増加は果たして進歩を意味するのか？」、そして「近代（当時は「現代」）は古代と同等もしくはそれを凌駕できるか？」と関わっていることが明白である。

プロメテウス*[9]はギリシア神話中のティタン神族イアペトスの息子で、一部の伝承では粘土で最初の人間を創造したとされる。神々から火を盗んで人類に与えたため、神々の父ゼウスにより、岩に鎖で繋がれ、毎日訪れる鷲に肝臓を食われる罰を受けた。プロメテウス像には、時代ごとに異なる象徴的意味が付与され、その都度、解釈に修正が加えられてきた。たとえばヘシオドスはプロメテウスをゼウスに対する反抗者として描いたが、アイスキュロスは彼を人類の創造者であるとともに、ゼウスに逆らって人類を救済した恩人とみなした。

ヴィルトの研究によれば、フランクリンをプロメテウスになぞらえたドイツ語圏最初の人物はカントだという*[10]。一七五五年一一月一日に発生したリスボン大地震を受けて、カントは当時最新の科学知識と情報を駆使して地震三部作を著した。第三作目『地震の考察』の終わりで、カントは避雷針の発明に言及し、フランクリンを「新時代のプロメテウス」と呼んでいる。

雷電の武装を解除しようとした新時代のプロメテウス・フランクリン氏に始まって、ウルカヌス（ローマ神話における火・鍛冶の神）の鍛冶場の火を消そうとするまでのあらゆる試みは、持てるささやかな能力を過信した人間の大胆不敵さの証であり、結局はどんなに一所懸命やっても、人間以上のものには決してなれないという謙虚な気持ちを想い起こさせられるのだ。[*11]

カントがフランクリンをプロメテウスになぞらえたのは、イタリア・ヴェズヴィオ火山噴火との関連においてであった。火山噴火が示した巨大なエネルギーの爆発と地形変容は、天地創造以来自然の整然とした秩序を信じていた同時代人を恐怖に陥れた（この精神的衝撃については、ゲーテの自伝的作品『詩と真実』にも記述がある）。そして地震を制御することと同様、雷を制御することは、カントにとって人間の能力を遥かに超えた大胆かつ無謀な試みに映ったのだった。

さらにプロメテウス神話における火は、単なる自然の元素ではなく、人間を下位の動物から分かつ神の知の火花とみなされた。学問・芸術に関する人間の知識の源としての火もしくは炎のメタファーは、一七八〇年頃から電気火花のイメージにまで拡大された。たとえば、J・Ch・シュモールは、一七八二年に匿名で発表した『北米と民主主義』においてフランクリンに対して「フランクリン＝プロメテウスよ、天から雷と圧政を排除した者よ[*12]」と呼びかけた。シュモールは「雷」の部分に注をつけ、フランクリンの避雷針発明とプロメテウス神話の類似性を挙げている。雷および雷雨は全能神のメタファーであり、説明不可能な自然の脅威を前に、人間はただひれ伏すしかなかった。[*13] ところが自然科学の介入によって、虹の女神イリスに続いて、雷神ゼウスが纏《まと》っていた神秘の衣が剥奪された。しかも神々の火を盗むというプロメテウスの反逆行為は、専制君主および絶対王制への抵抗、すなわちアメリカ合衆国独立に尽力したフランクリンの姿と重なる。事実、プロメテウスとフランクリンの間にはいくつもの重要な共通点が見出された。たとえば科学を通じた自然との新しい結びつき、専制政治からの解放・独立、人類への教育的効果および模範人物としての役割などである。

この関連において、雷に関する知識と避雷針がヨーロッパでも普及しつつあった頃、一七七四年秋（推定）にゲーテの自由韻律詩『プロメテウス』が成立しているのは興味深い。彼のプロメテウスは雷雨のなか、ゼウスに呼びかける。

汝の天を覆え、ゼウスよ
湧きあがる雲で！
あざみの首を刎ねる
少年の如く、
樫の木や峰々に汝の力を揮《ふる》え！

だが我が大地には
指一本触れるなかれ。(MA 1-1, S.229f.)

ゲーテのプロメテウスは雷電を畏怖せず、神々の父ゼウスに恐れを抱きもしない。英国哲学者シャフツベリー伯(一六七一~一七一三年)が創造活動の象徴とみなして以来、プロメテウスは天才志向のシュトゥルム・ウント・ドラング(疾風怒濤)期文学において最も好まれた神話の登場人物だったが、ここでは従来の雷を扱った神話や伝説の素材を踏襲しながらも、啓蒙主義的戦い、すなわち古い信仰に新時代の合理性が戦いを挑んでいることに注目すべきだろう。つまりゲーテのプロメテウスは、解放者であるとともに啓蒙家であり、恐怖も後悔も知らず、罪悪感や宗教的束縛からも開放された自由で新しい人間の理想像なのである。しかも主人公プロメテウスは、ゼウスに挑戦的な言葉を投げつけているが、それは神々の父なるゼウスに対する絶望的な抵抗ではない。「貴殿は天上を統治するが、私の活動範囲は地上」と明確に境界を定め、プロメテウスは、こちら側、人間のテリトリーに干渉するな、と宣言している。この自信に満ちた言葉の背後に、電気の研究と避雷針の発明があると考えるのは、決して的外れではないだろう。事実、複数の文学研究者が、この詩に漂う一種の安心感を避雷針の発明と結びつけて解釈している。*14 また避雷針に加えて、摩擦起電機(日本で言うところのエレキテル)も一般に知られるようになっており、なかでもオランダのハーレム市博物館長兼医師にして自然研究者マルティン(マルティヌス)・ファン・マールム(一七五〇~一八三七年、アンモニアの液化に成功したことでも知られる）が直径約一・六五メートルのガラス盤二枚を回転させ、約六〇センチメートルの電気火花を散らしながら、五〇万ボルト以上の高電圧を発生させたと伝えられている。[*15] 雷の模倣、人工的な放電実験にも成功したわけだ。

Ⅳ　啓蒙主義による雷の脱魔術化

さて、ふたたび話をリヒテンベルクに戻そう。自宅邸内に避雷針を設置したことで、魔術師の濡れ衣を着せられたリヒテンベルクは、迷信深い隣人たちに次のように問いただした。「貴殿らは神を、彼の与える体罰から身を守ることを学生に許さない厳格な校長のように考えておられるが、避雷針でなく、医薬品はどうか。あらゆる災厄・病気を神からの贈り物として喜んで受け入れろというのなら、医薬品も治療も父なる神の怒りをかうに十分であろう、これ如何に」、と。[*16] すでに例として挙げた種痘や望遠鏡の使用が認められた時と同じパラダイム転換である。神罰に値するとされていた不遜な行為が一八〇度転換し、神の恩寵に変わる。こうして避雷針発明は、人間が理性を使うほどに、地上の人間生活は向上していくものであり、またそうなるべきだという証拠の一つに加えられた。

このように啓蒙主義はめざましい発展を遂げる近代自然科学と連携して、自然についての古いイメージを崩壊させ、それに代わる新しい自然コンセプトの発展と浸透に努めた。総じて啓蒙主義に敵対する勢力の自然理解は、《迷信》として分類される古いイメージの総体だった。これら迷信を排除するためには、研究者間でだけ理解できる抽象的解説では不十分で、一般市民でも理解できる具体的かつ経験に即した説明が必要だった。こうして一八世紀後半、ドイツ語圏では落雷による建築物損傷についての理論や雷を回避するための避雷・防雷の設備に関する啓蒙的文献が次々と刊行された。たとえばライマルスは『落雷の原因』(一七六九年)、『稲妻について』(一七七八年)、『稲妻、その軌跡、影響、安全対策についての報告』(一七九四年)を執筆、またリヒテンベルクは『雷回避の目的に適った棒(=避雷針)規定の新しい試み』(一七七八年)、『新・避雷針の歴史』(一七七九年)、『ゲッティンゲンにおける最初の避雷針とその報告』(一七八〇年)、他にもいくつもの雷に関する論文やエッセイを精力的に公表している。ミュラーによれば、[*17] この時期に刊行された雷に関する主要参考文献は、少なくとも二〇件を下らないという。そのうちの一例を挙げておこう。

一七九四年は雷の当たり年で、ゲッティンゲン市民は例年に増して落雷の不安を抱いていた。その夏は猛暑で雷雨も多かった。ゲッティンゲンでは六月二四日に男性一名が落雷に遭い、感電死した。知識人たちはこぞってこの異常気象の解明に従事した。ライマルスは先に挙げた論文『稲妻、その軌跡、影響、安全対策についての報告』を刊行、彼の報告によればこの時点でドイツ国内には計一三〇の避雷針が設置されていた。同年八月、リヒテンベルクも論文『雷恐怖症と避雷針』を発表した(翌年のリヒテンベルク監修『ゲッティンゲン・ポケット手帖』所収)。この論文は二部形式で、第一部では心理学的実状・雷に対する漠然とした恐怖心を克服するために紙面を割き、第二部では落雷から身を守る具体的な安全策が記述されている。著者リヒテンベルクによれば、雷恐怖症は親が子供に「ほら雷だ、神様がお怒りだ」と言い聞かせる迷信的教育の産物に他ならない。誤った教育によって植えつけられた雷恐怖症患者に有効なのは、真実を簡潔に伝えることである。「人々は、大地を揺るがすような雷を伴う稲妻も、ほんの少しの針金か金メッキを施すことで回避できることを彼に教えるべきである」[*18]。雷恐怖症など「妄想の病」[*19]にすぎない。過去半世紀を振り返っても、ゲッティンゲンで天然痘や赤痢の流行によって大量の死者が出たことに比べたら、落雷による感電死はわずか三件だった――。このように神秘的で畏怖すべき自然は、科学と文学の相互連携によって見事に《脱魔術化》されていったのだった。

V　自然研究者の限界

避雷針は、理性と技術を駆使して自然を制御する人間の能力の象徴となった。避雷針の普及によって、自然への畏怖は消滅し、自然は人間の手で制御可能だという楽観的ムードが漂った。その後もオスナブリュック城やゲッティンゲン大学図書館など各所の避雷針設置に関与し、助言を与えたリヒテンベルクは、一八世紀について「私は雷に逆らうことを教えた。私は稲妻をシャンパンの栓を開けるように引き抜いた[20]」、と誇らしげに総括した。

確かに一八世紀は、ギリシア神話のプロメテウス像が復活しただけあって、《火》に係わりの多い世紀だった。ゲーテの職場だったヴァイマルを例にとると[21]、一七七四年のヴァイマル宮殿火災の直後、七五年に公国内に毎年三回の煙突掃除を義務化する条例が制定された。一七八〇年にはまずヴァイマル市内で公国消防団が組織され、同様の消防組織がヴァイマルとイェーナ近隣町村にも広がっていった。雷や稲妻の成因が科学的に説明されると、今度はそれを暖房や照明への有効利用するための研究が開始された。

稀代の応用物理学者と謳われたリヒテンベルクも科学の進歩を疑ってはいなかったが、同時に人間の能力の限界を冷静に見極めていたことは注目に値する。これに関連して、彼の『控え帖 *Sudelbuch*』に収められたアフォリズム一〇三九番を引用しよう。

人間がどんなに完璧になれるか、そしてどんなに練習を必要としているかは、人類が五〇〇〇年を要した文化を還暦までに身につけることでわかる。一八歳の若者は、これまでの全世紀の知恵を獲得できる。たとえば私が「琥珀を摩擦して起きる電力は、雲のなかで轟いている電力と同じである」という文を読めば、数千年かけて人類が発見したことをいくらか学び取れるわけである。[22]

古代人はすでに琥珀を摩擦すると静電気が起きることを知っていた。[*23] ローマ総督で博物学者のガイウス・プリニウス・セクンドゥス（大プリニウス、二三?～七九年）は、磁石と琥珀の珍しい現象について報告している。アリストテレスは稲妻を雲のなかで起きた発火現象だと予想した。一六〇〇年頃、ウィリアム・ギルバート（一五四四～一六〇三年）は、琥珀の帯電を目に見えない液体の放出として説明を試みるとともに、琥珀の他にも摩擦で電気を帯びる物質があることを発見し、これらの電気を帯びる物体をエレクトリカ——ギリシア語で琥珀を意味する「エレクトロン」に因む——と名づけた。こうして一七世紀半ばにようやく「電気 Elektrizität」という概念が成立し、リヒテンベルクが言うように、数千年という歳月をかけて人類は電気の性質を知ったのだった。加えて雷の当たり年、一七九四年にリヒテンベルクは、彼の亡きゲッティンゲン大学同僚ヨーハン・クリスティアン・エルクスレーベン（一七四四～七七年）——余談ながら、彼の母はドイツ初の女性医学博士ドロテーア・クリスティアーネ・エルクスレーベン（一七一五～六二年）である——の名著『博物学入門 *Anfangsgründe der Naturlehre*』を改訂、通算第六版目になる新版を刊行しているが、その冒頭の監修者前書きで電気と稲妻に言及した。

我々はまだ火を点けるようには電気を作れない。点火のプロセスは摩擦によって説明がつく。原始人は木と木を擦り合わせて火を点し、我々は鋼と石を擦り合わせる。その過程に続く、残りの部分を自然は引き受ける。それはもはや摩擦ではなく、動物の熱エネルギーなど無に等しい。電気の場合、我々は摩擦の領域に留まり、自然は仕事を減らすことなく、これまでどおり独自の方法で雷雨を降らせ、ヴェズビオ火山の噴火で恐怖の稲妻を閃かせる。[*24]

ここには啓蒙主義時代に生きる自然科学者の高慢さも自意識も認められない。むしろ神を前にした恭順、そして人間性の限界が冷静に意識されている。次の文も同じ前書きからの引用である。

我々の博物学は、人間の理性で一つにまとめようとしながら、まだその方法を見出せない多くの断片から成り立っている。神の前にはたった一つの自然科学しかない。人間は許された範囲内で、そこから独立した章を作り出す。各章が互いに調和しないかぎり、どこかに誤りがある、各章もしくは全体に。その誤りは解消されなければならない。[*25]

自然自体は一つの統一体であり、独自の存在理由がある。人間は限られた存在で、単独では自然全体を把握できないので、《学問・専門》と呼ぶ枝に分ける。この文章は、本書の序章で引用した「自然はたった一つの字体しか持たない」という、後にゲーテが『遍歴時代』に登場する地質学者モンターンを通して語らせた台詞に通じる。リヒテンベルクは自然の統一性を信じてはいたが、彼の理性と深い見識が、人類は今や科学によって自然を支配できると単純かつ楽観的に考えることを阻んだ。なるほど科学と技術のおかげで自然を不必要に怖れる必要は無くなり、荒ぶる自然の姿すら美しい《風景》として安心して鑑賞できるようにもなった。だからといって人間が自然を支配できると錯覚するのは、これまた不治の「妄想の病」でしかない。このようにリヒテンベルクが常に自然研究者として、また文筆家として、すなわち人間としての境界を意識していたことは注目に値する。

興味深いことに、これと類似した人間の限界をゲーテもまた早くから意識していた。ゲーテの場合、自然研究者として人間の領域を踏み越えようとする努力は、自然を前にした畏敬および賛嘆と絶妙な均衡を保つ。ここで想起されるのが、一七七九年から八一年の間に成立したと推定される頌詩『人間性の限界 *Grenzen der Menschheit*』である。ゲーテ自身の指示により、ゼウスに抵抗する『プロメテウス』、ゼウスに攫われた美少年『ガニュメデス *Ganymed*』の両詩の直後に掲載されたこの詩『人間性の限界』の冒頭で、ゲーテはギリシア古典以来の雷雨の象徴に回帰した。神々の父ゼウスに寄せる敬愛表現から始まるが、これはキリスト教的神への敬愛と読みかえて差し支えないだろう。

果てしなく齢を重ねた
聖なる父、
鷹揚な手つきで
雷鳴轟く雲間より

恵みの稲妻を
大地に撒き給う、
その御衣の裾の端に
我は口づける、
幼子のごとき畏怖を
胸に抱きつつ。（第一連 MA 2-1, S.45f.）

「恵みの稲妻」は神性が稲妻のなかで顕現するという伝統的イメージを踏襲している。雷鳴と稲妻を伴って誇示される「古き聖なる父」の力の前には、慎み深い帰依の動作がふさわしい。自嘲的な恭順をもって、人間存在の境界が意識され、神性と人間性を区別するための座標軸として四大元素である火（雷光）、大気（風）、大地と水（波）が使われる。『人間性の限界』が示しているのは、自意識を持つ『プロメテウス』の反逆でもなければ、『ガニュメデス』のように神にすべてを委ねるのでもない。これは人間の立場から自然法則を認識する態度であり、経験と自己認識によって自らの生活空間と影響範囲を定める第三のポジションを示している。さまざまに展開するイメージのなかで宇宙の雄大さに人間の卑小さが対比され、神々と人間の間にある遥かな隔たりが強調される。

神々を人から
分かつものは何か。
神々の前では
幾千幾万の波は
一つの永劫の流れとなる。
我々はその波に攫われ、
飲み込まれ、
沈んでゆく。（MA 2-1, S.46）

大河は時の流れの象徴である。穏やかで永劫不変な時間のなかに神性は安らぐ。星々の高みにある神々と人間の間には遥かな空間的隔たりがある。神々にとって時間は悠々たる大河の流れ、しかし人間にとってはその波一つが人生を翻弄するに十分である。最後に、人間の存在は世代間を繋ぐ長い連鎖の一つの輪とみなされる。

一つの小さい輪が
我々の人生を区切り、
多くの世代を越えた

途切れることのない
存在の
果てしない連鎖となる。（MA 2-1, S.46）

ゲーテは休みなく変化する生きた自然を愛した。多くの自然科学者たちが女神「自然」の神秘のヴェールを力づくでも引き剥がそうとする一方で、ゲーテは敬愛する女神「自然」が自発的にヴェールを脱いで、真の美しい姿を顕すまで辛抱強く待つ、紳士的態度を自らに課した。ゲーテは自然の美・多様性・豊穣さを賛嘆と畏怖をもって眺めることで満足し、自然の支配や抑制は望まなかった。この意味でゲーテの観察眼は、本書第1章の植物学との関連で比較した松尾芭蕉とテニソンのうち、むしろ前者に近い。言いかえれば、ゲーテには自然から一定の距離を置き、あくまでも研究対象として冷静かつ徹底的に観察・分析するという近代ヨーロッパ自然科学の前提となる視点が欠けていた。あるいは「等身大の人間」としての視点にこだわり続けた、と言えるかもしれない。このゲーテの《こだわり》は、面白いことに彼の晩年、《望遠鏡》使用をめぐって、文学作品に繰り返し取り上げられることになる。

VI　ゲーテ後期作品における《望遠鏡》モティーフ

天然痘の後遺症かどうかはともかく、ゲーテは近視気味で、若い頃は眼鏡を使ったこともあったらしい。ところが後年、彼は自らの眼鏡使用はもちろん、他の眼鏡使用者に対しても拒否反応を示すようになった。このゲーテの頑固な「眼鏡嫌い」もしくは「光学レンズ・アレルギー」は、彼にまつわる奇妙な逸話の一つとして取り上げられることが多い。他方、ゲーテは一八一一年にイェーナ大学附属天文台監督官に就任、大公国に格上げになっても依然厳しい国家財政ゆえ本場イギリスからの高価な光学機器の購入が不可能と判断すると、光学レンズの領内開発を指示している。ゲーテに命じられて宮廷技師ヨーハン・クリスティアン・フリードリヒ・ケルナー（一七七八〜一八四七年）が着手した光学レンズ開発は、試行錯誤を繰り返したあと、その弟子カール・ツァイス（一八一一〜一八八年）により、彼の名を冠したドイツ屈指の光学メーカー・ZEISS誕生に結びついた。[*26]

ゲーテにおいて、望遠鏡が重要な小道具として登場するのは、『ヴィルヘルム・マイスターの遍歴時代』と『ノヴェレ』で、いずれも後期の作品である。一八二一年に発表された『遍歴時代』初稿――一般にはあまり知られていないが、『ヴィルヘルム・マイスターの徒弟時代』の前身に『演劇的使命』があるように、二九年に刊行された『遍歴時代』決定稿に先んじて初稿（あるいは第一稿）が発表されている――に、主人公ヴィルヘルムが、愛しい妻ナターリエと望遠鏡越しに再会する場面がある。主人公は、深い谷間を挟んだ向かいの崖に立つ妻の姿をまずは「裸眼で」認め、望遠鏡を取り出す。望遠鏡の魔術的な力は、愛する二人の間の物理的距離を一瞬にして消滅させる。ここでのヴィルヘルムは光学機器を使うことに躊躇せず、望遠鏡の向こう側のナターリエも白いハンカチを振って応答したと確信する。この後、同様に望遠鏡を手にしたナターリエは不用意に断崖絶壁まで身を乗り出し、思いがけない再会に胸躍らせたヴィルヘルムもまた、妻の姿をもっと良く見ようとして危うく墜落しかける。

一八二五年にゲーテが『遍歴時代』改稿を考えた時、ヴィルヘルム夫妻の再会シーンは、「望遠鏡なしで」残される予定だった（„Bergerscheinung ohne Gläser", WA I-25/2, S.214; *Schema IV*）。しかしその後、三巻に分割・改稿が決まった時点でこの場面は削除された。その代わりに前年二八年に発表された小品『ノヴェレ』で、望遠鏡を使った再会のバリエーションが使われているのは見過ごせない。作品冒頭、狩に出る夫を見送った公爵夫人は、望遠鏡を使って再度夫の姿を認める。「それればかりか、公爵が一瞬立ち止まって振り返るのを認めて、というより、そんな気がしたので」、彼女は思わずハンカチを振る（MA 18-1, S.356f. 傍点は著者）。望遠鏡を覗きながら、夫にハンカチを振る公爵夫人の姿は、先のナターリエの姿と重なる。一八一九年四月四日、宰相ミュラーにゲーテは「人間はすでに知っていて、理解しているものだけを見る」と語っているが、この言葉どおり、彼の作品登場人物――ここではヴィルヘルムと公爵夫人――は、レンズの向こうに愛する人の返答を期待するがゆえに、相手が確かに気づき、返答してくれたのを見た、と信じる。さらに『ノヴェレ』ではもう一人、望遠鏡を肌身離さず持ち歩いている人物が登場する。公爵夫人のお側仕えをする美しい青年ホノーリオである。「望遠鏡で武装した視界」に慣れたホノーリオは、市場の火事に驚いて逃げ出した虎を――飼いならされ、弱って抵抗できないにもかかわらず――拳銃で撃ち取る。虎と一緒に逃げ出したライオンも射殺されそうになるが、こちらは拳銃ではなく、音楽の力が平和をもたらす。猛獣使いの少年は、武器を使わず、ライオンを従えて戻る。「天に輝く星々は未来永劫、主の栄光を褒め称えていますが、何も遠くを見回す必要はございませんでしょう」（MA 18-1, S.371）という猛獣使いの父親の台詞は、裸眼で見える存在をよく観察するように促しているかのようだ。

さて、『ノヴェレ』の翌年に発表された『遍歴時代』決定稿では、望遠鏡使用をめぐって、真摯な会話が主人公ヴィルヘルムと天文学者の間で交わされる。*27 舞台は夜の天文台、二〇〇年以上前にガリレイが発見した木星とその衛星を、ヴィルヘルムは望遠鏡を通して観るが、その光景に魅了されるどころか、「息苦しく」また「不安になる」。天文学者が望遠鏡による天体観測を行うことに一応の理解を示しながらも、彼はこう続ける。

「私たちの感覚を補助するこうした道具が、人間に決して倫理的に良い影響を及ぼさないことを、私は今まで多くの例で見てきました。眼鏡を使う人は、自分を実際以上に賢いと思い込みます。というのも外的感覚が内的判断力と均衡が取れなくなるからです。……眼鏡を通すと他の人間になってしまうのが、気に入らないのです」。（MA 17, S.352）

この台詞をゲーテが書いた時、初めて望遠鏡を使ってから三〇年、また天文台監督官に就任して二〇年近くが経っていた。ゲーテが学生だった頃までのドイツ啓蒙主義時代では、望遠鏡を通して無数の銀河宇宙を眺めると、人間はその存在の小ささを感じて謙虚になれる、という解釈のもと、天文学が奨励された。しかしここでゲーテが指摘し、拒絶しているのは、望遠鏡が被観察者に気づかせずに観察を可能にする、いわばスパイの目、監視する視線の嫌らしさである。医学との関わりでも述べたが、「見ること」はゲーテにとって、西洋科学が特徴とする一方通行の冷徹で客観的な観察ではなく、――あの芭蕉のなずなの俳句のように――観察されるものと観察するもの双方の視線が出会い、親しみをもって交わることを意味した。だからこそゲーテは天文台でヴィルヘルムに、相手に断りもなく隅々まで詮索する光学機器は「人を傲慢にする」と言わせたのだ。

さらにゲーテはここで望遠鏡使用者の主観性の問題を指摘している。私たちは通常、科学実験の正確さはそれを反復することで確認できると考える。しかし望遠鏡をめぐる一連の受容史を振り返れば、この光学機器の透明性がさほど容易に証明できないとわかる。望遠鏡は、裸眼で見えなかったものを見えるようにしてくれたが、実際の操作・観測にはやはり眼の訓練が必要だ。しかも人間には、「視野に入っていても見えない存在」がある。たとえばウィリアム・ハーシェルの発見以前にも天王星を観測・記録していた者は複数いたが、彼らは土星の外側にまだ惑星があるなどとは露ほども考えていなかった。それゆえ新惑星であることに気づかなかったのである。もう一つの例を挙げると、一八〇一年、今度は火星と木星の間に初めて小惑星ケレスが発見される。しかし第一発見者ジョゼッペ・ピアッツィ（一七四六〜一八二六年）がケレスを見失ってしまい、欧州各地の同僚による望遠鏡での探索も功を奏さず、新進気鋭の数学者ガウスの軌道計算により、ようやくゴータのツァッハにより再発見された。[*28] ゲーテの『遍歴時代』に収録されている「新しく発見された惑星は、少数の天文学者を除けば全世界の誰の目にも見えないが、我々は天文学者の言葉と計算を信じるしかないのだろうか」(MA 17, S.702) というアフォリズムは、こうした歴史的背景を踏まえると、よりいっそう味わいを増してくる。

光学機器によって何が見えるようになり、またその見たものをどう解釈するかは、各時代の知的枠組みによって規定されている。望遠鏡の発明以来、その使用と意味については、実にさまざまな解釈が与えられてきた。この関連において、ゲーテが後期作品で登場人物に望遠鏡を使わせる際、レンズを通して見える光景に熱中しすぎて墜落しかける（生命を危険にさらす）、といった現実空間を認識する能力の低下を繰り返し強調しようとしているのは興味深い。ゲーテは「等身大の人間の視点」を失う危険性を繰り返し指摘する。望遠鏡を携帯せずとも、仮想と現実の両空間をかなり自由に往来できるようになった現代人の視点は、不自然に歪み、不遜になってはいないだろうか。これまた『遍歴時代』所収のアフォリズムを引用して、本章は締めくくることにしよう。

「人間がその健全な五感を用いるかぎり、人間はそれ自身、およそ存在しうる最も偉大な、最も精巧な物理学的装置である。だから実験をいわば人間から切り離してしまって、単に人工的な器械が示すものを自然と認めるどころか、自然の働きを器械によって制限したり証明したりしようとするところに、近代物理学の最大の不幸がある」。(MA 17, S.701)

第4章

生命が充満する宇宙と天文台　ゲーテと天文学

Goethe und die Astronomie

I 「世界の複数性」 ゲーテの時代の地球外生命論

前章では《避雷針》と《望遠鏡》という物理学と関連の深い器具を話題にした。客観的かつ理性的この上ないことを前提に使用されている科学関連器具だが、操作し、データを分析するのが人間である以上、作業過程で使用者の主観性や時代傾向が入り込んでくるのは否めない。手品やあやかし、せいぜい玩具と同類だった望遠鏡は、ゲーテの時代になって、科学の常用観測器材として許容された。ところで、この望遠鏡の向こうにゲーテや彼の同時代人は、どんな宇宙空間を想定していたのだろうか。

前章でも引用したが、『ヴィルヘルム・マイスターの遍歴時代』(決定稿)で、主人公は塔の屋上に設置された天文台に案内される。裸眼とはいえ、星月夜の美しさに瞠目し、感動して、ヴィルヘルムは「この巨大なものは、崇高なくらいの程度ではなく、我々の理解力を超えている」と漏らし、ちっぽけな人間が無限の大宇宙と対峙する方法を必死で模索する。目を閉じ、自問しながら、自分の行動原理の核、自己の中心点を見つけだすことで、ヴィルヘルムはそれを可能にする。多くのゲーテ全集注釈者が、この箇所でカント（一七二四〜一八〇四年）の『実践理性批判 *Kritik der praktischen Vernunft*』（一七八八年）の結び、「私の頭上にある星辰と私の内なる道徳律、この二つが我が心をつねに新たな賛嘆と畏敬で充たす」を想起するよう促している。むろん両者の関係性を心に留め、比較検討することは重要だが、カントの頭上で輝き、彼に畏敬の念を抱かせた星空は、おそらく私たちが想像する星空とは少々異なっていたはずだ。というのもカントは、《世界の複数性》[*1]を信じていた一人だったからである。

《世界の複数性》（ドイツ語では die Mehrheit der Welten, 英語で a Plurality of Worlds, 仏語では la pluralité des mondes と表記。同義語として「多世界論」や「地球外生命論争」が使用される）とは、一八世紀から二〇世紀初頭まで、天文学は無論、西欧人文学領域でも広く議論にされた「宇宙には地球以外にも生命が存在する」という仮説である。ここで言う「世界」は「宇宙」と同義語で、大雑把に言えば、多くの恒星のそれぞれを太陽系に似た一つの宇宙の中心とし、その周りに地球同様、生命体の棲む惑星が無数にあるという考え方で、現代につながる地球外生命論争の発端とも言える。しかし同時に《世界の複数性》は天動説から地動説への移行を思想面から強力にバックアップする役割も果たした。これまでも複数の例を挙げて解説してきたが、欧州における科学の進歩・発展には、キリスト教的信仰基盤に矛盾を生じさせてはならないという暗黙の了解がある。地球を中心とした天動説において、人間は宇宙の中心に君臨し、神の寵児としての地位に甘んじることができた。しかし地動説を許容すれば、地球と人類は突如その優越性と恩寵を失い、広大な宇宙空間に放り出された惨めな孤児になってしまう。この恐怖と寂寥感が、地動説の受容に大きな抵抗感を与えていた。この解決策として導入されたのが、《アナロジー・類推》思考である。つまり夜空に輝く星々が太陽と同じ恒星であるならば、その各恒星には惑星があり、そのすべてに地球と同様——姿形は同じではないかもしれないが——生命が宿る。神は宇宙空間にその栄光を人間とともに讃える仲間をお創りになられた、というこの考えは、一七世紀終わり頃から知識人の支持をえて、急速に普及し始める。当然のことながら、この関連において聖書の記述との整合性をはじめ、「キリストの受肉や贖罪は地球に限るのか」、「各星の居住者もアダムの子孫か」といった内容が、自然科学と人文科学に携わる両方から検討・議論されたのは言うまでもない。

この類推思考《世界の複数性》の一般普及に大きな役割を果たしたのが、フランス王立科学アカデミー終身書記にして啓蒙思想家フォントネル（一六五七～一七五七年）のベストセラー『世界の複数性についての対話[*2] *Entretiens sur la pluralité des mondes*』（以下、『対話』と略す）だった。同書は一般読者の啓蒙という著者の配慮により、月の光に照らされた夜のロココ庭園を逍遥しつつ、哲学者L氏（著者）と聡明で美しいG伯爵夫人——実在モデルは、ラ・メザンジェール夫人だという——の間で交わされる優雅で機知に富む全六夜にわたる対話で構成されている。昼をブロンド女性の華やかな美しさになぞらえる一方、夜の美しさを烏の濡れ羽色、すなわち黒髪の美人の落ち着いた魅力に喩えて、天文学入門が開始される。読者はG伯爵夫人とともに、コペルニクスの地動説やデカルト提唱の渦動宇宙論[*3]、月や惑星が各々一つの宇宙を形成し、それぞれに生命体が居住する可能性があること、また将来、月と地球間で訪問しあう時代が到来することを教えられる。だが、読者を何よりも魅了したのは、聞き手の貴婦人の能動的かつ知的な態度だった。あたかも砂が水を吸い込むように最新の科学知識を吸収しながら、チャーミングで洒落た社交的会話も楽しむ聡明さ。かくも魅力的で美しい科学の話し相手は、これまでの西欧文学に登場しなかった。フォントネルはこの意味で、女性を天文学談義のパートナーおよび天文学書の読者として見出した最初の人物だった。

さて、『対話』は一六八六年の出版後、同年中にフランス国内で三回、著者生存中に計三三回重版、一〇〇歳を目前にした著者の大往生後も四〇回近く刊行が続いたうえ、彼の存命中すでに欧州各言語にも次々と翻訳されたというから、反響の大きさがうかがえる。ちなみにドイツではライプツィヒで一六九八年に『対話』初訳が出版されたのを契機に、複数の翻訳が出版されているが、なかでも有名なのが啓蒙思想家ゴットシェート（一七〇〇〜六六年）による一七二六年初版の翻訳およびベルリン天文台長ボーデによる一七八〇年刊行の全面内容改訂新訳の二点で、それぞれ複数版を重ねている。こうして一八世紀には、《世界の複数性》は「生命が満ち溢れる宇宙に全能なる神の御業を見る喜び」、つまり新しい福音と同義語になった。本章冒頭で挙げたカントを例に挙げれば、彼の初期著作『天界の一般自然史と理論 *Allgemeine Naturgeschichte und Theorie des Himmels*』（一七五五年）で、すでに太陽系およびその他の恒星系における生命存在を主張している（第三篇「自然の諸類推に基づいてさまざまな惑星の居住者を比較する試論」）。とすれば、「私の頭上にある星辰と私の内なる道徳律、この二つが我が心をつねに新たな賛嘆と畏敬で充たす」と記したカントが仰いだ星空は、生命体が居住する何百万もの惑星が無数の体系の恒星をめぐる、生命が満ち溢れる宇宙空間だったのだ。

Ⅱ　ゲーテと近代天文学の興隆期　近代ドイツ天文学の中心地ゴータ

ゲーテ作品研究の難しさと醍醐味は、彼が近代自然科学の興隆期――しかもそれは自然科学と文学が幸せに共存できる、いわば蜜月時代でもあった――に居合わせ、最新知識の吸収に努めるとともに、持ち前の好奇心でさまざまな分野に積極的に関与したことに由来する。むろんそれはゲーテに限らない。先に挙げたカントの結語も、《世界の複数性》を意識するか否かで、かなり味わいが変わってくる。しかしゲーテが生きた時代が現代の私たちから遠ざかるにつれて――何しろ彼は二〇〇九年八月に生誕二六〇年を祝われた詩人である――彼を直接語れる人間に取材することもなくなり、彼の生きた時代を再構築することがより困難になっている。たとえばゲーテが生まれた頃には、天文学はとうにその前身である占星術から分離・独立し、望遠鏡と数学を必須とする近代的科学分野の一つになっていたのに、私たちは彼の伝記的作品『詩と真実』の冒頭部分を読み、ゲーテがまだ占星術にどっぷり浸かっていた時代の人間のように錯覚する。しかし彼の時代の天文学は、一八世紀後半だけで計四二の彗星に加えて天王星が発見され、数えきれないほど多くの星雲・星団がカタログ化され、一九世紀初頭には火星と木星の間に計四つの小惑星が相次いで発見されるなど、刺激的な科学分野の一つだった。[*4] またゲーテが光学レンズに対する嫌悪感を表明した文章を読めば、彼が『色彩論』でレンズを使った多くの実験や分析を行い、また天文台監督官を兼務していたことを忘れそうになる。そして『ヴィルヘルム・マイスターの遍歴時代』に登場する天文学と密接な結びつきを持つ老貴婦人マカーリエ[*5]について、当時の文化・科学史的背景を考慮せず、その神秘的で象徴的な解釈にばかり集中しようとする。だが、フォントネルの『対話』が示すように、当時、天文学と女性の関係は今日の読者が思うほど特殊ではなく、むしろ流行現象の一つであり、ウィリアム・ハーシェルの妹キャサリン[*6]（ドイツ語読みではカロリーネ、一七五〇〜一八四七年）を筆頭に少数ながら女性天文学者・数学者も活躍していた。そして事実、隣国ゴータには、マカーリエとその家友にして天文学者の歴史的モデルと言えるカップルが実在した。本章では、まだ語られることの少ないゲーテと彼の時代の天文学との関わりについて、当時の一次文献をできるかぎり活用しつつ、再構築を行い、彼の文学作品における天文学的要素について、当時の天文学理論や背景に基づいたうえでの解釈を試みたい。

さて、一七七五年一一月以降ゲーテが住まいを定めたテューリンゲン地方には、古くから天文学の伝統があった。[*7] まず一三二九年に開学したエアフルト大学は、一五世紀のドイツにおける天文学と数学の拠点として機能した。宗教改革とそれに続く三十年戦争による荒廃のため、エアフルトの天文学は衰退したが、それに代わって一五五八年創立のイェーナ大学が天文学の拠点としての役割を引き受けた。特に一五六二年から数学の教鞭を執った天文学者エアハルト・ヴァイゲル[*8]（一六二五～九九年）の名声は欧州に轟き、かのライプニッツ——彼は後にベルリン天文台を創設（一七〇〇年）している——も講義を聴講したという。またヴァイゲルが一六六一年にイェーナ城屋上に設置した直径五・四メートルの天球儀はイェーナの町の象徴になった。だが、彼亡き後、イェーナの天文学も衰退を余儀なくされ、かくして一八世紀、ヨーロッパ天文学の中心地として、ザクセン＝ゴータ＝アルテンベルク公エルンスト二世（一七四五～一八〇四年）が治めるゴータ宮廷とゼーベルク天文台が新たに名乗りをあげたのだった。そしてこのゴータ宮廷こそ、ゲーテと本格的な学問としての《天文学》との最初の接点であった可能性が高い。

ゴータとヴァイマルの両公家は、昔から親しい間柄にあった。そのためゲーテはヴァイマル到着後間もない一七七五年一二月二七日、すでにゴータ公一家に謁見している[*9]。ゴータ公エルンスト二世は、ゲーテの主君カール・アウグスト公の親友であるとともに良きライバルでもあった。エルンスト二世の実母ルイーゼ・ドロテーア公妃の時代、ゴータはフランス文学の中心地として名声を博しており、ヴォルテールも一七五三年に一ヶ月以上滞在している。ちなみに彼は、ニュートンの『プリンキピア』をフランス語に完訳した「レディ・ニュートン」ことエミリ・デュ・シャトレ侯爵夫人[*10]（一七〇六～四九年）の愛人で、彼女とともにフランスのニュートン受容に貢献した人物でもあった。啓蒙主義時代の教養ある貴婦人の常として、彼女も自然科学に親しみ、私設文庫にはフォントネルはもちろん、複数の天文学著作が所蔵されていた。他方、ヴァイマル宮廷ではカール・アウグスト公の実母アンナ・アマーリア公妃（一七三九～一八〇七年）の治世下、民話収集でも有名な詩人ヨーハン・カール・アウグスト・ムゼーウス（一七三五～八七年）や詩人で翻訳家のクリストフ・マルティン・ヴィーラント（一七三三～一八一三年、特に彼は公妃の長男カール・アウグストと次男コンスタンティン両王子の教育係として一七七二年に招聘された）を迎えていた。このヴィーラントの薫陶を受けたカール・アウグスト公は、周知のごとくゲーテや啓蒙思想家ヘルダーを招聘し、ヴァイマルは「詩神が集う宮廷 Musenhof」の様相を呈した。

これに対抗してゴータ公エルンスト二世は、彼の宮廷ゴータを自然科学の都にすることを目指した。もともと彼は先代フリードリヒ三世（一七三二～七二年）の次男で、第一公位継承者ではなかったから、高級将校としてのキャリア形成を目標に自然科学領域、特に数学・物理学・天文学を熱心に学んだ。公位継承後も彼の自然科学への興味は消えることがなく、居城フリーデンシュタインに充実した実験設備を誇る物理学サロンを設け、余暇は自然研究に専念したという。この自然科学に造詣の深い主君をサポートし、研究相手を務めたのが、二人の秘書官ヨーハン・フリードリヒ・シュレーダー（一七三六～一八一四年）とルートヴィ

ヴァイマル市内にあるヴィーラントの像
（ゲーテ邸近くのヴィーラント広場にて）

ゴータのフリーデンシュタイン城

ヒ・クリスティアン・リヒテンベルク*[11]（一七三八〜一八一二年）であった。前者は器用な技術者で、主として物理学実験器具製作および管理を行った。後者は苗字から想像できるように、避雷針で言及したゲッティンゲンのリヒテンベルクの実兄である。一七六五年以来、ゴータ宮廷に出仕し、知名度では弟に及ばなかったものの、主君に物理学を中心とした講義をし、また実験をともにした。弟に劣らず兄リヒテンベルクも電気に興味があり、避雷針を設置したのは当然のこと、一七七四年には雷雨の際の心得を説いたハンドブック*[12]も出版した。ゲーテがゲッティンゲンで弟のリヒテンベルク主催のプライベートな物理学講義を聴くのは一七八三年九月二七日のことだが、ゴータのリヒテンベルク兄とは物理学サロンの器具貸し出し等でそれ以前から接触があったことは注目に値する。

さて、エルンスト二世の興味は特に天文学にあり、かねてから独自の天文台を建設する夢を抱いていた*[13]。特に前章でも述べたW・ハーシェルによる天王星発見は決定的な刺激になったらしい。[*14] とはいえ刺激されたのは、エルンスト二世に限らなかった。ゲーテもご他聞に漏れず、恒例の祝祭劇に『惑星舞踏会 *Planetentanz zum 30. Januar 1784*』と題する劇作を書き、当初の仮名キュベレー――プリュギアで崇拝されている大地母神に因む――で天王星を登場させている(MA 2-1, S.517)。

天王星発見は当時の天文学者にとって大きな意味を持った。太陽から天王星までの距離が、一七七二年にボーデが提唱した太陽系惑星の太陽からの距離を簡単な数列で表現する「ティティウス＝ボーデの法則」とほぼ確実に一致することがわかったからである。この数式が正しいとするなら、火星と木星の間に未知の惑星があるはずで、両惑星間の観測・探査が強化された。またこの時代の天文学はいわゆる位置天文学が主流で、天体の位置・距離・動きを精確に割り出すことが重視されており、測地学とも密接な関係があった。これについては次章で後述するが、天体位置の観測データとその技術は、正確な領土の把握に不可欠で、一般の地図作成はもとより、政治および軍事目的でも重要な意味を持ったため、為政者の財政支援を受け、以後、欧州各地に相次いで天文台が新設されていった。

さてエルンスト二世は、在英ザクセン公使ハンス・モーリッツ・フォン・ブリュール伯の紹介で、一七八六年、ロンドンで元オーストリア＝ハンガリー技師大尉フランツ・クサーファー・フォン・ツァッハ(一七五四〜一八三二年)と知りあい、彼をゴータ宮廷専属天文学者として招聘した。同年六月二二日にツァッハがゴータに到着するや否や、わずか数日後にエルンスト二世は彼を連れてイギリスに天文観測機材の買付に出かけている。郊外のゼーベルクに新天文台が建造されるまでの間、二人はフリーデンシュタイン城東翼最上階の仮設天文台（一八〇四年まで設置）で熱心に観測を行った。ゴータ・フリーデンシュタイン城内研究図書館に保管されている二人の観測記録や研究論文からは、充実した学究活動が読み取れる。[*15] 光害を考慮して郊外に天文台を建設するのは主として二〇世紀以降なので――その意味でゴータの先見性が窺える――このような高層家屋や塔の上に設置された天文台は、当時の中部ヨーロッパではむしろ一般的だった。ちなみに『遍歴時代』の天文台もこれに似た描写が行われている。「天文台に通じる螺旋階段を上り、ついに高い円塔の上にある、最も見晴らしの良い屋上に辿り着いた」（MA 17, S.350）。この城内仮設天文台をゲーテが訪れたという記録は残念ながら見つからないが、近接する物理学サロンに立ち寄る際、見学した可能性は高い。事実、現存するゴータ宮廷来客記録帳から、ゴータ公招待の宴に宮廷天文学者ツァッハとカール・アウグスト公およびゲーテが頻繁に同席していたことが判明[*16]しており、この顔ぶれで城内天文台を訪問しなかったとは考えにくい。

Ⅲ　科学する女性　マカーリエの歴史的文化的背景

ゴータ宮廷について触れたところで、『遍歴時代』決定稿第一巻第一〇章に登場する老貴婦人マカーリエと彼女の友人にして主治医でもある天文学者のカップルの歴史的実在モデルについて検討を加えたい。ギリシア語で「至福なる者」を意味するマカーリエは、同小説登場人物の一人、レナルドーの伯母にあたり、病身で歩行もままならず、車椅子の生活を強いられている。他方、彼女は幼少の頃から自分が太陽系を構成する一部として、宇宙空間を精神的に運行できる不思議な力を持つことに気づいていた。もっともこの彼女と太陽系の結びつきは機密事項で、彼女の側近しか知らないことになっている。通常マカーリエは『遍歴時代』における登場人物たちの精神的負担を取り除く救済者の役目を果たしており、ゆえに「聖女」とも呼ばれている。彼女に関する研究では、通常このセラピストとしての役割に注目し、『徒弟時代』の「美しき魂の告白」著者とその姪でヴィルヘルムの伴侶となるナターリエの延長上にある存在とみなし、道徳的ないしは宗教的解釈を施してきた。そしてマカーリエと宇宙の関係を明かした第三章第一五章「エーテルの詩」のエピソードは、総じて科学的根拠のないものとして軽視されてきた。だが、この「エーテルの詩」によれば、マカーリエは天賦の才に甘んじることなく、「少女時代から星や天体について学び、十分な講義を受け、機会があれば器具や書物によって宇宙構造をさらに深く追究する努力を惜しまなかった」(MA 17, S.678) という。この記述自体が、一八世紀の科学する女性像を反映していることは見過ごせない。

ほんの一瞬のことではあったが、一八世紀初頭の啓蒙主義期、自然科学は女性に門戸を開いた。一八世紀を通じて、婦人のための科学解説書は圧倒的な人気を保持し、名だたる専門研究者が女性の教養のために筆を執った。たとえば数学・物理・天文・音楽分野で広く活躍したオイラー(一七

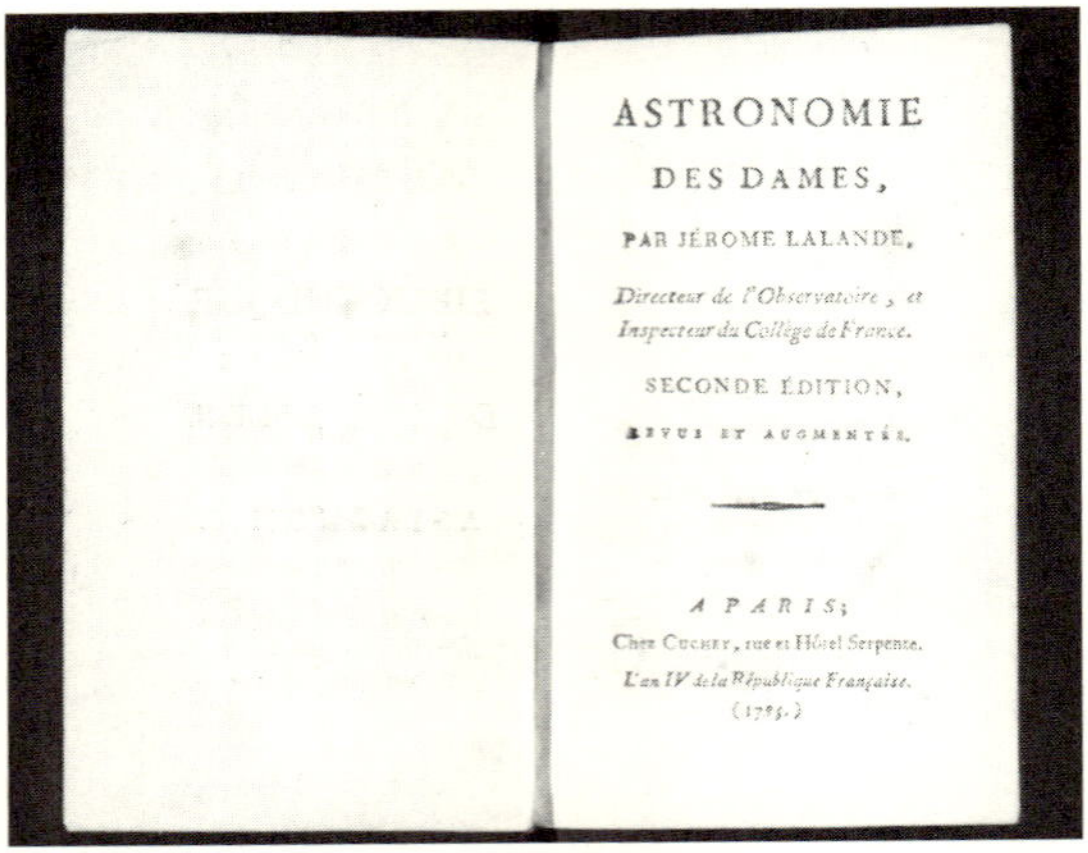
ASTRONOMIE

DES DAMES,

PAR JÉROME LALANDE,

Directeur de l'Observatoire, et Inspecteur du Collège de France.

SECONDE ÉDITION,

REVUE ET AUGMENTÉE.

A PARIS;

Chez Cuchet, rue et Hôtel Serpente.

L'an IV de la République Française.

ラランド『淑女のための天文学』表紙見開き
イェーナ大学図書館 ThULB の許可による。転載不可

○七～八三年）は、全二三四書簡からなる科学入門書『物理学と哲学のさまざまな論点に関するドイツ一王女への書簡 *Lettres à une princesse d'Allemagne sur divers sujets de physique et de philosophie*』（一七六八～一七七二年）を、作品タイトルからも明白だが、当時まだ一○代のブランデンブルク＝シュベット辺境伯爵令嬢フリーデリーケ姫に宛てた書簡形式で発表した。またフランス・パリ天文台長ラランド（一七三二～一八〇七年、日本では江戸時代に「ラランデ」の表記で紹介されている）も『淑女のための天文学 *Astronomie des Dames*』（一七八五年初版）を執筆した。イェーナ大学附属人文系図書館が所蔵している第二版（一八九五年刊）は、豆本とまではいかないが、縦一四センチメートル、横八センチメートル、厚み二センチメートル弱という華奢な女性の掌にすっぽり収まるサイズである。赤い革表紙に繊細な金色の装飾が施された可愛らしい装丁ながら、当時最新の天文基礎知識が、平易な文体で

簡潔にまとめてある。またラランドは、先に紹介したフォントネルの『対話』改訂版も一八〇〇年に刊行した。女性の高等教育にも理解があった彼は、ハレー彗星の再接近を一緒に計算・予測したニコル＝レーヌ・ルポート（一七二三〜八八年）や一七八九年の時点で天文学公開講座を担当していたマリー・ルイーズ・エリザベト・フェリシテ・ド・ピエリ（一七四六〜没年不明）などの仕事も高く評価し、才能ある女性同僚を積極的に登用した。シャトレ、ルポート、ピエリなど本章で名前を挙げたフランス人女性科学者がことごとく数学、あるいはその実用領域に属する物理・天文学の分野で活躍したのは偶然ではない。啓蒙主義期の近代科学において、数学は特に女性に奨励された。歴史家R・シービンガー[*17]はその理由として、まず実業家の妻は会計学の知識が必要不可欠であったこと、さらに数学の習得には膨大な蔵書や大掛かりな実験装置も不要で——電卓もパソコンもない時代、紙とペンだけが必要な道具だった——、比較的取り組みやすかったことを指摘している。

さて、少し寄り道した話をゴータ宮廷に戻そう。ゴータ公エルンスト二世と天文学者ツァッハは、一七八七年にゴータ市外のゼーベルクに新天文台を近代的コンセプトに基づいて建設することを決めた。一七八七年九月八日に着工、一七九一年秋に当時ヨーロッパで最も美しく、また最新の施設と謳われたゼーベルク天文台が完成、翌年から稼働を開始した。ツァッハの交友関係を存分に活かし、ドロンドやラムスデンといった英国老舗メーカーに注文した高価な観測機器が揃えられた。ゴータの名声を高めたこれらの名品は、かつての輝きを失うことなく、現在ミュンヒェンのドイツ博物館に展示されている。このゼーベルク天文台には、後にガウスやアレクサンダー・フォン・フンボルトをはじめ、ヨーロッパ各国から名だたる学者たちが見学に訪れた。特に一七九八年、隣国フランスから友人ラランドがツァッハを訪ねた際、オーガナイザーとしての手腕にも長けていたツァッハは、ゴータで第一回国際天文学会を開催することに成功している。[*18] ゲーテについては、一八〇一年のちょうど彼の誕生日にあたる八月二八日午前中にゼーベルク天文台を訪問したという記録が残っている。残念ながら、一世を風靡したゼーベルク天文台はもはや存在せず、「旧天文台」という名の緑に囲まれた静かなレストラン兼ホテルになっている。ホテル敷地内には、子午線とゴータ公およびツァッハに関する記念碑がひっそりと立っている。

このように初代天文台長就任後、ゴータをあっという間にヨーロッパ天文学の中心地の一つに押し上げたツァッハだったが、彼のパトロン・エルンスト二世が一八〇四年に亡くなると、ベルンハルト・アウグスト・フォン・リンデナウ（一七八〇〜一八五四年）を後継者に決め、早々にゼーベルク天文台を去る。天文台長の代わりに彼が手に入れた新しい肩書きは、今の日本語で言えば「宮内庁長官」として、エルンスト二世と死別した公妃マリア・シャルロッテ・アマーリエ（一七五一〜一八二七年）に仕える役目だった。

このゴータ公妃マリア・シャルロッテ・アマーリエ[*19]もまた啓蒙主義期の典型的貴婦人で、城内仮設天文台での夫君エルンスト二世とツァッハによる天体観測に参加したばかりか、自ら複雑な天体軌道計算をこなした。ラランドが一八〇三年に出版した『天文学文献目録 *Bibliographie astronomique*』には、ゴータ公妃は「人々の知りうるかぎり最も博識な公妃」であられ、「天文学を愛し、自ら天体観測を行い、軌道計算などもこなす」という記述がある。[*20] 同じ箇所でランドは、公妃がライプツィヒ出身の天文学者ヨーハン・カール・ブルクハルト（一七七三〜一八二五年）をパリに派遣したとも書いている。このブルクハルトは、ツァッハに二年間師事した後、親友ランドに託された愛弟子で、後にパリの経度局長に就任している。パリ出立前にブルクハルトは当時刊行が始まったピエール・シモン・ラプラス（一七四九〜一八二七年）の『天体力学 *Traité de Mécanique Céleste*』第一巻をドイツ語訳したが、この翻訳はゴータ公妃に捧げられた。[*21] エルンスト二世亡き後、未亡人となった彼女はツァッハを伴い、まずはアイゼンベルクに隠棲するが、そこでも小さな天文台を設置し、ツァッハと天体観測を行っていたという。一八〇六年以降、南ドイツ、イタリア、南フランス、さらにふたたびイタリア・ジェノヴァから一八二七年にナポリで亡くなるまで、公妃は南欧を転々とすることになるが彼女の傍らにはいつもツァッハの姿があった。夫君亡き後も変わることのなかった星好きの公妃と天文学者ツァッハの星を介した友情を、ゴータ公一族とも親交のあったゲーテがモデルにしたことは想像に難くない。

ところでマカーリエは天文学者を初対面のヴィルヘルムにどう紹介したのだったか。「この方は、最も素敵な、また広い意味で、私たちの家友です」（MA 17, S.347）とマカーリエは言っている。この「家友 Hausfreund」という単語、「家族ぐるみの付き合いの親友」と同時に「既婚者の愛人」という意味がある。以後、やや個人的なことと絡むが、拙著『マカーリエと宇宙 *Makarie und das Weltall*』（一九九八年刊）のもととなる学位請求論文を筆者がケルン大学に提出した一九九七年は、すっかり忘れられていたツァッハの功績を、彼がゴータで第一回国際天文学会を開催してから一〇〇年目になる一九九八年を機に再評価しようという動きが始まったところだった。よって、このカップルをマカーリエと天文学者の実在モデルに挙げられただけで満足という状態だった。ところが（筆者にとっては論文提出後の）一九九七年末、ゴータ・フリーデンシュタイン城にミュンヒェンの画商が一対の肖像画を運び込んだという。それはゴータ公妃とツァッハをカップルとして描いた肖像画で、二人の身分違いの結婚を証明する決定的な品であり、ゴータ博物館の関係者にとって少なからぬセンセーションを巻き起こしたのだった。*22 むろんこのペアの肖像画はゴータ博物館が買い上げ、二〇〇九年現在はフリーデンシュタイン城内に、ただし天文学というくくりで、本来の公妃とのカップルとしてではなく、妃にとっては最初の夫ゴータ公エルンスト二世と再婚相手のツァッハの二枚の肖像画がゴータ天文台模型を真ん中に、並んで展示されている。初期書簡小説『若きヴェルターの悩み』以来、多少デフォルメしながらも、折に触れてゲーテが作品登場人物を身近な人々から取材してきたことを考えると、おそらく立場上、ゴータ公家の公然の秘密も多少は耳に入っていたはずで、彼が本文で使った意味深長な「家友」の訳をあらためて考えてしまうのだが——。

ともあれ、文学作品の登場人物と実在人物をあまりに重ねて考えるのは危険、否、ゲーテが今回はモデルとして名を挙げていない以上、さらなる考察はあくまでも想像に留まるため不要とみなし、本来の作品に戻るとしよう。『遍歴時代』でマカーリエと面会し、彼女に天文学者を紹介された主人公ヴィルヘルムは、そのまま彼女が定期的に主宰しているサロン勉強会に招待され、かの天文学者による数学に関する発表を聴く。この発表内容について決定稿には具体的な記述がないが、初稿や構想スケッチから、ゲーテが一八二六年に発表した自然科学論文『数学とその濫用について *Über Mathematik und deren Missbrauch so wie das periodische Vorwalten einzelner wissenschaftlicher Zweige*』と内容的に一致することが判明している。ちなみに一九世紀初頭のヨーロッパにおける天文学と数学にはまだ明確な境界線はなく、当時の数学者は天文学者や測地学者、さらには気象学者としての業務を兼任するのが常だったので、家友である天文学者が数学について講義することに齟齬はない。だが、ゲーテが『遍歴時代』および『数学とその濫用について』の両作品を執筆した一八二〇年代には、ドイツ初の女性医学博士（一七五四年、ドロテーア・クリスティアーネ・エルクスレーベンによるハレ大学での医学博士号および公式診療許可取得）や女性哲学博士（一七八四年、ドロテーア・シュレーツァーによるゲッティンゲン大学での哲学博士号取得）の誕生を頂点に、学問領域ではふたたび保守的傾向が強まり、女性の排除が始まっていた。数学や科学が女性の生活や特質を向上させるという考えはもはや少数派で、むしろ自然科学は、富国強兵政策遂行のため、いつの時代も少子化と関連の深い「女性の社会進出」を阻み、銃後を守る《良妻賢母》、専業主婦の誕

ゴータ城内の展示。天文台模型を挟んで、エルンスト公（左）とツァッハ（右）の肖像画が飾られている。

生に加担するようになった。[*23] この意味で、幼少期から天文学にいそしみ、数学の運用について専門的議論を交わす老貴婦人マカーリエは、ゲーテがともに経験した一八世紀ポピュラーサイエンスの特徴を残す貴重な「科学する女性像」の一つと言えるだろう。

Ⅳ　天文学者とアフォリズム　あるいは火星と木星の間の小惑星

これまで述べてきたように、マカーリエと天文学者というペアで考えるなら、ゴータ公妃と宮廷天文学者ツァッハが実在の歴史的モデルに最もふさわしいと言えよう。だが天文学者単独でモデルを考えるなら、ツァッハ以外にもその面影を髣髴させる実在人物をまだ何人か挙げることができる。たとえばマカーリエの紹介にある「昼は勉強のお仲間、夜は天文学者、そしてどんな時もお医者様でいらっしゃいます」(MA 17, S.347) における、医師でありながら天文学にも精通した人物という点では、ガウスとも親交の深かったベルリンの医師ハインリヒ・ヴィルヘルム・マティアス・オルバース（一七五八〜一八四〇年）も連想できる。開業医でありながら、夜は天体観測に熱中し、二つの小惑星パラスとヴェスタ、さらに計六つの彗星を発見した彼の活躍はゲーテの耳にも届いていた。

さらに実在モデルとはいかないまでも、かなりの影響関係が読み取れるのが、前章からたびたび登場しているゲッティンゲン大学教授ゲオルク・クリストフ・リヒテンベルクである。先に説明したように、『ヴィルヘルム・マイスターの遍歴時代』には一八二一年発表の初稿と二九年発表の決定稿の二つがあり、さらに改稿過程でゲーテが口述ないしは直筆で書き込んだ大量の草稿が残っている。ヴァイマルのゲーテ＝シラー文書館に保管されている草稿のなかに、決定稿になく、おそらく一八二五年末に書かれたと推定される「ヴィルヘルムからナターリエ宛」（GSA Goethe Werke 25/XXIV, C, 2）という手紙がある。これによると、前述した『遍歴時代』第一巻第一〇章のヴィルヘルムがマカーリエを初めて訪問する場面をゲーテがやや異なる形式で構想していたことがわかる。すなわち決定稿のように語り手が客観的な場面描写を行うのではなく、ヴィルヘルムが妻ナターリエに、マカーリエの館で経験した事柄を手紙で報告させようと考えていたのだ。一六段落からなるこの「ナターリエ宛書簡」で、ヴィルヘルムはまず、マカーリエのところで「卓越した自然研究者」と知り合ったことを報告する。そして、この人物が「およそ人が興味を持ち、また人が興味を持ち続けるであろう、もっとも重要なものから些細で取るに足らぬ現象に至るまで」を話題にし、機知に富む会話で同席者を魅了した、と伝える。この「自然研究者」こそ、決定稿で登場するマカーリエの「家友」にして、医者兼天文学者の前身なのだが、彼がここで「リヒテンベルクの熱烈な崇拝者」と設定されていることも興味深い。

一七七〇年にゲッティンゲン大学物理学教授に就任してまもなく、リヒテンベルクは同僚で数学教授のアブラハム・ゴットヘルフ・ケストナー（一七一九〜一八〇〇年）により同大学附属天文台のメンバーとされ、観測はもちろん、一七七一年からは天文学の講義も担当することになった。ちなみにケストナーもリヒテンベルクも、啓蒙期のドイツ文学を代表するアフォリズム作家として有名である。また両者は、数学を思考に論理性を与え、日常会話の質を向上させる有用な学問であると述べ、数学を奨励した点でも共通している。リヒテンベルクの天文学分野での業績は、一七七二年から七三年にかけてのハノーファー周辺の測地作業、さらに特筆すべきは、ヨーハン・トビアス・マイヤー（一七二三〜六二年）の遺稿集を月面図付きで一七七五年に編集・刊行（Tobiae Mayeri, *astronomi celebrrimi, Opera inedita, tom. I*; edidit G. Ch. Lichtenberg）したことだろう。

本章の冒頭で挙げたリヒテンベルクの兄を通して事前情報を得ていたリヒテンベルクとゲーテが、直接顔をあわせたのは一七八三年だった。両者のあいだにはその後しばらくゲーテの『色彩論』研究に関連した文通が続いたが、ニュートンの光学論に対する決定的な立場の違いから、自然と音信が途絶えてしまった。しかしゲーテはその後もリヒテンベルクを評価しており、彼の死後出版された『全集』を熱心に研究した。『遍歴時代』決定稿第三巻末に収録されている「マカーリエの文庫から」のアフォリズム、「リヒテンベルクの著書を、私たちは不思議きわまる魔法の杖として役立てられる。彼が冗談を言うところには、必ず問題が隠されている」（MA 17, S.702）は、もともと天文学者の台詞として考案されたものだった。

さて初稿から決定稿への大幅な改稿にあたり、「ヴィルヘルムからナターリエ宛」書簡はその構想を破棄されてしまったが、一六段落のうち半分にあたる八段落が、加筆・修正されて『遍歴時代』作品にアフォリズムとして活かされた。天文学に関連したアフォリズムは「マカーリエの文庫から」

に収録されているが、それもそのはず、この「文庫」、出版社の都合さえなければ、『遍歴時代』第一巻第一〇章のマカーリエ訪問直後に配置される、つまりヴィルヘルムが彼女のところで交わした会話のダイジェスト版としての役割を担っていたのである。この「マカーリエの文庫」に収録されたうちでも、次に引用するアフォリズムは、当初、ヴィルヘルムが参加したマカーリエ主宰のサロン勉強会における天文学者の台詞として考え出された。

火星と木星の間の巨大で空虚な宇宙空間にも、彼は一つの快活な着想を持ち込んだ。この両惑星が、およそこの空間に見出せたであろう物質すべてを使い尽くし、自分のものとしてしまったとカントが念入りに証明した時、リヒテンベルクは彼らしい冗談をとばした。「どうして目に見えない諸世界が存在してはならないのかね?」と。

彼はまさに真実を語ったのではなかろうか。新しく発見された小惑星は、少数の天文学者を例外とすれば、誰の目にも見えないではないか。我々は天文学者の言葉と計算を信じるしかないのだ。(MA 17, S.702)

一八〇一年元旦にイタリア・パレルモ天文台のピアッツィが火星と木星の間、すなわち「ティティウス=ボーデの法則」に照らして、未知の惑星があると想定されていた空間に最初の小惑星ケレスを発見するまで、多くの碩学がこの火星と木星の間にある異様に広い宇宙空間の存在理由を何とか説明しようと試みてきた。先のアフォリズム前半部分にあるように、カントはニュートンの引力および斥力を使って解明しようとした。これについては、それから四半世紀が過ぎた一八二五年にゲーテが発表した『気象学試論 *Versuch einer Witterungslehre*』にも、次のようなくだりがある。

> 修業時代の最初の授業からごく最近に至るまで、特に私の記憶に残っているのは、火星と木星間の距離がひどくかけ離れていて、それがきわめて不均衡であることに誰もが注目し、実に多種多様な解釈のきっかけを作り出したことである。我らが誇るカントが、この現象にいくらかでも根拠を与えようと骨を折ったことを想い起こしていただきたい。(MA 13-2, S.301)

ニュートン力学を駆使したカントの説明に対して、アフォリズムではリヒテンベルクの冗談とされるコメント「どうして目に見えない諸世界が存在してはならないのかね?」が続く。事実、この台詞はリヒテンベルクの論文『太陽系の移動について』(一七八三年)に基づいている。彼はここで惑星や彗星を含む太陽系が、さらに巨大な天体の周囲を回転している可能性を問う。その巨大天体が光エネルギーの源であるとして、真っ黒な石炭を熱源にするストーブ同様、恒星自体は必ずしも光を放射する必要はない。とすれば人間には不可視の暗黒で巨大な熱源があっても不思議ではない、とリヒテンベルクは考えたのだった。

ところで、この火星・木星間の空間存在理由を論じたおそらく最後の人物が、精神現象学で知られるヘーゲルである。[*24] 彼はイェーナ大学への教授資格申請論文にこのテーマを選び、火星・木星間の間隙が太陽から各惑星までの距離法則に適したものであると結論づけた。この論文『遊星（惑星）の軌道について *Dissertatio philosophica de orbitis planetarum*』（一八〇一年）でヘーゲルは無事教授資格を取得、私講師（定員外の大学講師）を経て、一八〇五年から〇七年までイェーナ大学哲学部教授として教鞭を執った。しかし彼の教授資格論文受理（一八〇一年一〇月）とほぼ時を同じくして、前述したようにピアッツィが同年元旦に小惑星ケレスを発見、一二月にツァッハとオルバースが相次いでケレスを再発見・確認したことにより、この間隙が消滅した。このためヘーゲルの教授資格申請論文は、ツァッハとガウスから無効を申し立てられる憂き目に遭っている。

天王星に続いて、火星と木星の間にケレスを筆頭に次々と小惑星が発見されていった一八世紀末から一九世紀初頭は、当然のことながら、天文学への関心が高まった。ゲーテについてもこの頃、特に一七九九年から一八〇〇年にかけて、天文学に熱中した形跡がある。一七九九年七月三一日から九月一五日まで、ゲーテはイルム河畔の庭の家に滞在したが、この間、晴れた夜は必ずヨーハン・ヒエロニムス・シュレーター（一七四五～一八一六年）作『月面地形学断片 *Selenotopographischen Fragmente zur genauen Kenntnis der Mondfläche*』（一七九一・一八〇二年）を片手に望遠鏡を使って月面観測を行ったという（ゲーテの日記・庭の家滞在成果の包括として、WA III-2, S.258）。たとえば八月一〇日はシュタイン作反射望遠鏡で、また同月二一日はアオホ作望遠鏡で月面を観測している。翌一八〇〇年二月一一日付でシラーに宛てた書簡は、この二台に加え、入手したてのシュラーダー作七フィート・

ハーシェル式望遠鏡を加えたと思しき計三台を設置し、月と火星を対象とした「天体観測会 eine astronomische Partie」の招待状となっている（WA IV-15, S.25）。月面観測会参加はシラー自身の希望（一七九九年八月二四日付ゲーテ宛書簡）でもあったのだが、肝心の当人は日程の都合がつかなかったのか、ゲーテは日をあらためて再度観測に招待している。ともあれ、この後の日記に天体観測の記録はなく、ゲーテの天文熱はぱったりと止んでしまったかのようだ。だが、それから一〇年後、今度は彗星が、ゲーテの公務と天文学を結びつける。

V　一八一一年出現の彗星とイェーナ大学附属天文台建設

彗星は、怪しげな尾を引いて突然出現することから、古来、不吉の前触れ、妖星として恐れられてきた。ニュートンの若い同僚、イギリスの天文学者エドモンド・ハレー（一六五六〜一七四二年）は一六〇七年に出現した大彗星の軌道計算を試み、この彗星が約七六年周期で回帰することを予言した。この予言は彼の死後一六年を経た一七五八年末の彗星再来によって実証され、以後この彗星は「ハレー彗星」と呼ばれている。本章前半で言及したラランドがニコル＝レーヌ・ルポートおよびアレクシス・クレロー（一七一三〜六五年、彼はシャトレ侯爵夫人の数学教師も勤めている）を加えた三名で行った計算は、この「ハレー彗星」の回帰が木星と土星の摂動により遅れ、これと連動して近日点通過も翌年三月になることを事前に知るためだった。こうして一八世紀後半、ようやく彗星が周期的に回帰する天体であることが判明したわけだが、ゲーテの初期戯曲『ゲッツ・フォン・ベルリヒンゲン *Götz von Berlichingen*』（一七七三年）にも早速ハレー彗星が二箇所登場していることは興味深い（Vgl. MA 1-1, S.633 および S.635）。

ところでこの彗星の発見者ハレー当人は、彗星の地球衝突の可能性も示唆したうえ、地球はすでに一回もしくは複数回にわたって彗星衝突を経験しており、この衝突こそ旧約聖書の「創世記」に記されている大洪水や大規模な地盤変化の原因であると考えていた。さらに彗星衝突による気候変動などの仮説も立てていたという指摘もある。[*25] このハレーの仮説の延長として、フランスではラランドとラプラスがともに彗星と惑星が衝突する可能性に言及した。また六つの彗星の発見者でもあるオルバースは、豊富な彗星観測に基づいて論文『一彗星が地球に衝突する可能性について[*26] *Über die Möglichkeit, dass ein Comet mit der Erde zusammen stossen könne*』（一八一〇年）を発表し、その確率は非常に低いが、ゼロではないと記した。

オルバースがこの論文を発表した翌一八一一年、秋の夜空に見事な尾を引く彗星が出現した。一般的には「一八一一年大彗星」、「C/1811 F1」、あるいは発見者の仏天文学者の名を取って「フロジェルク彗星」とも呼ばれるこの彗星は、一八一一年五月二五日から翌年八月一七日までの長期間観測されたという。[*27] 当時の目撃者の報告によれば、極大時のハレー彗星より強烈な輝きを放っていたそうだ。ゲーテ自身もこの彗星には興味を示し、頻繁に観察したことが彼の日記から窺える。

たとえば一八一一年九月七日の日記には、「星影さやかな夜空とはっきり確認できる彗星」（WA III-4, S.232）とあるし、三日後の一〇日には「美しい星月夜。彗星が完全に視認可能」（ibid.）など、繰り返し彗星への言及がある。さらに同月一六日には、自分が監督官を務めるヴァイマル図書館（現在のアンナ・アマーリア公妃図書館）からボーデの天文学入門書『図版付星空の知識 *Kenntnis des gestirnten Himmels nebst Karten*』を借り出し、[*28] カール・アウグスト公の天文および数学指南役だったプロイセン将校カール・フェルディナント・ミュフリンク（一七七五〜一八五一年、次章で詳しく解説）やイェーナ大学数学教授ヨーハン・フリードリヒ・クリスティアン・ヴェルネブルクらと天文学に関する会話を楽しんだようだ。

この彗星は、一般の人々にかぎらず、専門研究者の間でも物議を醸《かも》した。ツァッハの後継者で第二代ゴータ・ゼーベルク天文台長リンデナウは、一八一一年九月一二日付ケーニヒスベルク天文台長ベッセル宛の書簡に「これほど長い尾を引く彗星は有史上いまだかつてないのでは」と書き送り、また同月一八日付でオーストリア在住のアマチュア天文家エリーザベト・フォン・マット男爵夫人（生年不明・一八一四年没、ゲーテとは湯治先カールスバートで面識あり）宛書簡では、「シュレーターやオルバース、ガウスそして私も彗星本体の核を見つけられず、確認できたのは密集したガス状のもののみです。この彗星の顕著な特徴はその尾にあります。彗星本体とは無関係のように、その尾は日毎に長くなっていきます[*29]」と報告している。

リンデナウが一八一一年九月末にヴァイマルのゲーテを訪ねた折も、[*30] 話題の中心は自然とこの彗星になったようだ。ゲーテは日記にこの会話を記録しなかったが、ゴータ・ゼーベルク天文台に戻ったリンデナウは、一〇月一二日に彼の論文『一八一一年の大彗星に関する最新観測結果 *Resultate der neuesten Beobachtungen über den großen Cometen von 1811*』の抜刷[*31]をゲーテに献呈、これに対してゲーテもまた同月二〇日付で丁寧な礼状を返している。

貴殿が先日我が家をご訪問の折、お話になった興味深い内容を想起させてくれるには、ご恵送の抜き刷り以上に適したものはございません。ご高論を繰り返し、嬉しく拝読しております。

（WA IV-22, S.179f）

文学作品でこの彗星を使うことを、今回もゲーテは忘れなかった。彼は戯曲『エピメニーデスの目覚め *Des Epimenides Erwachen*』（一八一四／五年）第二幕第六場に巨大彗星を出現させ（MA 9, S.222）、草稿ト書きに「姿は最近の彗星と同様に」（WA I-16, S.545: Lesearten）と指示を書き込んでいる。

この彗星はゲーテだけでなく、主君カール・アウグストにも強い印象を残した。ゴータ公エルンスト二世ほどではなかったにせよ、自然科学の方面にも明るかったヴァイマル公カール・アウグストは、これを機にイェーナ大学附属天文台の建設を決定し、ハインリヒ・ミュンヒョウ（一七七八～一八三六年）を初代天文台長に、ゲーテを同天文台監督官に任命した。先に引用した書簡にある九月末のリンデナウのヴァイマル・ゲーテ邸訪問は、イェーナ天文台新設計画に助言するためのものだった。天文台建設地には、すでに鬼籍に入っていたシラーが新婚時代を過ごし、その後も避暑に使っていたイェーナの「夏の家」が選定された。余談ながら、この「夏の家」はイェーナ大学所有の施設「シラー記念館」として現存する。お隣はレンガ造りの天文台付天文物理学研究所（ただしこの旧天文台は現在研究目的では使用されておらず、新天文台がイェーナ市郊外の山中で稼動している）で、この建物ができてから、「夏の家」の建物には、かつてのシラーに続いて、代々の大学附属天文台長が住むことになった。壁に掛かっている天文台長の名を記したプレートには、カール・ツァイスとともに光学都市イェーナの産業基盤を堅固にした光学メーカー創始者の一人、エルンスト・アッベ（一八四〇〜一九〇五年）の名前もある。アッベは、初代監督官ゲーテの没後、老朽化したイェーナ大学附属天文台を建て直すため、私費まで投じた天文台長だった。現在は「夏の家」に併設されていた旧天文台は撤去され、跡形もないが、当初は三角錘状の屋根が付いた慎ましい二階建ての円塔が、アッベ以降は屋根を平らにした天文台として稼動していた。

さて、初代イェーナ大学附属天文台は、まずゲーテの指揮下、一八一二年四月二八日に着工、子午線が定められた。同年一一月、ゲーテは天文台がまもなく完成するだろう、とカール・アウグスト公に報告している。ちょうど外装が完成した頃だろうか、一八一二年一二月一六日に宰相ミュラーに向かって、ゲーテは天文学について次のようにコメントしている。「天文学はあらゆる学問のなかで世間一般に認められ、確実に無限のものに向かってさらに先へ進んでいくという点で反論の余地がない基盤に則った唯一の学問であるからこそ、私にとって価値がある[*32]」。

イェーナ大学附属シラー記念館（イェーナ大学歴代天文台長の旧住居）

天文台初期の設備に関して言えば、公が必要な観測機材の多くを寄付したうえ、ロシア皇家から嫁いだ公子妃、カール・アウグスト公にとっては義理の娘マリア・パヴロヴナ（一七六八〜一八五九年）も積極的な財政援助を行ったので、不自由はなかったらしい。ともあれ翌一八一三年のカール・アウグスト公の誕生日にあたる九月一三日に落成式が挙行され、主君臨席のもと、黄道周辺の恒星観測が行われたのだった。

カール・アウグスト公およびゲーテの気象学に対する並外れた関心は、第二代天文台長ヨーハン・フリードリヒ・ポッセルト（一七九四〜一八二三年、天文台長就任は一八一九年）に天文学だけでなく、気象学観測も強化させた。イェーナ天文台はもちろん、領土内のヴァイマル（エッタースベルク城とベルヴェデーレ城）、アイゼナハと同ヴァルトブルク城など複数の測候所を設け、毎日三回、定時——八時、一四時、二〇時——に気温・気圧の計測が行われた。[*33] 当時、気象学は天文学の一領域に分類されていたものの、長期気象予報を目的としたこれほど組織的かつ継続的に気象観測が行われた例は比較的珍しく、以後、気象学研究はイェーナ天文台の特色の一つとなった。これは大公およびゲーテの先見性を示すとともに、気象予報の重要性が意識されていることが読み取れる。

従来イェーナ大学附属天文台の研究が第三代目天文台長ハインリヒ・ルートヴィヒ・フリードリヒ・シュレーン（一七九九～一八七五年）のもと、天体観測よりも気象観測にウェイトが置かれるようになったのは、カール・アウグスト大公とゲーテの純粋な興味・関心の変化によるものと説明されてきた。しかしこの時期に関する気象考古学領域の既存研究と照合すると、また違った解釈の可能性があるように思える。というのも、ゲーテが大公とハワードの雲の分類研究に着手した一八一五年、インドネシアのタンボラ火山が噴火した。すでに浅間山噴火をはじめとする複数の要因が重なって平均気温が低下していたところに、[*34] このタンボラ火山が噴火したことで大気中に大量の火山灰が撒き散らされた結果、翌一八一六年に北米および欧州は記録的な冷夏を経験した。[*35] 一八一六年の六月から七月にかけて北米と北ヨーロッパを寒波が襲い、降霜どころか降雪も記録された。気温が低く、雨の多い夏では当然不作となり、欧州に飢饉が広がっている。[*36] この気象（環境）考古学の研究を考慮した解釈には、今後もさらなる検討が必要だが、カール・アウグスト大公が一八一六年の記録的冷夏から程なくして、収穫を左右する天候把握のため、領内に迅速に気象観測網の整備を命じたことは、英邁な為政者として当然の行動と考えられるのではないか。

もっともゲーテ自身による気象研究はそれ以前から始まっていた。一八一七年に成立した研究論文『雲の使者・カマルパについて *Aufsatz über Wolken „Camarupa"*』や彼が大公とともに熱心に研究した英国の薬剤師にしてアマチュア気象学者ルーク・ハワード[*37]（一七七二〜一八六四年）が提示した『ハワードの雲の分類 *Howards Wolkenformen*』についての論考、またそれに関連した彩色スケッチなどが、イェーナ大学天文台の所蔵資料として保管されている。このことは、彼の天文台監督官という肩書きが名ばかりのものではなかったことを示している。一八二〇年代もゲーテは引き続き熱心に気象学研究を続け、一八二五年には『気象学試論 *Versuch einer Witterungslehre*』を発表している。大公急逝直後の一八二八年夏、保養地に選んだイェーナ近郊ドルンブルクでは、六月に夏の星座と月・水星・金星・火星の惑星大集合を観察[*38]したほか、気象観測も継続、九月初頭にはベルリン在住の親友ツェルターに宛てて、『気象学試論』の続編的内容をしたためた長い書簡を書き送っている。

ガウスの弟子の一人で将来を嘱望された第二代目天文台長ポッセルトは、残念ながら早世した。第三代目天文台長シュレーンが統率する仕事場を一八二七年一〇月八日に訪ねたのが、ゲーテ最後の天文台訪問となった。この時、同行した書記エッカーマンは、次のような記述を残している。

「それから私はシュレーン天文台長と屋根裏に上がり、シラーの家の窓から素晴らしい眺めを満喫した。……ここからは惑星の出入りを見事に観測することができ、なるほど『ヴァレンシュタイン』の天文学や占星術をめぐる創作には最適の場所だ、と納得したのだった」。（MA 19, S.593）

この日が最後の天文台訪問記録になったとはいえ、天文学にゲーテが最後の別れを告げた日付とするのは性急にすぎる。たとえば一八三〇年一月二七日、ゲーテを訪問した宰相ミュラーによれば、ゲーテは彼に「月と現在やや小さく見える金星による合《ごう》（二つの天体がほぼ同じ位置に観測されること）が綺麗に見えること、さらに明るく輝くオリオン座を示し、長時間、天文学の重要性について語った」ということである。[*39]

第5章

地球の形状とプロイセン大尉　ゲーテと測地学

Goethe und die Geodäsie

I　二人の測量大尉　オットーとトイドバッハ

ゲーテの後期作品に、化学と縁の深い『親和力』（一八〇九年）という小説がある。*1 タイトルは、当時使われ出したばかりの化学用語で、スウェーデンの化学者ベリマン（一七三五〜八四年）の著書名『選択的引力（化学的親和力）の研究 *Disquisitio de attractionibus electivis*』（一七五五年、ドイツ語訳 *Untersuchung über die Wahlanziehungen*, 一七八四年刊）から採られた。AとB、およびCとDからなる化合物が反応して、新たにAとC、BとDという化合物を作る自然現象（親和力）を主人公四人の人間関係に当てはめた実験小説である。この作品、『ヴィルヘルム・マイスターの遍歴時代』の挿話として書き出されたが、予想外の長編になってしまい、独立して刊行されたという経緯がある。

作品冒頭、恋人同士であったにもかかわらず、慣習に従ってお互い違う相手と愛のない結婚をしたあと、再婚同士としてやっと結ばれたシャルロッテとエードゥアルト夫妻が登場する。夫エードゥアルトは妻シャルロッテに、有能なのに不遇を囲っている親友の大尉を館に招き、領地を測量してもらうことを提案する。ようやく手に入れた二人の日々を誰にも邪魔されたくない、とシャルロッテは難色を示すが、最終的には夫の望みを聞き入れる。こうして「大尉」ことオットーとシャルロッテの姪オッティーリエが加わる。新しい魅力的な相手を前にして、感情に身を任せるのか、それとも理性で抑制するのか——。作品発表から二〇〇年が経ち、伝統的な家族形態が消滅しつつある今になって、ドイツでは《結婚》や《家族》をキーワードにした『親和力』の再評価が進んでいる。

ところで『親和力』の実験に化合物が二種類必要なように、小説の主役もカップル二組、計四名となる。うちエードゥアルト、シャルロッテ、オッティーリエの三名は、ファーストネームで呼ばれるが、面白いことに第四番目の人物は、オットーという名前があるのに、常に肩書きの「大尉」、昇進してからは「少佐」と呼ばれている。むろん軍人だが、彼の得意分野は近代的測量技術であり、この意味で彼の職業は「測量官」とも言える。しかしながら「大尉」の職業は、これまでのゲーテ研究でほとんど注目を浴びていなかった。例外的に大尉の作品中の役割に言及したヴェーバーの短い論文[*2]（一九五九年）が存在するが、測量官としての職業にはまったく触れていない。

他方、『親和力』が刊行された一八〇九年に、ゲーテと同世代の人気作家ジャン・パウル・リヒター（一七六三〜一八二五年）が『カッツェンベルガー博士の湯治旅行[*3]』を発表している。興味深いことに、ここにもトイドバッハという名の、数学と測量に精通した大尉が登場する。ゲーテとジャン・パウルは面識こそあったものの、趣味も関心もまったく違うタイプで、お世辞にも両者は友人と言える仲ではなかったから、なおさらこの一致は気になるところである。いずれの大尉もフィクションの登場人物ではあるが、一九世紀の文化的背景を反映していることは明らかで、二人の大尉の共通点は偶然とは言えない。本章ではまず、この二人の大尉の背景にある当時の応用数学、特に近代測量学との関わりを明らかにしたい。

さて、ゲーテの『親和力』の始まりに戻ろう。妻シャルロッテの許可を得たエードゥアルトは、親友の「大尉」を自邸に招く。招待を受けた「大尉」は両者の聖名祝日[*4]――ここで読者は「大尉」とエードゥアルトが実は同じ洗礼名オットーを持つことを知る――に到着、早速、測量に着手する。

大尉はこの種の測量に熟練していた。彼は必要な器具を持参しており、速やかに作業に取り掛かった。彼は、助手役を引き受けたエードゥアルトに加え、数人の猟師と農夫に作業の段取りを教えた。作業にはもってこいの日和だった。晩と早朝、彼は図面引きと高低のケバ付けに費やした。迅速にすべてに陰影や彩色が施され、かくしてエードゥアルトは自分の領地がその紙からはっきりと、まるで新しい創造物のように姿を現すのを目にしたのだった。彼は今になって領地を知り、ようやく本当に自分のものにした思いだった。(MA 9, S.304)

作業を進めていくにつれ、大尉にはシャルロッテの造園計画の拙《まず》さが目に付くようになる。迂回するのではなく、邪魔な岩塊を除去さえすれば、散歩道はさらに美しく快適になる、と合理的に彼は考える。大尉の口止めを破って、これをエードゥアルトが伝えた時、シャルロッテは頭では大尉の批判を理解しながらも、当初は内心傷つく。その間も大尉は順調かつ精力的に作業を進める。

まもなくできあがった領地とその周辺地域を含む地形図は、かなり大きな縮尺で、線と彩色により特徴が一目でわかるよう描かれており、大尉によるいくつかの三角測量がそれを確実なものにしていた。この男ほど少ない睡眠で、日中は目下の目的を果たすことに集中し、夕刻にはいつも何かしら完成させているような活動的人物は他に見当たらなかったろう。(MA 9, S.309f.)

作図にあたって、大尉は三角測量を実施している。つまり彼は、測量術を習得した科学技術者なのである。ここで大尉は、感情的で夢見がち、心の赴くままに行動するエードゥアルトと対照的に位置づけられる。大尉は勤勉で思慮深く、理性によって感情を律することができる人物として描かれる。事実、彼の職業である測量官とは、自然と理性的に対峙し、明確な目的をもって世界を把握するのが任務である。シャルロッテも基本的に類似の傾向を持つ、理性が勝った人物である。第一部第六章で、大尉はすべての測量を終えたあと、シャルロッテの造園計画に再度言及する(MA 9, S.331)。ここで彼女も感情を抑え、理性的の力で自らの造園計画の誤りを潔く認め、大尉の土地整備計画に全幅の信頼を寄せる。「そのことは、シャルロッテが最初の造園計画において、選り抜き、飾り立てた美しい休憩所を大尉の計画に従って撤去させることになっても、不快な思いをまったく抱かなかったのが、確かな証拠と言えるだろう」(MA 9, S.332)。

ちなみにこの『親和力』の舞台となる庭園については、二〇〇八年に小さいながら興味深い文献学的発見があった。[*5] 本作品の執筆にあたってゲーテは書記リーマーに庭園案をスケッチさせた。一八〇八年九月一日のリーマーの日記に作業記録がある。[*6] このスケッチは処分あるいは紛失したものと長い間考えられてきたが、イェーナ大学特別研究プロジェクトによる再調査で、ヴァイマルのゲーテ・シラー文書館に保管されていたことが判明、『親和力』発表二〇〇周年記念展で、ゲーテ博物館にリーマーのスケッチをもとにした木製立体モデルが公開された。もっとも文学作品の舞台は読者の自由な想像に委ねられるべきものであって、こうしたモデルは読者のイメージを束縛・限定するので不要とする意見もあるだろう。とはいえ、研究者にとってゲーテが舞台空間を図化し、正確な把握を試みていたという事実は、彼の執筆態度を知るうえで参考になる。

さて、小説ではオッティーリエとエードゥアルトが感情を制御できずに破滅していく一方で、シャルロッテと大尉は理性と厳しい自己抑制によって危機を乗り越える。オッティーリエは、シャルロッテと対照的な人物で、エードゥアルト同様ロマン派自然哲学を体現している。自然哲学との関わりも『親和力』の重要なテーマの一つであるが、これについては参考文献も豊富にある。ここではこれまであまりゲーテ研究で取り上げられることのなかった一九世紀初頭の最新科学の一つ、三角測量との関係に注目して話を先に進めることにしたい。というのも測量技術者である大尉の姿には、一八〇〇年前後の科学史が見事に投影されているからだ。

Ⅱ　前提としての科学史的背景　地球はオレンジ型かレモン型か?

このあたりで近代測量、特に三角測量の歴史を概観しておこう。*7 マゼランの世界周航によって地球が丸いことは証明されたが、その大きさは不明だった。「測地学」は文字どおり地球の形状を測定する学問領域で、数学の管轄下に置かれていたものの、近代以前の数学は道具を使うような実務作業は卑しいものとみなし、忌避していたので、理論的かつ抽象的な測量学に留まった。しかし一五・一六世紀に入ると、所有地の広さに基づく課税制度が導入され、不動産の正確な測量に関心が高まり、これに伴って測量技術も改良されていく。

ところで、三角測量はいつ頃から始まったのだろう。地上にある点の水平位置（緯度と経度）を精密に決める三角測量は、一六世紀にオランダのヘンマ・フリシウス（ゲンマとも読む。一五〇八～五五年）によって考案された。平面での三角測量の原理は、次のように説明できる。まず基線（ベースライン）ABの長さを測り、次いで基線の両端AとBの角度をそれぞれ経緯儀（トランシット）を使って測定する。基線の両端からその方向に直線を引くと、交点Cが求められる。最後にC点の角度を測れば、三角形の内角の和が一八〇度になることを利用して、測定値のチェックが完了する。その後は辺BCや辺ACを新たな基線として、次々と新しい点や距離を求めていくことが可能になる。だが広範囲の測量になると、地球の形状や測量を行った点の高さも考慮しなければならない。最初の三角測量は、オランダの天文学者ウィレブロルト・スネル（別称スネリウスなどとも呼ばれる、一五八〇～一六二六年）が一六一五年以降、子午線の長さを求めるために用いたとされる。[*8]

一六六九年には、ルイ一四世がイタリアから天文学者ジョバンニ・ドメニコ・カッシーニ（ジャン・ドミニクに改名。カッシーニ初代、一六二五～一七一二年）を招聘し、早速同僚天文学者ジャン・ピカール[*9]（一六二〇～一六八二年）とアミアンからパリ南郊のマルヴォワシーヌまでの子午線に沿った地域の三角測量事業に着手させた。折しも一六七二年、パリ天文台のジャン・リシェ（一六三〇～九六年）が赤道近くの南米仏領ギニア・カイエンヌで火星観測を行った際、パリで調整した振子時計がカイエンヌで毎日二分二八秒遅れることに気づいた。作業終了後パリに戻ると、カイエンヌで調整した振子時計が今度は二分二八秒早まることが判明、この現象を報告していた。この原因をニュートンは重力差にあると指摘、[*10]地球は完全な球形でなく、回転楕円体であることの根拠とした。なお彼の万有引力の法則を用いれば、地球は両極が平らで赤道方向がやや出っ張った、つまり高緯度地域の方が低緯度地域より長い、たとえるならオレンジのように扁平な回転楕円体になるはずだった。

この間、さらなる正確な数値を追及すべくカッシーニは測定線を延長、一六八三年から一七一八年まで、今度は息子ジャック（カッシーニ二世、一六七七～一七五六年）とともに北海側のダンケルクからピレネー山脈東端のマクウールまで経度差八・五度、全長約九五〇キロメートルに及ぶ三角鎖網を設け、いわゆる弧度測定を行った。その結果は、北緯五〇度で一一一・〇一七キロメートル、北緯四六・五度で一一一・二八四キロメートル。[*11]低緯度地域の方が高緯度地域よりも長く、地球は両極方向に伸びた、レモンを思わせる縦長の楕円体であると考えられた。以来、およそ一世紀にわたってヨーロッパ科学界では「地球が横長の楕円体なのか、それとも縦長の楕円体なのか、つまりオレンジ型かレモン型か」という問いが一大関心事となった。

ゲーテが『色彩論』でニュートンに無謀とも言える戦いを挑んだことは比較的良く知られているが、一七世紀のフランス科学アカデミーがニュートンに対してかなり懐疑的だったことは案外見過ごされているようだ。万有引力の法則および運動三原則を展開したニュートンの著作『プリンキピア』は、発表から半世紀を経ても、フランスに受け入れられなかった。当時のフランス科学アカデミーでは、宇宙空間に微小物質から成る媒質が渦を巻いて充満し、天体はその渦に乗って運動していると考えるデカルトの「渦動説」支持者が優勢だったからである。その代表者は同アカデミー終身書記フォントネルで、前章で紹介した彼の『世界の複数性についての対話』もデカルトの渦動論がベースになっている。無論カッシーニもデカルト派に与し、渦巻く物質に押されるため、地球は縦長になるはずだと主張した。

そこにイギリスから帰国したばかりの新進気鋭の数学者ピエール＝ルイ・モロー・ド・モーペルテュイ（一六九八〜一七五九年）がイギリスでの師ニュートンを支持する『天体形状論』（一七三二年）を発表したため、アカデミーは重鎮を中心にしたデカルト派と若手主体のニュートン派に分裂、一種の世代間抗争を繰り広げることになる。ニュートンに対抗する人々は、カッシーニ父子の現地測定値こそ真実で、ニュートンの数値は机上の空論にすぎず、実証性に乏しいとして斥けた。このため一七三五年、フランス科学アカデミーは、高緯度と低緯度にそれぞれ測量隊を派遣し、その数値を相互比較するという、大胆な国家科学プロジェクトを打ち出した。

Ⅲ　フランス科学アカデミーが派遣した高緯度および低緯度測量隊

低緯度地帯については、数学者にして天文学者のピエール・ブゲール（当時の読み方に倣う。ブゲ、ブーゲとも表記。一六九八～一七五八年）と地理学者のシャルル・マリー・ド・ラ・コンダミーヌ（一七〇一～七四年）の二人が指揮を執ることになり、計一〇名からなるグループを率いて、一七三五年初夏に赤道帯ペルー、現在エクアドルのキト（南緯〇度）に赴いた。高緯度地の測量隊はモーペルテュイが指揮を執り、ラップランド（北緯約六六度）に出発、一七三六年七月にボスニア湾北端のトルニオに上陸した。[*12]

モーペルテュイ率いる高緯度測量隊は、南北に流れるトルネ川両岸のトルニオからキチスまでの約一七〇キロメートル、東西幅約五〇キロメートルの地域に三角点網を選点していった。なおこの三角測量では、単鎖型ではない複鎖を組み合わせた三角網を採用、誤読の発見と測定精度の向上に貢献した。なお基線測量は平坦なトルネ川が凍結する冬季を狙い、一二月下旬の一週間で効率的に実測を完了した。子午線弧長（北緯六六度から六七度の間）は一一一・九五キロメートルと算出され、ここにニュートン理論の正しさが立証された。高緯度測量隊とニュートンとの縁は浅からぬものがあり、『プリンキピア』のフランス語完訳兼注釈者として名を残すエミリ・デュ・シャトレが、愛人ヴォルテールの紹介で得た最初の数学個人教師が隊長モーペルテュイであり、また二番目の数学教師にして彼女の『プリンキピア』遺稿を校閲・出版したのが、弱冠二三歳で参加した数学者クレロー（一七一三～六五年）であった。

また「測る」という行為に関連して、高緯度隊に「セ氏」（摂氏）温度の創始者スウェーデンの天文学者セルシウス（一七〇一～四四年）が同行したことも見過ごせない。セルシウスは、弱冠二九歳でウプサラ大学天文学の教授に着任したものの、スウェーデンに天文台がなく、欧州内を旅行していて、高緯度測量隊の出発時にパリに居合わせた。ラップランドでオーロラ観測可能な期間中、彼は特に地磁気圏の研究に勤しんだ。

他方、低緯度測量隊すなわち子午線一度を測るべく赤道下の旅に出た一〇名については、一九七九年にフランス・セゲルス社から刊行されたフロランス・トリストラムの文学作品『地球を測った男たち*13（原題 *Le Procés des Etoiles*, 直訳は「星の裁判」）』がある。歴史学の研究者であるトリストラム自身が序文に書いているが、本来、科学史論文を執筆する目的で関連資料を収集していたものの、論文完成後も三年間、引き続き書簡、手記、報告書等の一次文献資料を使って完成したのが本作品だという。たとえばトリストラムは、作品中でフランス科学アカデミーがニュートンの理論に対して、なぜ南北に派遣隊を送らなければならなかったかをわかりやすく解説している。

一八世紀の学者にとっては、いかなる理論も、事実によって検証されないかぎり、それは有効なものとは認められなかった。どんな理論でも、科学アカデミーが自らその根拠を実験的に検証して、初めて実際に価値のあるものとして登録されたのであり、そうすることがまさしくアカデミーの役割とさえ目されたのであった。実証を、他人任せにすることには断じて甘んぜず、常に、自分の手で確証できたものにだけ、保証を与えるという姿勢を崩さなかった。提出された理論について、必要な実験をすべて行い、その結果それが有効だと認定されると、その保証は、その理論の支持者ばかりでなく、その時代の学会全体への保証となったのである。

このことは、アカデミー派遣の三人が、ペルーからどんな成果を持ち帰るかが、いかに重要であるかを物語っている。と同時に、学者たちがいかに重い責任を背負わされているか、も示している。[*14]

「アカデミー派遣の三人」とは、指揮を執ったブゲールとコンダミーヌに数学者ゴダン（一七〇四〜六〇年）を加えた三名で、三角測量に従事した。一〇年の測量期間に相応しく息の長いトリストラムの物語から、測量経過のみ抽出してまとめると、次のような流れになる。測量に適した平坦な地形に恵まれたモーペルテュイ率いる高緯度測量隊とは正反対に、この低緯度測量隊の三角網はアンデス山中に展開された。彼らが設定した三角形は全部で四三、測量した角度は一二九、観測緯度地点は計四三点、全長約三四五キロメートル。うち海抜四〇〇〇メートルを越える地点が七点もあり、また基線について言えば、南部基線は海抜二七〇〇メートル地点で長さ一〇キロメートルを、また北部基線は海抜二四〇〇メートルで長さ一二キロメートルにわたって測定を行う必要があった。いくら三〇代の壮健で働き盛りの科学者を揃えたとはいえ、作業は困難をきわめた。到着早々地理学助手クープレが黄熱病に倒れ、還らぬ人となる。何とか気を取り直して一七三六年秋に基線測量を完了、一七三七年から三角測量に着手するが、作業途中にモーペルテュイの快挙が届く。今後できる貢献といえば、高緯度測量隊よりもさらに精密で膨大なデータを取得することしかない、と考えた低緯度測量隊は、三班に分かれ、各自別途に測量を行い、数値を比較修正しあうという面倒な作業を課した。だが、プライドの高い研究者たちの長期間にわたる集団行動は当初から容易ではなかったようだ。隊長ゴダンと他の研究者がまず研究資金の使い方で対立し、ブゲールとコンダミーヌは測定値を交換し、修正するどころか、その正確さをめぐって互いを批判・衝突するに至った。調査隊内の人間関係はこの意味でつねに分裂と崩壊の危機に晒されていたが、それでも一七四〇年までに三角測量を、続いて緯度の天文観測に入り、一連の作業がようやく完了したのは一七四三年春のことだった。彼らは悪条件下の測量にもかかわらず、赤道直下の子午線一度を一一〇・五八キロメートルと算出、これは今日の測量数値とほぼ同値であることから、その執拗なまでの厳密さが窺える。低緯度測量隊の精確な数値は、フランス革命後に制定されるメートル法の布石となった。

もっとも低緯度測量隊がもたらしたのは先の赤道直下の子午線数値だけではなかった。たとえばブゲールは、のちにフンボルトが登頂を試みるチンボラソ山付近の観測から山体による鉛直線の偏りを発見、山体の引力を計算する糸口を掴み、ここから初めて地球の平均密度四・七一g／cm^3が導き出された。また三角測量とは直接関係ないが、低緯度測量隊に博物学者として参加した名門出身の繊細なジョゼフ・ド・ジュシュー（一七〇四～七九年）は精神を病み、最後には記憶喪失となり、長年かけて収集した標本のほとんどを紛失するという不運に遭ったが、それでもコンダミーヌを通して彼が発見したキナ（キニーネの原料）とゴムがフランスに紹介されたことは大きな意味を持った。[*15]
なお、コンダミーヌの旅行報告（旅行日記は一七五一年に刊行）は、一八世紀のベストセラーの一つとなり、一七四五年の発表からわずか数年で多くの言語に翻訳された。そのうちドイツ語訳については、二〇〇三年にバーバラ・グレーテンコード編集および注釈付で『世界の中心への旅 *Reise zur Mitte der Welt*』というタイトルで出版されており、入手しやすい。[*16] 同書はコンダミーヌの報告と日記に加え、彼の同僚の報告論文も加味して、J・C・Sのイニシャルのみ判明している訳者兼編者が一七六三年にエアフルトで出版した『パリ科学アカデミー会員、かのコンダミーヌ氏が一七三五年から一七四五年まで南米ペルーに赴いた一〇年に渡る旅行報告 *Geschichte der zehnjährigen Reisen der Mitglieder der Akademie der Wissenschaften zu Paris, vornehmlich des Herrn de la Condamine, nach Peru in America in den Jahren 1735 bis 1745*』の新版である。
高緯度および低緯度測量隊と並行して、フランス国内ではセザール・フランソワ・カッシーニ（カッシー二三世、一七一四～八四年）が、息子ジャン・ドミニク（カッシー二四世、一七四七～一八四五年）と精確な測量を行い、『フランス測量図 *Carte géométrique de la France* 』を出版した。三角測量を基礎としたもので、これほど広範囲の実測を行ったのはこの地図が最初だった。そして、このカッシー二の実測図を北に延長したのが、オーストリア陸軍中将フェラーリス伯爵（一七二六～一八一四年）である。フランス全土を三角測量した後、カッシー二三世は、天文学的に算出された経度差を測地学で裏づけするため、パリ天文台と英国グリニッジ天文台を三角網で結びつける二ヶ国間プロジェクトに着手した。このプロジェクトには、後述する天文学者ピエール・フランソワ・アンドレ・メシェン（メシャンとも表記。一七四四～一八〇四年）および数学者アドリアン・マリー・ルジャンドル（一七五二～一八三三年）も参加していた。

Ⅳ　パリ子午線測量と最小二乗法

一九世紀初頭には、近代天文学は欧州全土に緊密なネットワークを形成し、研究者間で頻繁に測量情報やデータが交換されていた。この意味で、共通の新しい測量単位を制定することが早急に望まれた。しかもフランス大革命を経て、旧体制支配から解放された新市民には、権力者が恣意的に決めた度量衡に代わる、理性と啓蒙の時代に相応しい《自然》を根拠にした単位が考案された。当初は秒振子（＝片道一秒、往復二秒で振動する振子）の長さを規準にするという案もあったが、最終的にラプラスが提唱した「北極から赤道に至る地球子午線の一象限《しょうげん》（円の四分の一）の長さの一〇〇〇万分の一」を一メートル単位とすることにし、フランス国内を中心に一〇〇〇キロメートル余の子午線弧長を実測することが決まった。この子午線測量プロジェクト[*17]のため、フランス科学アカデミーはまたもや有能な天文学者二名を選び出し、南はバルセロナ、北はダンケルクに派遣した。そしてこの事業を任されたのが、当時のパリ天文台長ラランド門下の二人の俊英、メシェンとジャン・バプティスト・ジョゼフ・ドゥランブル（一七四九～一八二二年）の二名だった。二人ともラランドに才能を認められて天文学の道に進んだという経歴こそ似ているが、性格および研究スタイルは対照的だった。繊細で几帳面、単独作業を好むメシェンは、正確さを追求するあまり、（通常の観測許容誤差内での）データ隠匿・改竄をしてしまう。その後もデータの不一致に苦しみ続けたメシェンは、再度カタロニア沿岸測量に出発、途上マラリアに罹って客死している。ちなみにメシェンの数少ない気の置けない文通友達の一人が、ゴータのツァッハだった。[*18]

他方、ドゥランブルは誠実だが、しょせん人間に完璧はないと達観し、測定データ公開にも躊躇がなく、計算の誤りを見つければ潔く訂正した。両者が一七九二年に開始した作業は、地形や天候条件以上に、政治的社会的混乱により困難をきわめ、完遂まで七年を要した。この測量プロジェクトは、革命の理念に基づき、為政者ではなく自然を根拠にした「永久に変化せず普遍的な長さの規準を求める」ことが目標だった。しかし長旅の土産に二人が持ち帰ったのは、ペルーとラップランドで求められた地球楕円体の扁平率一／一五〇とはまた違う一／三三四という数値だった。一八一七年にドゥランブルは再度詳細な計算を行い一／三〇八・六四を導くが、計算誤りを指摘され、一／三〇九・六七に修正した。

さらにこのパリ子午線計測とゴータ天文台長ツァッハ主導で開始されたドイツ測量という二つの大事業から、一八世紀から一九世紀への移行期における欧州測量史上重要な『ラインラント測量図』[*19]（一八〇一年〜二八年に実施）が成立した。これはパリ子午線測量でメシェンの助手を務めたジャン・ジョゼフ・トランショ（一七五二〜一八一五年）が着手した作業を、フリードリヒ・カール・フェルディナント・フォン・ミュフリンク男爵（一七七五〜一八五一年）が完成させたという仏独合同測量図で、フランスからドイツに測量術の覇権が移る時期を活写している。そして後者ミュフリンクは前章でゲーテの『ヴィルヘルム・マイスターの遍歴時代』に登場する天文学者の実在モデルとして紹介したツァッハの指揮下、当初、三角測量のアシスタントを務めていた。

前章でも述べたが、この時期、天文学と数学の間に明確な境界はまだ存在していなかった。このことは、たとえば天文学を背景に発達した《最小二乗法》が測量に使用されたことからもわかる。《最小二乗法》は、ルジャンドルとガウスが、それぞれ独立して発見・開発した数学的平均化の手法だった。ルジャンドルは彗星軌道計算を通して、測定値全体の集合を利用する方法、すなわち《最小二乗法》を発見したという。一八〇五年、彼は《最小二乗法》をメシェンとドゥランブルの子午線データにあてはめ、地球が実際不規則な形状であること、また一見ばらつきがあり、不正

ガウスの肖像画

確に見えたデータが正確であることを証明した。

このルジャンドルに対して、《最小二乗法》の優先権を主張したのがガウスだった。ガウスはこの手法を一七九四年には発見・使用していたという。実際、一八〇一年元旦、パレルモ天文台のピアッツィが火星と木星の間に小惑星ケレスを発見するという快挙を遂げたが、その後、悪天候などが重なって行方知れずになった。この時、ガウスはすでに《最小二乗法》による観測データの処理を行い、小惑星再発見に一役買っている。

さて、ガウスも早くから地球の形状に興味を抱いていた。[*20] 一七九九年にパリ子午線測量の結果を知ったガウスは、早速ゴータのツァッハに報告を送った。またツァッハが一八〇三年から一八〇九年まで、[*21] テューリンゲンの三角測量プロジェクト責任者となり、フランスを手本に、テューリンゲンの三角網を経緯度測量に拡大しようとした際にも、ガウスはゴータ近郊のゼーベルク天文台を起点とした基線測量の手助けをしている。

V 『親和力』における大尉の実在モデル　ミュフリンク男爵とプロイセン測量

さて、前章でツァッハが『遍歴時代』における天文学者でマカーリエの《家友》の実在モデルである可能性について説明したが、この人物は肩書きのみで、名前で呼ばれることが一切ない。『親和力』の《大尉》は、オットーというファーストネームがありながら、これまた例外的に肩書きで呼ばれている。これについて研究者ラートブルッフは、『遍歴時代』の天文学者同様、大尉も自然科学の原理・法則を体現しているため、個人名は二の次なのだと説いている。[*22] しかし逆説的であるが、作家が自然科学原理を描写するためには、実在モデルがいる方が便利だろう。この関連において『遍歴時代』の《大尉》については、ゲーテ自身が実在モデルとして、ツァッハ指揮下で測量を手伝ったプロイセンの大尉ミュフリンクの名を挙げていること[*23]は興味深い。

実はこのミュフリンク、筆者は一〇年ほど前から『親和力』の実在モデルとして注目し、どんな人物か調査を進めていたのだが、当初は一九世紀刊行の彼の自伝や人名録[*24]以外に目ぼしい資料が見つからず、暗礁に乗り上げていた。しかし二〇〇一年のミュフリンク没後一五〇周年[*25]を機に、近代ドイツ測量における彼の功績が――このあたり、後述する日本における剱岳測量の見直しと連動していて興味深い――ふたたび注目を浴びるようになったらしい。二〇〇五年前後からテューリンゲン州測量局刊行の歴史資料[*26]をはじめ、ミュフリンクの測量地図に関する最新参考文献が入手可能と

ミュフリンクの肖像画

なり、こうして彼の功績および測量史における地位などが明らかになってきた。以下はこれら新資料を用いてまとめた、ミュフリンクの経歴と位置づけである。

　ミュフリンクは一七七五年六月一二日、ザーレ河畔の町ハレ——音楽ファンにとってはヘンデルが生まれた町でもある——に生まれた。プロイセン大尉（後に将軍となる）だった父親同様、一三歳前後でプロイセン軍に士官、軍人としてのキャリアを開始する。第一次対仏大同盟の折、少尉として参戦しているが、やがて数学で頭角を現し、測量に従事するようになった。ミュフリンクの測量関係の初仕事は、一七九六年以降、陸軍少将カール・ルートヴィヒ・エドラー・フォン・ルコック（一七五四〜一八二九年）指揮下のヴェストファーレンの三角測量と作図だった。一年後の一七九七年からミンデンの測量で平板（Messtisch）を導入し、さらにヴェストファーレン公国とフランスとの暫定国境線沿いを天体観測および三角測量を組み合わせて測量を実施した。一八〇二年冬からエアフルトに配置換えになり、*[27]まもなくツァッハ指揮下のテューリンゲン経緯度測量にプロイセン側から派遣された助手として従事することになった。

　ヴァイマルおよびゴータの両公国について言えば、この時点ですでに二万五〇〇〇分の一よりもやや小さな縮尺で、カール・フリードリヒ・ヴィーベキング（一七六二～一八四二年）作成の軍用地図が存在していた。[*28] しかし一七八五年に地図作成を命じたゴータ公エルンスト二世は、一七八九年に完成・提出された地図を一目見て、その不正確さを指摘したという。[*29] エルンスト二世は、天体観測を導入すれば、致命的な誤りを除去できるのではと考えた。ヴァイマル公カール・アウグストもこれに早くから賛同し、両者は天文学を導入したテューリンゲン地方の精確な実測図作成を検討していた。カール・アウグスト公はさらにこの間、ザクセンの将校にヴィーベキングの地図を南テューリンゲンに延長する測量図作成を命じ、一七九八年から一八〇〇年にかけて、ヴァイマルの地理学研究所（Geographisches Institut）から測量責任者の将校名をとって『ブラウフース地図』と呼ばれるテューリンゲン地方を包括した最初の彩色地図（約二万八〇〇〇分の一、三〇枚以上のセット）を刷らせた。ただしベースにしたのは前述のヴィーベキング図なので、正確さという点では問題が残った。[*30] 他方、ゴータではゼーベルク天文台稼動からちょうど一〇年経った一八〇二年、プロイセン王フリードリヒ・ヴィルヘルム三世（一七七〇～一八四〇年）から直々にフランスを手本に、テューリンゲン全土の軍用に耐えうる精確な地図を製作するように、との願ってもない依頼が舞い込む。かねてから地球の形状、その凹凸の度合いを見定めたいと思っていたゴータの主従は、これを単なる地図製作プロジェクトで終わらせるのではなく、測地学的見地からもっと大きな科学プロジェクト、具体的には経度四度×緯度六度——本来なら二度ずつ測量すれば十分なのだが——を測量することを決めた。まもなく五〇歳にさしかかろうとしていたツァッハは、この測量プロジェクトに残りの人生を賭ける決心をし、エルンスト二世は隣接国の君主に自ら協力を求め、測量隊の旅券の手配等を行った。エルンスト二世が一八〇三年一二月三日付でブラウンシュヴァイク＝ヴォルフェンビュッテル公カール・ヴィルヘルム・フェルディナント（アンナ・アマーリア公妃の兄で、ガウスの後援者、一七三五〜一八〇六年）に宛てた書簡には、「地球の真の形状を知るという課題に寄与したい」という目標が明記されていた。[*31] こうしてゼーベルク天文台は経緯度計測の測地学的起点となった。彼のもとに配属された「プロイセン大尉」ミュフリンクは、最先端の測地学および天文学の知識を吸収し、後にプロイセン測量の第一人者となるに相応しい技量を磨いていった。

エルンスト二世の急逝後も測量は続行されたが、ナポレオン戦争のため停止する。ミュフリンク自身もイエーナ・アウエルシュテットの戦い（一八〇六年）に参戦するが、プロイセン軍は敗走、行き場を失ったミュフリンクは――まさに『親和力』の大尉そのものの境遇だ――以前から面識のあったカール・アウグスト公の招きを受け、ふたたび解放戦争が勃発する一八一三年まで身を寄せた。その間、ミュフリンクはヴァイマル公国の重要なポストを任されており、公の信頼が篤かったことがわかる。[*32] たとえば彼は景観委員会副委員長、枢密院会員、市区画・道路計画委員長などを兼務したが、むろんその委員会の多くにゲーテも主要メンバーとして出席していた。[*33]『親和力』との関係で興味深いのは、特に最後の道路計画委員会長としてのミュフリンクに関する次のエピソードである。ヴァイマルから程遠くない湯治場バート・ベルカに非常に込み入った、しかも険しい道路区間があった。道路計画委員の多くが難色を示したにもかかわらず、ミュフリンクは測量データに基づき、旧道の何箇所かを爆破すれば、快適な連絡道路になると主張、計上した予算内で見事に新道を完成させた（一八〇七年開通）。この結果、交通が快適になったのみならず、ヴァイマルとバート・ベルカ間の距離が二キロメートルも短縮できた。*34 むろんこのエピソードは、『親和力』でシャルロッテが自然のまま迂回させようとした散歩道を、邪魔な岩塊を除去すれば、散歩道はさらに美しく快適になる、とコメントした大尉の合理的な提案を想起させる。道路計画委員だった――イタリア旅行前は委員長も務めた――ゲーテが、ミュフリンクの合理的かつ科学的な視点による新道建設に強い印象を受けたことは容易に想像できる。加えて『親和力』が発表された一八〇九年には、ヴァイマルにミュフリンク指導のもと、測量局が設置された。またミュフリンクはイェーナ大学附属天文台建設に際しても多くの助言を与え、その整備に貢献している。

解放戦争（一八一三〜一四年）参戦のためミュフリンクはプロイセン軍籍に戻るが、政情が落ち着いてきたところで、プロイセン王フリードリヒ・ヴィルヘルム三世から、ルコック作成の地図を南に延長するというプロジェクトを委託される（この時、ミュフリンクはニーダーライン駐在軍の少将だった）。一八一四〜一五年を公使（英国ウェリントン将軍とのプロイセン側連絡将校）としてパリで過ごしたミュフリンクは、ドゥランブルなど当地の天文学者と接触、ダンケルクとゴータ・ゼーベルクを北緯五〇度の三角測量で結ぶ計画を立案する。一八一六年から二〇年まで、ミュフリンクはラインからテューリンゲンまでの三角網を測定し、一八〇九年に終了していたテューリンゲン三角網に連結させ、トランショが測量したライン左岸を補足するとともに、ライン右岸のプロイセン、ナッサウ、テューリンゲンに領域を拡大した。この測量プロジェクト実施中、ミュフリンクはガウスと頻繁に連絡をとっている。またガウスも一八二〇年からハノーファー測量に着手（後述）、デンマークと連結した三角網をさらにミュフリンクのインゼルベルク＝ブロッケン基線と連結させることを目ざした。

こうしてできあがったミュフリンクの測図は二万八八〇〇分の一の縮尺で、四四センチメートル四方――メートル法を採用していないため、半端な数値になっている――の八六枚から構成され、『ミュフリンクの迅速測図 *Müfflingsche Eilaufnahme*』（一八一八〜二三年）と呼ばれる。急いだ割に雑な印象を受けないのは、製図手引書および凡例により彩色やケバ付けの方法などについて厳格な条件や手本を提示したのが功を奏したのだろう。特に平板を導入し、必ず一枚の測図上に三角測量点を三点以上入れることを義務づけたのは精度を高めるのに効果があった。短所や改良点は多々あるものの、ミュフリンクの迅速測図はプロイセンにおける最初の規格化された地形図であり、近代の土地利用を正確に写し取った重要な歴史地図として評価されている。一八二〇年九月にミュフリンクはプロイセン測量の最高責任者に、さらに約四ヶ月後の一八二一年一月にプロイセン参謀総長に任命された（一八二九年一一月まで）。プロイセン国王の信任も篤く、ゲーテの主君カール・アウグストもすぐにその人柄に惚れ込み、その息子で次期ヴァイマル大公カール・フリードリヒ夫妻とも親しく付き合いがあったというから、卓越した人物であったと想像される。ミュフリンクが始めたプロイセン測量は、彼の三代後の参謀総長フォン・モルトケ伯爵（一八〇〇〜九一年）の任期まで継続され、さらに欧州各国が参加しての中部ヨーロッパ経緯度測量プロジェクトに発展した。

Ⅵ　ガウスの愛読書とJ・パウルの描いた数学者トイドバッハ大尉

ゲーテが《文壇の大御所》なら、ガウスもまた生前から《数学の第一人者・大御所》と呼ばれていた。小学校ですでに非凡な数学の才能を示したガウスは、一一歳からギムナジウムに通い、一四歳で彼の後援者となるブラウンシュヴァイク公カール・ヴィルヘルム・フェルディナントから奨学金を得て、まずコレギウム・カロリヌム（現ブラウンシュヴァイク工科大学）に入学した。一七九五年からはゲッティンゲン大学で数学・物理学・古典文献学を専攻し、特に同大名物物理教授リヒテンベルクにより、物理実験の楽しさに開眼したという。語学の才能もあったガウスは、主専攻をどれにするかで迷ったらしいが、最終的に数学者に進路を定めた。この後のガウスの数学分野での活躍は繰り返すまでもないだろうが、彼が測地学にも精通し、卓越した測量技師でもあったことをここで強調しておきたい。

メシエンとドゥランブルのパリ子午線測量データに当初から興味を抱いていたガウスは、すでに一九世紀初頭（一八〇三～〇五年）、自ら小規模な三角測量を実施していた。[*35] 一八一八年、ゲオルク四世からハノーファー王国領測量を命じられたガウスは、コペンハーゲン大学教授に着任した弟子クリスティアン・ハインリヒ・シューマッハー（一七八〇～一八五〇年）と共同で三角測量を行うことにした。シューマッハーはデンマーク領内を担当し、これを南に延長したゲッティンゲンまでがガウスの担当と取り決められた。しかもガウスはハノーファー領内測量中、三角測量の目標に使った教会堂のガラスに日光が反射していることにヒントを得て、信号灯に代わる「回照器・ヘリオトロープ」（ガウスの肖像画を使った旧ドイツ一〇マルク紙幣裏面には、六分儀と組み合わせたタイプのヘリオトロープが描かれていた）を考案する。この回照器を使えば、夜中に火薬を使う必要もなく、日中四〇キロメートル程度なら容易に、気象条件が揃えば一〇〇キロメートル先まで反射光を送って合図ができた。一八二一年から二五年まで、ガウスはハノーファー領内およびデンマーク・ホルシュタイン北限までの実地測量に従事した。彼が測定した三角測量点は二六〇〇点、処理したデータは一〇〇万件を超えると言われる。インゼルベルクを起点にゲッティンゲンを通ってハノーファーに至る三角測量も行った。なお彼が手がけた最大の三角測量は、ホーアー・ハーゲン＝ブロッケン山＝インゼルベルク（七〇キロメートル＝一〇七キロメートル＝八七キロメートル）の三点だった。回照器を用いたこの大三角測量には、ミュフリンクも関与している。一八二五年、おそらく測量中の馬車の事故が原因でガウスは実地測量から手を引くが、その後もプロジェクト指揮とデータ処理計算は継続した。これらの測量経験から、ガウスは曲面の内在的幾何学（曲面論）に取り組み、五〇歳代にはさらに新領域の電磁気学に挑む。

さて、ガウスが愛読したのは、当時の人気作家ジャン・パウルの作品だった。これを裏づけるのが、ゲーテが収集した有名人直筆コレクション五四〇番のガウス直筆書簡というのも皮肉めいている。[*36] この書簡、ガウスが一八〇五年一一月二四日付でライプツィヒの古本屋ヨーハン・ゴットロープ・シュティンメルに宛てたもので、ジャン・パウル（本名ジャン・パウル・フリードリヒ・リヒター、一七六三〜一八二五年）の『見えないロッジ』や『悪魔の文書』を注文している。ガウスがゲーテよりもジャン・パウルを愛読したのは、むろん個人の嗜好だからそれをどうこう言うつもりはまったくないが、ここでジャン・パウルの作品がガウスのような数学者にも許容されたという点は興味を引く。ガウスにとって、彼の仕事仲間である数学者オイラーや天文学者のボーデ、ハーシェルの名前も登場するジャン・パウルのユーモアと皮肉をたっぷり散りばめた作品はさまざまな点で面白かったであろうことは容易に想像できる。それに反して、ゲーテときたら、ニュートンと彼を支持する数学者を仇敵とみなし、数学者の道徳性や倫理性を執拗に問うていた[*37]のだから、ガウスが見向きもしなかったのも納得がいく。なお、前章ではゲーテの天文学に対するポジティブな発言を優先して紹介したが、実は一八二七年二月一日、ゲーテはエッカーマンに「私はこれまで一度として天文学に従事したことがない」と述べ、天文学は「必ず専門機器や計算そして力学の助けも借りなければならないのだが、その習得には人生のすべてを賭けなければならず、それは私の本分ではなかった」と語っている

ジャン・パウルの肖像画

(MA 19, S.215)。ここでゲーテの言う「天文学」は、趣味的な天体観測では太刀打ちできない、測地学や高等数学を含めた当時最先端の天文学を指しているものと考えられる。

事実、測地学に勤しむ大尉を登場させながら、その役割は見事に対照的である。ゲーテの『親和力』が精神的姦通と悲劇的終末を迎えるのに対して、ジャン・パウルの『湯治旅行』は幸せなカップル誕生（婚約）で大団円となる。解剖学者のトイドバッハ博士は娘のテーオダとマウルブロンへの湯治旅行を計画する。しかしこの旅の本来の目的は、湯治ではなく、一方では彼の著作を批評した温泉医師ストリュキウス氏に「目に物見せてやる」ため、他方では名付け親になるのを回避するためだったというから、話は最初からかなり込み入っている。絶対に同行者など見つからぬよう念には念を入れたはずなのに、フォン・ニースと名乗るエレガントで礼儀正しい紳士が旅の道連れになる。ニースは彼の本名だが、いつもは併記する、テーオダが大ファンの天才詩人としての筆名トイドバッハについては、故意に伏せている。というのも道すがら、「友人」トイドバッハ――実際は彼自身のこと――の良い噂ばかりをして、テーオダの気をひこうと企んでいるからだ。マウルブロンに着き、詩人ニース＝トイドバッハとして自作の文学作品を朗読し、自分が詩人トイドバッハ自身だと知らせて驚かせようという魂胆だった。ところがその朗読会に同じくトイドバッハと名乗る若きプロイセン将校が颯爽と登場する。これまでオイラーやベルヌーイの数学書にしか向けたことがない輝く瞳、数学三昧でまだ色恋に溺れたことのない、純粋無垢な男性の出現に、女性達はさざめき、誰もが彼のハートを射止めようと心ときめかせる。「軍用数学」に関する著者でもあるプロイセン大尉という設定は、軍記・軍書の著作もあるミュフリンクを想起させる。[*38] 事実、ジャン・パウルはツァッハ主宰の月刊天文誌等を通して、テューリンゲン測量に関する最新情報を得ていた。

こうして数学者でもあるトイドバッハ大尉は、詩人ニース＝トイドバッハの朗読会で、かねてからお忍び旅行をしているという噂があった詩人に与えられるべき賞賛を誤って受ける。この手の双子や生き写し（ドッペルゲンガー）のモティーフは、ジャン・パウルの一八番である。そして両者は瓜二つで、双方ともに魅力的に描かれているので、そのあいだに立つ女性主人公は、どちらの男性を選ぶか非常に迷うことになる。どちらのトイドバッハ氏も文筆家である。一人は詩人・戯曲家として有名で、もう一人は「軍用数学」すなわち応用数学および測地学に関する著述家として知られている。今回はどう見ても最初から詩人よりも数学者のほうに分がある。眼光鋭く、振る舞いも堂々とした偉丈夫トイドバッハ大尉と並ぶと、小柄な詩人ニース＝トイドバッハは貧相に映る。同姓による混乱はまもなく解決されるが、テーオダは数学者トイドバッハと恋におち、ニース＝トイドバッハの思惑は外れる。文学から数学への支配権の移行が目をひく。詩人ニース＝トイドバッハの姿が示すように、文学はすでに現実社会をコントロールできなくなっている。しかも彼の熱狂的ファンであったテーオダの好意を悪用しようとした結果、彼は朗読会でも嘲笑され、詩作への拍手喝采すら得られない。これに対して数学者トイドバッハは、技術的合理性の体現者であり、新しい時代の主人公となる。詩人が天才と崇められた時代は終焉を迎え、今や自然科学者の時代が到来したのである。

ゲーテとジャン・パウル作品に登場する二人の大尉は、両作品が刊行された一八〇九年には文学と自然科学がまだ微妙な平衡を保っているものの、あともう少しで合理的な自然科学が文学を凌駕しようとしている状況を予感させる。この文脈で、ゲーテは『親和力』におけるオッティーリエの死で文学の権威失墜を印象的に描いたと解釈することも可能だろう。自然科学的で合理的な思考ができるカップル、大尉とシャルロッテは生き残る。他方、ジャン・パウルの『カッツェンベルガー博士の湯治旅行』では詩人が胡散臭い人物として描かれている。テーオダが詩人ではなく、数学者のトイドバッハを結婚相手に選ぶ結末は、自然科学の優越を予感させる。

Ⅶ　ラランドと高橋至時――「北極出地一度」をめぐって

さて、本章の前半ではヨーロッパの天文学者たちがいかに熱心に地球の形状を把握しようとしたか、そして専制君主の軍用目的と上手く組み合わせながら、国際的な三角測量網が形成されていったかを述べてきた。親友ツァッハが勤めるゼーベルク天文台訪問をラランドが希望したのがきっかけで、一七九八年夏にゴータで第一回国際天文学会が開催されたことは前章でも書いたが、ラランドを迎えた会議の関心事の一つは、最終作業段階に入っていたメシェンとドゥランブルのパリ子午線測量であり、ムランで行われた基線測量の様子などが詳しく報告された。[*39] 国際的動向とは言っても所詮ヨーロッパに限ったことだろう、と思われる読者も多いだろう。確かに直接の影響とは言えないが、ほぼ同時期に日本でも「地球の形状」と「緯度一度の長さ」に関心を持った数学者を中心に、大規模測量プロジェクトが始まったことは見過ごせない。しかもこの測量には、ラランドの著作が重要な役割を果たしたと考えられるのである。

前述のゴータ国際天文会議に賓客として迎えられたラランドが執筆した教科書『天文学』[*40]（初版一七六四年）は、そのスタンダードな内容に留まらず、実践的に使用できる公式・データ・図表を掲載したことから好評を博していた。ストラッペがオランダ語に翻訳したのが一七七三年（第二版訳で別巻は一七八〇年）のこと、そしてこの蘭学書を通じて日本人は初めて「地球が単純な球体ではない」ことを知った。それはまた医学分野の『解体新書』翻訳に匹敵する、直接オランダ語の研究書を用いた最初の天文学研究でもあった。翻訳に挑戦したのは、伊能忠敬（一七四五〜一八一八年）の師にして幕府天文方・高橋至時《よしとき》（一七六四〜一八〇四年）であった。[*41] 以下は複数の参考文献から筆者が再構築した史実であるが、当初、忠敬は自宅のある深川・黒江町と浅草天文台間の緯度差と歩測距離から緯度一分を一六三一メートルと試算した。至時はそんな短距離では誤差が大きくて使いものにならない（実際この時の誤差は約一二パーセントで論外）と諭し、蝦夷地の測量と緯度一度を実測する計画が練られ、一八〇〇年に第一次伊能測量隊が北海道に派遣される。実績を認められ、翌一八〇一年には第二次測量隊を本州東岸に派遣。第一次測量は歩幅と歩数に頼る歩測だったが、第二次測量以降は徹底して間縄《けんなわ》や鉄鎖を活用し、緯度一度は二八・二里＝一一〇・七五キロメートルと算出さ

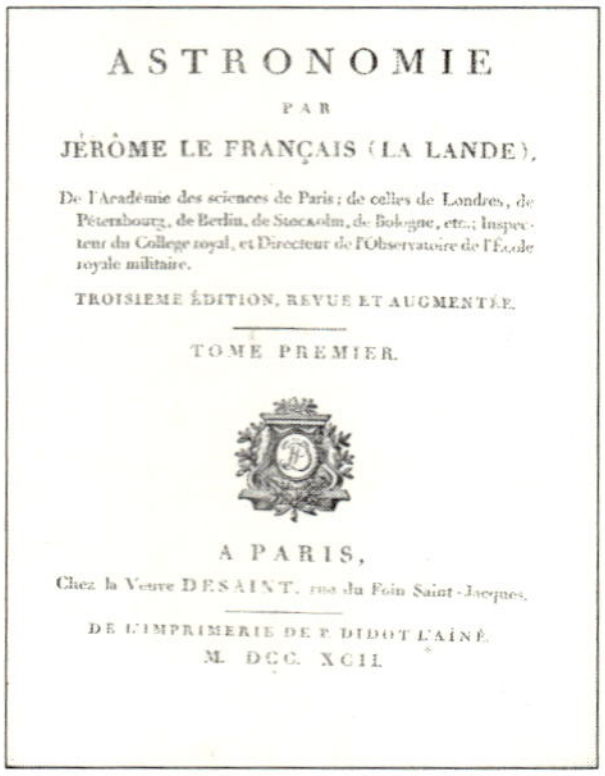

ASTRONOMIE

PAR

JÉRÔME LE FRANÇAIS (LA LANDE),

De l'Académie des sciences de Paris; de celles de Londres, de Pétersbourg, de Berlin, de Stockolm, de Bologne, etc.; Inspecteur du College royal, et Directeur de l'Observatoire de l'École royale militaire.

TROISIEME ÉDITION, REVUE ET AUGMENTÉE.

TOME PREMIER.

A PARIS,

Chez la Veuve DESAINT, rue du Foin Saint-Jacques.

DE L'IMPRIMERIE DE P. DIDOT L'AÎNÉ.

M. DCC. XCII.

ラランド著『天文学』表紙
イェーナ大学図書館 ThULB の許可による。転載不可

れた。だが、至時はこの値に満足できず、また忠敬も自分の仕事ぶりを信用しない師に不満を持つ。そして一八〇三年、ラランドの『天文学』掲載の緯度データを換算した至時は、忠敬の二八・二里が一致すると知る（現在の数値と比べても誤差は〇・二パーセント）。至時の次男で後の渋川景佑《かげすけ》（一七八七〜一八五六年）は、『忠敬伝』でこのことを「師弟は手をとりあって喜ぶことかぎりがなかった」と伝えている。[42] ちなみに伊能図は正確な実測図として明治以降の官製地図にも大きな影響を与え続けたが、三角測量法は使わず、導線法・交会法・横切り法を組み合わせた、今で言うトラバース測量法[43]の一種を採用している。さらに和算家・建部賢弘《かたひろ》（一六六四〜一七三九年）が早くからその有効性を指摘していた天測（天文観測）を実測に初めて導入し（伊能図上の☆印が天体観測地点）、実測値の精度を高めたのも際立った特徴であった。[44] その後、第五次伊能測量にも参加した高橋至時の次男は、渋川家の養子に入って渋川

景佑となり、父の同僚・間重富《はざましげとみ》（一七五六〜一八一六年）、さらに兄を経て受け継いだラランドの『天文学』翻訳事業を伝統的な暦算書の形にまとめ、『新巧暦書』全四〇巻として完成させた。翻訳を通して得た知識は最後の太陰太陽暦・天保暦に活用され、明治維新後一八七三年の太陽暦導入まで使用された。

Ⅷ　プロイセンと日本を結ぶ三角測量技術　田坂虎之助の足跡を追って

ヨーロッパにおける測量技術の覇権は、ガウスやミュフリンクの活躍によって、フランスからドイツ・プロイセンに移行していったが、興味深いのは、明治の日本でも同様の覇権移行、すなわちフランス式からプロイセン式測量技術への変換が認められることである。

明治維新後、実測図のみを地図と呼ぶようになると[*45]、伊能図をベースにした官製地図の刊行と並行して、日本国内でも三角測量が進められた。まず一七七九年、陸軍参謀本部測量課長に小菅智淵《ともひろ》（一八三二〜八八年）が着任、三角測量と細分測量による全国測量実施を計画する。意見書『全国測量一般の意見』には「忠敬死して之を継ぐものなく其の他内地各藩の図ありと雖も看るに足るものなし」[*46]とあり、伊能忠敬に倣って一〇年で全国三角測量を完遂する強い意気込みを示す。しかし経費の負担が大きすぎ、次案で提出した三角測量を使用せず、経費の負担も軽い『全国測量速成意見』

が採用された。これを受けてフランス式彩色地図『迅速測図』——地図の枠外には名所・旧跡などが書き込まれ、芸術的価値は高いのだが[*47]——が製作されるが、折にふれて試みた三角測量との比較で大きな誤差が出ていることが判明、三角測量導入の必要性を痛感させられることになる。

普仏戦争におけるプロイセン勝利により、美しく彩色されたフランス式から白黒モノトーンで生真面目なプロイセン式(一色線号式)地図への移行が加速する。一八八一年、「地図密売事件」と呼ばれる謎の事件が起こり、『迅速測図』に携わっていた技官が次々と自殺・怪死し、結果的にフランス派が一掃された。翌一八八二年、測量技術習得のためプロイセンに留学していた陸軍大尉・田坂虎之助(一八五〇〜一九一九年)が帰国、以後ドイツ式測量・製図技法に完全切り替えが行われた。

田坂は、現在の測量作業規程に相当する「三角測量説約[*48]」を完成、本格的な三角測量に着手した。ここでも「測量に従事する大尉」の登場、しかも今回はプロイセンに留学し、日本の近代測量の基礎を築いた実在人物とあって、興味を持って調べ始めたものの、この田坂大尉の足跡を辿るのは、ミュフリンク以上に難しかった。一般に入手できる資料では、田坂のプロイセン滞在が八年またはー三年となぜか五年近い時間差がある二説が流布している。以下の彼の足取りは、国土交通省国土地理院経由[*49]でご紹介いただいた中国地方測量部OBの西田文雄氏の田坂に関する広報誌寄稿文をもとに、筆者が国立公文書館で入手した資料およびドイツ側での現時点(二〇一〇年春現在、今後も調査続行予定)での調査結果[*50]を加えて、再構築したものである。ゲーテとは時代がやや異なるものの、ドイツ・プロイセンにおけるミュフリンクと日本で田坂が演じた役割がかなり似ているうえ、ドイツと日本を繋ぐ近代測量史という点でも見過ごせないので、あえて少し寄り道することをお許しいただきたい。

「三角測量に於いては本邦における創業者」[*51]である田坂虎之助は、一八五〇年一〇月三日、広島に生まれた。一八六九年（明治二年）に広島洋学所で英国士官フラックモール兄弟の通訳をしていたこと、翌一八七〇年には広島藩東京藩邸に住み、箕作麟祥《みつくりりんしょう》の私塾に通っていたことが判明している。田坂の履歴書によれば[*52]、同年一一月三日、伏見満宮能久親王《ふしみみつのみやよしひさ》（一八七一年より北白川宮、一八四七〜九五年）のプロイセン留学の随従を太政官から命じられ、明治四年のベルリン入りから約二年間[*53]、北白川宮に仕えるが、一八七三年一二月一日に文部省からの留学経費が打ち切られ、自費留学生となった。明治八年八月、ドイツ陸軍高等試験に合格し、一〇月一七日に在独のまま日本の陸軍少尉となり、ドイツに在留し兵学修業をするよう命じられた[*54]。なお、広島の『芸藩誌』によるとベルリン大学（現フンボルト大学）および工芸学校（ベルリン工科大学の前身、製図技術を学ぶためと考えられる）にも通ったとあるが、両大学文書館[*55]の「正規学籍登録者および聴講生名簿」に彼の名はなかった。もっともこれは決して不思議なことではなく、後に陸軍医としてドイツに留学する森鴎外（本名・森林太郎、一八六二〜一九二二年）——彼なしで今の日本の独文学は考えられず、また『ファウスト』の名訳者としても日本におけるゲーテを語るうえで無視できない——も大卒で渡独したため、正規学生の登録はしておらず、学生名簿には名前がない[*56]。田坂も必要な授業だけを厳選して、聴講していたのだろう。プロイセン軍の試験合格後、田坂は同「参謀本部測量局」での勤務を志願、ドイツの「陸軍士官と共に野外に於いて実地作業に従事[*57]」したとある。

ところで先に述べたように、ゲーテの「測量大尉」モデルとなったミュフリンクは、後にプロイセン陸軍参謀総長に就任、その直後から、参謀本部三角測量部の整備や作業内容の充実に尽力した。一八六五年に三角測量部は測量局に改編・改称されているが、この意味で、田坂はミュフリンクを起点とするプロイセン式近代測量術を学んだことになる。[*58] 一八七九年には陸軍工兵大尉に昇進、一八八二年三月、日本への帰国直前にはプロイセン国赤鷲第四等勲章を授与された。[*59] ポツダムのプロイセン軍関係文書館が第二次世界大戦時の爆撃を受け、多くの資料が焼失したため、残念ながら田坂のドイツ留学中の作業詳細はわからない。

一八八五年四月、少佐に昇進した田坂は陸軍参謀本部測量局三角科長に就任する。一八八八年五月、陸軍省参謀本部に陸地測量部が発足、日本全国に一等から三等までの総計約三万八〇〇〇に及ぶ三角点を設置していく。たとえば私たちに馴染み深い「五万分の一地形図」の作成には、まず一等三角点を二五キロメートル間隔に設置し、ここから一等を含めて平均距離が約八キロメートル間隔の二等三角点を、続いて（一、二等を含めて）平均距離が四キロメートルの三等三角点を順次設置する必要がある。現在国内の一等三角点は約九七〇余、その約三分の一にあたる二六三点を選点したのが測量官・館潔彦（一八四九～一九二七年）であった。彼は日本のアルピニスト[*60]の活躍が注目される前に、御岳山や穂高岳、白山をはじめとする主要な山々を、重い測量用機材を携えた案内人や測夫を率いて初登頂した人物で、近年、日本の近代登山創始者の一人として再評価が高まっている。[*61]

奇しくも館の退官とほぼ入れかわるように、一九〇一年に陸地測量部三角科に着任したのが、剱岳を測量した柴崎芳太郎（一八七六〜一九三八年）だった。[*62] 新田次郎の小説『剱岳〈点の記〉』（一九七七年）――二〇〇九年に木村大作監督で映画化されたことでも記憶に新しい――にその苦闘と活躍は詳しいが、柴崎が剱岳登頂を試みた一九〇七年頃の立山は三等三角点が設置されていない地図上の空白地域だった。陸軍の名誉にかけて、結成されたばかりの山岳会[*63]よりも早く剱岳に登頂し、三等三角点を設置せよという厳命を受けた柴崎は、立山信仰の霊場「死の山」に登るというタブーを犯す者として地元の反感を買う。厳しい気象条件、険しい山岳地帯での苦難を経て辿り着いた山頂で平安時代初期の遺物と推定される「銅錫杖頭」と「鉄剣」を発見、しかし条件が悪くて頂上に三等三角点を設置することは断念せざるをえず、四等を選点して帰還。至上命令であった剱岳登頂に成功したにもかかわらず、陸軍は平安時代に剱岳が登頂されていた事実に戸惑い、今度は緘口令を敷く。このため柴崎自身は剱岳測量について多くを語らぬまま世を去った。しかし剱岳測量の苦難は関係者の努力もあって記憶にとどめられ、それから約一世紀を経った二〇〇四年八月、国土地理院・北陸地方測量部を中心に柴崎が断念した三等三角点「剱岳」が設置された。[*64] そして「点の記」の選点者には、柴崎の名が記録された。[*65]

余談ながら、柴崎をはじめとする明治の測量官が大切に運搬・使用したドイツのカール・バンベ

カール・バンベルク社製経緯儀（イェーナ大学創立450周年展示品）

ルク社製経緯儀[*66]は、イェーナ大学でもエルンスト・アッベが天文学の授業や研究用に注文・使用した機材だった。実はこのカール・バンベルク（一八四七〜九二年）、カール・ツァイスのもとで修業した後、イェーナ大学でエルンスト・アッベやゲーテに傾倒していた生物学者エルンスト・ヘッケル（一八三四〜一九一九年）の講義を聴講しており、イェーナとも縁が深い。ベルリンで独立店舗を構えてからは、イェーナ大学やベルリン大学[*67]をはじめとする天文台や研究施設、またドイツ陸・海・空軍からも精密機材の注文を受けていた。

本章はゲーテの『親和力』から、時間的にも空間的にもだいぶ遠くまで話が広がり、長くなってしまった。とはいえ『劔岳』の映画さながら、淡々と確実に測量を進めていくプロイセン大尉ミュフリンクをゲーテがどんな目で見つめていたのか、想像してみるのもなかなか楽しいと思うのだが、いかがだろうか。

最終章

ゲーテの「世界文学」と物語詩『魔法使いの弟子』

Goethes Konzept der Weltliteratur

I　ドイツ文学から「世界文学」へ

初期の書簡小説『若きヴェルターの悩み』によって、ヨーロッパで影の薄かったドイツ文学の地位を高めたゲーテは、晩年、《国民文学 Nationalliteratur》の境界を越えた《世界文学 Weltliteratur》[*1]という概念を使い始めた。

今日「世界文学」と聞くと、つい図書館にずらりと並ぶ古今東西の普遍的名作を集めた『世界文学全集』を連想しがちである。ドイツ語の詩人・作家・画家ヘルマン・ヘッセ（一八七七〜一九六二年）は、読書家でも知られていたが、レクラムから一九二九年に『世界文学を読む *Bibliothek der Weltliteratur*』と言う一種の教養的読書案内を刊行した。文中でヘッセは、財力が許すなら、できるだけ完全かつ美しい版の『ゲーテ全集』を揃えるよう勧めている。ドイツ語読者にとって『ゲーテ全集』は必要不可欠、本棚になくてはならないものだから——、と。ゲーテもヘッセに負けず劣らず、大変な読書家だった。最初の章で書いたように、ゲーテ自家所蔵書庫には約六五〇〇冊（タイトルにして五四二四点）の書籍が現存し、その内訳は、ローマ・ギリシア古典はもとより東西の文学作品のほか、言語学、自然科学、芸術学、神学、哲学、歴史学そしてさまざまな人物の伝記などジャンルも多岐にわたっている。それに一三七点の事典・辞書類が加わる。ゲーテ自身の教養理念に基づき、広く収集されたこの所蔵文庫については、ハンス・ルッペルトによる蔵書カタログ（Goethes Bibliothek, 初版はヴァイマルから一九五八年、リプリントはライプツィヒから一九七八年）で詳細を知ることができる。ゲーテは一七九七年からはその監督官も務めたヴァイマル図書館も頻繁に活用した。これについてもエリーゼ・フォン・コイデル女史の地道な調査作業[*2]のおかげで、私たちは、彼がいつどんな本を借り出し、いつ返却したかまで、かなり精確に把握している。

ゲーテは古今東西の名作、つまり今で言うところの「世界文学」の読者であり、またその知識も豊富にあったが、彼は、「世界文学」という言葉を、この意味すなわち充実した蔵書コレクションではなく、国境を越えた国際的文学コミュニケーションという意味で使っていた。もっとも「世界文学」という用語はゲーテの造語ではないらしい。一説にはこの言葉をゲッティンゲン大学歴史学教授のアウグスト・ルートヴィヒ・シュレーツァー（一七三五～一八〇九年）が一七七二年に使ったのが始まりだという。[*3]また研究者ハンス・J・ヴァイツによれば、ヴィーラントが翻訳に使っていたホラティウス書簡集にこの言葉が書き込まれているという。[*4]これに対して、ゲーテが「世界文学」という表現を使った証拠として提示できる最初の記録は、一八二七年一月一五日の日記（WA III-11, S.8）だから、時間的にはずっと後のことになる。それから約二週間後の一月三一日、ゲーテはエッカーマンにあの有名な文句、「《国民文学》は、今や大して意味を持たない。《世界文学》の時代が到来している。誰もがこの時代を促進させるために、努力しなければならない」（MA 19, S.207）を口にしたのだった。よって研究者の間では、「世界文学」という用語を誰が最初に作った（あるいは使ったか）はともかく、用語概念を理論的に定義したのは、一八二七年にゲーテによるという見方で一致している。

ゲーテは自らの世界文学構想について論文を発表するようなことはせず、むしろ断片的に個人的な会話や書簡・日記などで表明した。ゲーテと世界文学の関係については、すでに多くの研究成果が存在するが、美学理論関係のものが中心である。[*5] 本章では、まず既存の研究成果に依拠しながら、ゲーテの「世界文学」構想における自然科学的側面、具体的には当時発足し、現在も存続するドイツの学術組織「ドイツ自然研究者・医師協会」[*6] とゲーテ提唱の「世界文学」の関連について考察、補足を加えたいと考えている。

Ⅱ　ゲーテの世界文学とオーケンのドイツ自然研究者・医師協会

次の文章は、ゲーテの「世界文学」構想の核心を衝いているので、よく引用されている。

ヨーロッパ的な、否、普遍的な意味で世界文学の実現を真剣に考えるなら、それは各国文学を相互に紹介することと同義ではない。この意味、つまり相互の文学紹介は、ずっと以前から行われているし、これからも多少の変更を加えながら、継続されるからだ。私の言う世界文学は、これと違う。それは、実際に作品を手がけている現役の文筆家が互いに知り合い、共通の興味や関心を通して、社会に働きかけるきっかけを持つことに他ならない。この「世界文学」は、当事者が現前し、他の人々の間で真の関係を築き、確かな足場を作ることで成功するので、文通よりも作家自ら足を運ぶほうが、より効果が上がるだろう。（MA 18-2, S.357）

興味深いのは、この引用が一八二八年、ベルリンで開催された『ドイツ自然研究者・医師協会総会に際して *Zu den Versammlungen deutscher Naturforscher und Ärzte*』を出典としていることだ。つまり人文研究者ではなく、自然科学者に向けたテクストなので、どのゲーテ全集も芸術論ではなく、自然科学論文として分類・収録している。このテクストは三段落構成で、最後の第三段落後半は、事実上、ゲーテが一八二七年一〇月三〇日付でカスパー・マリア・フォン・シュテルンベルク伯（一七六一～一八三八年）に宛てた書簡とほぼ一致する。受取人のシュテルンベルク伯は、植物学者および古生物学者として、一八二七年にミュンヒェンで開催された同協会年次大会に参加した。この引用文からは、自然科学者同士が個人的に知りあい、将来の共同研究につながる情報交換を直接行うことを、ゲーテがいかに高く評価し、また重視していたかが読み取れる。

イェーナ大学本館近くに立つ
ローレンツ・オーケンの像

一八二二年以降、「ドイツ自然研究者・医師協会総会」は、自ら医師であるとともに自然研究者にして哲学者の創始者ローレンツ・オーケンにより、定期的に開催されるようになった。このオーケン、ゲーテと因縁がある人物で、ゲッティンゲン大学で私講師を務めていた彼をゲーテが仲介し、一八〇七年にイェーナ大学医学部準教授として招聘した。一八一二年から一九年までは同大学自然史および自然哲学の正教授として教鞭を執った。一八〇七年一一月一三日に、大学監督官ゲーテと新任教授オーケンは初顔合わせをしている。両者はその後、お互いの関心が近いために接近するものの、まもなく椎骨からの頭蓋骨形成理論の優先権をめぐって互いの思惑が交錯し、関係がぎくしゃくしてしまう。しかも自由主義思想家のオーケンは、一八一六年に彼が主宰・編集する雑誌『イシス *Isis*』（一八一六〜四八年）で、ヴァイマル公の政策批判を行い、ゲーテと正面衝突する。雑誌を廃刊するか、教授辞職かのいずれかを迫られたオーケンは後者を選択した。しかし一八一九年の辞職後もイェーナに住み続け、「ドイツ自然研究者・医師協会」を創設する。一八二八年にようやくオーケンはミュンヒェン大学からの招聘を受けている。

オーケンの先見性は、本協会が今なおドイツ連邦共和国における最古かつ最大の国際学術団体として存続し、当初は毎年一回、現在は年に二回、さまざまな分野の自然科学者の意見交換の場として総会が開催されていることからも明らかだろう。創設者オーケンはもちろん、アレクサンダー・フォン・フンボルトやカール・フリードリヒ・ガウス――ダニエル・ケールマンの小説『世界の測量』[*7]を読まれた方は、フィクションを多分に含んでいるものの、小説冒頭でガウスがベルリンでの年次総会出席のため、フンボルト邸にやっかいになる場面を思い出されるかもしれない――、さらにゲーテがカスパー・ダーヴィト・フリードリヒと並んで高く評価したロマン派の画家にして医師兼形態学者だったカール・グスタフ・カールス（一七八九～一八六九年）も当初から協会の存続と発展に尽力した。二〇世紀以降の代表的な貢献例を挙げるなら、アインシュタインの相対性理論をめぐる議論の中心的舞台になったのも、本協会だった。

オーケンが創設した「ドイツ自然研究者・医師協会」は、その基本方針において国民文学の境界を超越するゲーテの世界文学構想に一致していた。オーケンとは個人的諍いがあったにせよ、ゲーテは「自然研究者・医師協会」の年次総会に強い関心を示した。一八二八年六月一〇日付シュテルンベルク伯宛書簡で、ゲーテは「今年度のベルリンで開催される総会もまたどんな豊かな実りをもたらすことでしょうか！」（WA IV-44, S.130）という期待と羨望が混じった気持ちを吐露し、ベルリンからの報告を頼んでいる。[*8] また同じ書簡で、ゲーテが「最近はイギリス、フランス、イタリアなどの外国文学に携わらないでいるわけにはいかない」（WA IV-44, S.130）として、ヨーロッパ各国の文壇動向にもアンテナを張り、積極的な情報収集に努めていることは興味深い。この書簡の末尾で、ゲーテは受取人にミラノで創刊された雑誌『エコー、科学・文学・芸術・商業・演劇の雑誌 *L'Eco. Giornale di Scienze, Lettere, Arti, Commercio e Teatri*』の購読を勧めている。このイタリア語の新聞は、週三回発行され、海外の目ぼしい文学作品や批評を数ヶ国語併記で復刻しており、創刊号から第四七号までの間にゲーテは自分の作品に関する多くの記事を見出していた。[*9] シュテルンベルク伯宛の本書簡からは、当時ゲーテがいかに国外の文学動向に関心を持っていたか、またイタリアで刊行された『エコー』紙に彼の提唱した世界文学構想のめざす姿を重ねていたか、がよくわかる。

それからまもなく、カール・アウグスト大公の急逝（本書第2章参照）に精神的打撃を受けたゲーテは、イェーナ郊外のドルンブルクに引き籠り、庭園と葡萄畑に囲まれた環境で、七月初旬からほぼ二ヶ月、ひと夏を過ごすことになる。ドルンブルク滞在中の一八二八年七月一〇日付書簡で、ゲーテはベルリン在住の親友ツェルターに、「少し前から海外からの刺激で、自然科学にふたたび取り組んでいる」（MA 20-2, S.1132）と近況報告を行っている。[*10] 注目すべきは、ここでゲーテが再度「ドイツ自然研究者・医師協会」の年次総会に言及していることである。

わが国には独特で大変素晴らしいものがある。三年前から定期的に開催されている〔オーケン主宰の〕自然科学系総会のことだが、もうかれこれ半世紀、自然考察に情熱を傾けてきた私は、この会が私にいくらか感銘を与えたり、心を動かしたり、刺激したりするかどうか、誠実な関心を払ってきた。だが、いくつか私に情報を与えてくれた——といっても情報以上のものはなかったが――個々の例を除けば、私に何の分け前も利益ももたらさず、新しい能力を開花させてくれることもなかった。だから私は利子を元手にして、外国ではどのくらい実を結ぶか、その総額を確かめてみようと思う。(MA 20-2, S.1132)

ドルンブルクに滞在した一〇週間、ゲーテは自然科学、特に彼の『植物のメタモルフォーゼ』仏訳作業に関わっていた。[*11] 彼は当時刊行されたばかりの植物関連の著作を読み、特にフランス人植物学者のオーギュスタン・ド・カンドル(一七七八~一八四一年)の『植物器官学 *Organographie végétale*』から刺激を受けた。この読書経験を機にゲーテは、植物のメタモルフォーゼをめぐるカンドルと自分の見解の些細な差異を――攻撃的討論ではなく、むしろ慎重な考察として――独・仏二ヶ国語版の説明を行うことを思い立った。幸いなことに、ゲーテはこの作業にうってつけの人物を身近に見つけた。スイス国籍を持つ自然研究者にして神学者フレデリク・ジャン・ソレ(一七九五~一八六五年)である。ソレはエカテリーナ二世の宮廷画家の息子で、サンクトペテルブルクで生まれたので、後にカール・アウグストの息子カール・フリードリヒに嫁いだ皇女マリア・パヴロヴナを幼い時から知っていた。ソレは一八二二年から、彼女の息子でカール・アウグスト大公の孫カール・アレクサンダー王子(一八一八~一九〇一年)の教育係としてヴァイマル宮廷に仕えていたのだった。

III 世界文学の実りある成果 ソレと『植物のメタモルフォーゼ』仏訳

『植物のメタモルフォーゼ試論 *Versuch die Metamorphose der Pflanze zu erklären*』は、ゲーテが書いた最初の植物学論文である。第1章で記述したように、一七八六年以来のイタリアでの観察に基づく研究成果で、初版は一七九〇年春に刊行された。メタモルフォーゼの概念（形態学）および自然の根源的一致を扱ったこの論文は、ゲーテが独自に開拓した研究分野の基礎であり、ゆえに特別な意味を持った。リンネの静止・固定した分類方法とは異なり、ゲーテの形態学は、遺伝学的考察を予見させるもので、植物領域における形態の変化および移行を観察対象としていた。ゲーテの研究は「植物を構成するあらゆる部分の根源的一致」に発し、子葉や葉のような最もシンプルな基礎的器官から、段階的メタモルフォーゼを経て、いかに複雑で異なる形式に発展していく様子をつぶさに観察し、理念としての《原植物》を起点に異なる成長を経て、さまざまな植物の種類に分岐していくことを明示したのだった。

ゲーテの形態学論を最初にフランス語に訳したのは、男爵ジャンジャン・ド・ラサラ（一七九〇〜一八六三年）で、一八二九年にジュネーヴから刊行された。[*12] この初訳に目を通しながら、ゲーテは表現が不正確な箇所を照合していった。すでに同じ年の二月から九月にかけて――翌年も作業は継続されたが――ソレは、ゲーテの積極的な協力を得て、二番目の仏語訳に取り組んだ。むろんソレがラサラの翻訳を参考にしたことは言うまでもない。一八三一年に刊行されたソレの翻訳をゲーテは熱烈に歓迎し、これぞ彼の提唱する「世界文学」の実りある成果とみなした。ゲーテはケルンの美術収集家ズルピッツ・ボワスレー（一七八三～一八五四年）に宛てた一八三一年四月二四日付書簡で、この作業の様子を伝えている。

私の最近の植物学研究の仏語訳について、貴殿にもお伝えしなければならないことがあります。友人ソレ氏が私のドイツ語の文章で理解できなかったいくつかの箇所を、試みに私がフランス語に訳しました。私のフランス語をソレ氏が彼の表現に直し、これならフランス語でもきちんと理解できるだろうと確信しました。ひょっとすると、原文より理解しやすいかもしれません。あるフランスのご婦人も、すでにこの技法を心得ていらっしゃるとか。彼女はドイツ語を読み、まずはざっとフランス語に訳し、それから彼女の母国語と性別（＝女性らしい言葉遣い）に適した優雅な表現に推敲しました。これぞ普遍的「世界文学」の直接的成果と言えましょう。両国民の長所を伸ばすことを交互に促進できるわけです。（WA IV-48, S.189f.）

この意味でソレの翻訳は、単独翻訳というよりは著者との活発な意見交換の賜物と言える。ソレとゲーテの対話は、文学研究と自然科学の意見交換に発展した。ちなみにイタリア語の初訳は、ゲーテの死後一八四二年、また英語の初訳はさらに遅れて一八六三年に刊行されている。特筆すべきはその後一九四六年に刊行された二番目の英訳で、二〇世紀を代表する植物学者の一人アグネス・アーバー（一八七九〜一九六〇年）が詳細な訳註を付した翻訳を行っている。[*13]

Ⅳ　貨幣流通と翻訳作業　ゲーテ＝カーライル書簡より

研究者シュリンプフは、その著書『ゲーテの世界文学概念[*14] *Goethes Begriff der Weltliteratur*』で、ゲーテが描いていたイメージによると、言語および国民の差異は互いを分離するものではなく、むしろ相互に流通・両替される貨幣のように、異なる国民を結びつける媒体であることを繰り返し強調している。シュリンプフは、さらにゲーテがどんな言語への翻訳でも、ある民族の精神と歴史を他の民族のそれを紹介するような訳を目標としたことを指摘している。事実、ゲーテはフランス、イタリア、イギリスの詩人や作家たちと密接なコンタクトを維持していた。彼の「世界文学」構想という点では、ゲーテが高い評価を与えていたスコットランド出身の文筆家兼翻訳家トマス・カーライル（一七九五〜一八八一年）の名前をここで挙げないわけにはいかないだろう。何しろカーライルの『ゲーテについてのエッセイ *Essays on Goethe*』は、一九〇〇年前後、島崎藤村（一八七二〜一九四三年）を筆頭とする日本の知識人と文筆家がゲーテの作品を理解するうえでの英語参考文献としてこぞって読んだのだから――。

カーライルはゲーテと最後まで直接面識がなく、両者を繋いだのは文通だった。[*15] 文通が始まったのは一八二四年六月二四日、カーライルが英訳したゲーテの『ヴィルヘルム・マイスターの徒弟時代』が始まりだった。それからおよそ三年後、一八二七年四月一五日、カーライルは彼が執筆した伝記『シラーの人生 *Life of Schiller*』(一八二五年)をゲーテに進呈した。興味深いのは、すでにゲーテが一八二七年七月二〇日付でカーライルに出した礼状で、翻訳作業に物品交換と自由な交易の直喩を使っていることである。

ドイツ語を理解し、学んだ者は、さまざまな国の民族が物品を提供する市場にあって、自分自身を豊かにしながら、通訳を務める。

翻訳者もこれと同じで、この総じて精神的通商の仲介者として、相互交換を促進させ、利益が得られるよう骨を折らねばならない。というのも、翻訳では不十分と言われるかもしれないが、翻訳は普遍的な世界規模の活動において、最も重要かつ価値のある取引の一つであり、そうあり続けるからだ。(WA IV-42, S.270)

およそ一週間前の一八二七年七月一五日に、ゲーテはエッカーマンに向かって、海外の文筆家間の相互に緊密なコンタクトが、相手のイメージを修正するのに役立つことを指摘している。

私たちが現在、フランス、イギリス、ドイツの三国間で相互に密接な関係にあり、時に応じて互いに修正を加えられることはとても理想的だと言える。「世界文学」が現れ、日毎にその存在を明確にしていくのは、大変有益である。カーライルはシラーの伝記を書き、彼を評価したが、ドイツ人の著作家ならそう容易にシラーを評価できない箇所が多々ある。これに対して、我々ドイツ人はシェイクスピアやバイロンについて明解な立場にあり、ひょっとするとイギリス人自身よりその功績をよく理解できている。（MA 19, S.237）

ここで言及されている英国ロマン派詩人バイロン卿（一七八八～一八二四年）とゲーテは個人的な面識もなければ、文通も皆無に等しかった。しかしゲーテはバイロンの著作を多く読み、たいていの場合、好意的な書評を書き、自らドイツ語訳を試みたこともあった。ギリシア独立戦争参加途上でのバイロン客死の訃報を受けたゲーテは、彼を『ファウスト』第二部に登場するロマン派ポエジーの化身、少年オイフォリオーン*[16]の姿に投影させた。個人的な面識はなかったものの、ドイツの詩人シラーを愛し、尊敬していたがゆえに、カーライルもまたシラーを正当に評価した伝記を上梓できた。ここでゲーテは、ドイツ語を母国語とするドイツ文学者（ドイツにおける「国文学者」）とはまったく異なる視点からドイツ文学に接近し、解釈を試みる外国人ドイツ文学研究者の重要な機能に目を向けている。*[17] ゲーテは自然科学者と同様、文学者も国境や言葉の壁を越えた国際的交流を必要としていることに気づいていた。

もちろんゲーテは仲介者としての翻訳者の重要性も見過ごさなかった。一八二七年一月にゲーテは自ら編集・発行する芸術雑誌*[18]『芸術と古代 *Über Kunst und Altertum*』(一八一六年六月創刊、ゲーテが没する一八三二年まで三冊毎、全六巻がコッタ社から刊行された)第六巻第一分冊にアレクサンドル＝ヴァンサン・ピヌー・デュヴァル(一七六七〜一八四二年)の戯曲『タッソー *Le Tasse*』についての評論を発表した。きっかけとなったのは、一八二六年一二月二六日のテアトル・フランセ(フランス座)における初演に関するフランス語の『ル・グローブ／世界 *Le Globe*』および『商業ジャーナル *Jornal de commerce*』二誌に掲載された劇評だった。デュヴァルの戯曲『タッソー』は細かい部分までゲーテの同名戯曲に依拠しており、パリの上演は大成功だった。ゲーテは自分が発行する雑誌用に右の二誌に掲載された劇評から多くの箇所を翻訳し、次のようなコメントを添えた。

人類の進歩や世界と人間の将来的関係について、いたるところで耳にし、また目にする。これが総合的にどんな性質を持つのか、検討を加え、厳密な決定を行うのは、私の役割ではないので、ここではひとえに個人的立場から、私は普遍的「世界文学」が形成され、そこで私たちドイツ人が名誉ある役割を果たせると確信していることを、私の友達に気づいていただきたいと強く願う。(MA 18-2, S.12)

この関連において興味深いのが、ゲーテが一八二八年元旦にカーライル宛に送った書簡である。ゲーテはカーライルにチャールズ・デ・ヴーが手がけた『トルクヴァート・タッソー』の英訳(一八二七年）の出来を問い合わせているのだが、ここでも彼は「世界文学」の擁護者を表明している。

ところで、この『タッソー』英訳がどの程度のものか、教えていただけますでしょうか。この作品について貴殿の解説やご教示を賜れましたら、大変ありがたく存じます。と申しますのも、原書を翻訳する作業は、ある国民の他の国民に対する関係を最も明解に表現することであり、普遍的世界文学を普及・存続させるためには、これを何よりもよく理解し、判断できなければなりませんので。（WA IV-43, S.222）

余談ながら、このゲーテの問い合わせに、カーライルは一八二八年四月一八日付の返信で、歯に衣を着せぬ酷評を書き送っているのだが、これはゲーテの「世界文学」的見解に本質的変更を迫るものではなかったようだ。

V　情報洪水とゲーテの物語詩『魔法使いの弟子』

ゲーテにとって「世界文学」は、いわば現在の「国際および異文化間コミュニケーション」と同義語だった。一八二八年八月八日、ゲーテはカーライルにこう書いた。

速達郵便や蒸気船を使うのと同様に、日刊・週刊・月刊各紙を通しても各国民は相互に接近しています。私は、私の時間が許すかぎり、この相互交流に特に私の注意を向けなければならない、と考えております。（WA IV-44, S.257）

ゲーテは自分の『芸術と古代』誌を発行するかたわら、国外で発行されているさまざまな文芸誌にも目を通した。たとえばフランスの『ル・グローブ』誌は、一八二六年から一八三〇年まで、ゲーテのお気に入りの読み物だった。研究者ハムの調査報告[*19]によれば、この期間中、ゲーテが計二九五点の記事を読んだことが証明できるという。しかもゲーテはフランスからの郵便を毎日午前中、現在の私たちが想像するよりも早く受け取っていたらしい。郵便配達状況は比較的良好で、ゲーテは『ル・グローブ』の新刊をパリの読者が手に入れてから、平均六日半以内には入手していたという[*20]。一八二五年六月六日、ベルリンの親友ツェルターに、ゲーテはすでに次のようにしたためた。

若者たちは非常に幼いうちから急き立てられ、時の渦に飲み込まれていく。豊かさと速さこそ世間が称賛し、誰もが求めてやまないものとなった。すなわち教養階級は、鉄道、速達、蒸気船その他ありとあらゆるコミュニケーション手段の省力化（ないしは単純化）を目ざすが、激しい競争の末、むしろ均質化してしまう。（MA 20-1, S.851）

ここに挙がっている鉄道、速達郵便、蒸気船は、いずれも生き急ぐ時代の人間を助けるための発明品である。[*21] ヨーロッパでは一六世紀以来、今もレーゲンスブルクで存続するトゥルン・ウント・タクシス侯爵家[*22]——池田理代子作『オルフェウスの窓』のファンの方は、この名前をご存知だろう——主導による国際郵便ネットワークが整備されており、ザクセン゠ヴァイマル大公国も（停留所を少なく、また休憩も極力短縮した）速達郵便を含めたこの郵便網に属していた。アメリカの造船技師ロバート・フルトン（一七六五〜一八一五年）は、一七九三年以降、蒸気船建造に従事し、マスト付で帆走も可能な新型蒸気船《クラーモント》を完成させ、一八〇七年からハドソン河で定期的な営業運行を始めていた。鉄道については、一八二五年九月二七日にストックトン゠ダーリントン間に最初の鉄道区間が開通したが、初期の蒸気機関車はまだ馬車と競合している状態だった。ようやく一八二九年にジョージ・スティーヴンソン（一七八一〜一八四八年）が、リヴァプール゠マンチェスター間の鉄道区間用コンテストで、彼が建造した蒸気機関車《ロケット》により、時速四七キロメートルで二・七キロメートルの競争コースを走破し、新記録を打ち出したのだった。スティーヴンソン作《ロケット》は長期間の操業に耐え、「世界初の鉄道区間操業蒸気機関車」となった。ちなみにゲーテはこの《ロケット》の鉄道模型を所持していたが、後に可愛がっていた孫、ヴォルフガング・マクシミリアン（一八二〇〜八三年）に譲った。彼も祖父からの贈物を大切にしたのだろう、この模型は現在、ヴァイマル・ゲーテ博物館に保管・展示されている。[*23]

次の文章は、それから三年後の一八二八年五月二一年付でゲーテが親友ツェルターに書き送った手紙からの引用である。

私が召喚した「世界文学」が私に向かって、まるで魔法使いの弟子（Zauberlehrling）を飲み込もうと、怒濤のように押し寄せてくるのを感じる。スコットランドとフランスからはほとんど毎日のように情報の波が流れ込む。ミラノでは『エコー *L'Eco* 』と名づけられた文芸雑誌が創刊された。あらゆる意味で高水準の雑誌で、形式はドイツの『日刊新聞 *Morgenblätter* 』に似ているが、その才気は比較にならないほど秀逸だから、ベルリンの皆さんの日々の食事に素敵な味つけができること請け合いだ。

エディンバラ、パリ、モスクワの三都市の聴衆が『ヘレナ』にどんな反応を示したか、最前報告を受けたので、続いてお知らせしよう。三者三様の捉え方が如実に表われていて、非常に参考になる。スコットランド人は、この作品を突破しようとし、フランス人は理解することを試み、ロシア人は自分のものにしようとする。ひょっとするとこの三種類すべてをするのが、ドイツの読者なのかもしれない。（MA 20-2, S.1116f.）

ゲーテはこの書簡で、彼のライフワークである『ファウスト』第二部から例外的に生前公表を許可した『ヘレナ、古典的ロマン的幻想　ファウストのための幕間劇 *Helena. Klassisch-romantische*

Phantasmagorie. Zwischenspiel zu Faust』についての好意的批評を適宜引用している。一八二八年三月初旬にゲーテは、モスクワのステパン・ペトロヴッチ・シェヴィリヨフ、パリのジャン＝ジャック・アンペール、ロンドンのカーライルが執筆し、各人が住む都市で刊行される文芸誌に掲載された批評記事を受け取っていた。ゲーテは上記三者三様の好意的な評論を喜びはしたけれども、同時に彼自身が今や『魔法使いの弟子』（一七九七年成立の物語詩と関連、次の段落以降で解説）の役柄であることを痛烈に意識もしたのだった。これまでゲーテは国境や言語の壁を越えた「世界文学」を手放しに肯定してきたが、ここで初めて、場合によると制御不可能な情報の洪水に巻き込まれる予兆と危険を感じ取ったと言える。

ところで、ゲーテが一七九七年に発表した『魔法使いの弟子』とは、どんな作品だったのか。ヴィーラントが散文で翻訳したルキアノス作品の一つ『嘘つきの友人もしくは不信心者[*24] *Der Lügenfreund oder der Ungläubige*』（一七八八年）から、ゲーテは詩の着想を得たという（ただし「魔法使いの弟子が、覚えたての呪文を忘れてしまう」のは、古くから民間に流布している文学モティーフの一つである）。ゲーテは、一七九七年七月に本作品を執筆、同年のうちにシラーが主宰する『一七九八年用詩神年鑑 *Musen-Almanach für das Jahr 1798*』に発表した。

ドイツ語で「バラーデ Ballade」（英語のバラッドに相当）と呼ばれる物語詩の一般的形式では、二名以上の登場人物がいて、台詞が中心になる。日本では、シューベルトやレーヴェが付曲したゲーテの物語詩『魔王』がよく知られていると思うが、この作品では星一つない漆黒の闇夜、馬を駆る父

ゲーテの常宿だった「緑の樅亭」（現在）

親とその幼い息子、そして魔王の三人が登場し、短いながら一つの物語を構成する。終わりに、破局――この場合は、父親の腕のなかで息子が絶命する――を迎えるのも、よくある展開の一つである。実はこの『魔王』も、もとはデンマークの民間に伝わる物語詩『魔王の娘』で、これをヘルダーが翻訳し、ゲーテがさらに自分の物語詩に作り変えたという経緯があった。もっともこれにも諸説があって、ご当地イェーナには、ゲーテが常宿にしていた「緑の樅亭」[*25]で土地の農夫から聞いた民話だという言い伝えもある。事実、イェーナ市街から東に向かって、さほど遠くない郊外にその舞台となったらしい道がある。この道は「魔王の道 Am Erlkönig」と名づけられており、馬ならぬ自転車で走ってみたが、昼間でも薄暗く、雑草が鬱蒼と茂った沼のほとりに、記念に建てられた魔王の像がヌッと姿を現すので、ちょっと怖い。街灯が少ない田舎道なので、闇夜に魔王像が浮かんで見えたら、知らない人は今で

イェーナ市外に立つ魔王の像

もギョッとするだろう。

むろんゲーテが「物語詩／バラード」に興味を抱いたのは、先に解説したヘルダー主導の民謡収集プロジェクトがきっかけだった。ジャンルとしての物語詩をゲーテは「ポエジーの原型」とみなしていた。彼はバラードを、植物のメタモルフォーゼにおける「原植物」あるいは「葉」と同様、文学における、さまざま要素が分裂する前の、生きた素材をすべて内包した「原初の卵 Ur-Ei」になぞらえるとともに、「神秘的にならずして、謎めいたもの」とも定義している。

さて、物語詩『魔法使いの弟子』のあらすじは、ディズニー映画『ファンタジア』（一九四〇年）でデュカス（一八六五～一九三五年）作曲の交響詩にあわせて、ミッキーマウスが演じた可愛らしい魔法使いの弟子でご存知の読者も多いだろう。デュカスはゲーテの『魔法使いの弟子』をフランス語訳で読んだという。このギリシア語からドイツ語に訳されたルキアノスの作品がゲーテのバラードを生み、さらにそのフランス語訳をもとに、デュカスが一八九七年、序奏とコーダ付の交響的スケルツォ（明朗軽快で調子の速い曲）を成立させ、さらにディズニー映画で世界中に普及した――という流れは、ゲーテの提唱した「世界文学」構想そのものと言えるかもしれない。デュカスの音楽を聴いたり、絵本で見たりして、あらすじは知っているけれど、詩そのものを読んだことがないという方も案外いらっしゃると思うので、やや長いが、以下、拙訳で全文を引用しよう。

魔法使いのお師匠様が　やれやれ
やっと出て行かれたぞ！
そうら、お師匠様の霊ども、
今から俺様の命令にも従うんだ！
先生の呪文と身振りは
しかと見て覚えたぞ、
しっかり念じさえすれば
俺様だって魔法が使えるんだ。
　　溢れよ、溢れよ、
　　四方八方　どこまでも
　　狙い定めて
　　水よ　流れよ
　　たっぷり　とっぷり　大波をこしらえ
　　水浴びするほど　満ち溢れよ。

おお、そら、そこの古箒、こっちに来い、
このみすぼらしい雑巾を被るんだ！
お前は長いこと先生の下僕だったが、
今日から俺様の命令に従うのだ！
二本足で立て、
上が頭だ、
そら急いで行け、
水甕を持って行け！

溢れよ、溢れよ
四方八方　どこまでも
狙い定めて
水よ　流れよ
たっぷり　とっぷり　大波をこしらえ
水浴びするほど　満ち溢れよ。

そら見ろ、古箒の奴、岸辺に一目散だ！
すごいぞ！　もう川に着いてら、

また一目散に戻ってきて
ざあっと一杯ぶちまける。
おお、もう二回目だ！
水槽はもう一杯だ！
どの水盤にも
なみなみと水が注がれている！
　止め！　止め！
ああ、みんな
お前の能力は
ちゃんとわかったから！
ああ、しまった！　畜生！　どうしよう！
あの呪文を忘れちまった！

ああ、あの呪文、最後に
古箒に戻す、あの呪文を忘れちまった！
どうしよう、あいつ走っていくと　すぐ戻ってきちまう！
お前、古い箒に戻れよ！

どんどん水が注がれる
急いで水を汲んでくる
わあ、一〇〇もの川がいっぺんに
俺に向かって押し寄せてくる！
　だめだ、これ以上
このままに　しておけない。
奴を　捕まえるぞ！
うわ、陰険すぎる！
ああ、でもなんだか不安になってきた！
なんて顔つき！　なんて目つきだ！

やい、地獄の生まれ損ないめ！
お屋敷を水浸しにしようってか？
どの敷居も越えちまって
水が家じゅう、川となって流れている。
罰当たりの箒め、
ちっとも耳を貸そうとしない！

しょせんお前は、ただの棒、
やい　もう　止まれ！
　　どうしても
　終わりにしないっていうのかい？
　捕まえてやる、
　離さないぞ、
　こんな古い棒切れ
　切れ味のよい斧で真っ二つにしてやる！

ほら、奴め　水を汲んで　戻ってきたぞ！
真正面から　体当たりだ、
よし、化け物め、ぶっ倒れたぞ。
磨き上げた斧で　ばっさりと、
上手くいった、見事命中！
ほうれ、真っ二つだ。
これでめでたし、
一安心だ！

何だ⁉　なんてこった！
割った箒が二つとも
慌てふためき
下僕として
さっさと立ち上がっている！
お助けを！　神様　私にお力を！

奴ら　駆け回っている！　そこらじゅう　水浸しだ
大広間も階段も　ぐっしょりだ。
凄まじい水の量！
ご主人様、お師匠様、私の声をお聞き届けください！
あ、お師匠様がいらした！
ご主人様、危急の事態にございます！
私が呼び出した霊たちは
もう私の手には負えません。
「隅に退け、
箒よ！　箒！

汝らのもとの姿に戻れ！
霊として
お前たちを呼び、奉仕させられるのは、
練達の師匠のみなり」。（MA 4-1, S.874-877）

老師匠が魔法を使って、箒に水汲みさせるのを、好奇心旺盛な弟子は真似したくてたまらない。大先生がお留守の間、試しにかけた水汲みの呪文は大成功、でも水甕が満水になったところで終わらせる魔法の呪文を忘れてしまって、さあ、大変！——というユーモラスな物語詩である。ここで象徴的に使われている「呪文」の具体例を挙げようと考え始めると——事実、このゲーテのバラードは、時の経過とともに「核技術（兵器、燃料ほか）」や「クローン技術」などに置き換えられ、新しく解釈され続けている——、それこそ無限の解釈が可能になる。とはいえ、大まかな方向性としては、「玄人（専門家）と素人の違い」、「専門家による実演」などを本作品の基本テーマと捉えてよいだろう。

VI 《運河》のメタファー

さて、このあたりでふたたび、一八二八年のゲーテに戻ろう。彼の「世界文学」への熱狂は、次第に文学との調和を保てなくなり、その怒涛の波に飲みこまれる不安感へと移行していった。パリでの『ファウスト』劇初演が誇張しすぎだったらしいという報告を受けたゲーテは、古い箒が満タンの水瓶を提げて休みなく行進する『魔法使いの弟子』の場面をすぐに連想したようだ。「これもまた行進を続ける《世界文学》の波及効果なのです」（ツェルター宛書簡、MA 20-2, S.1204）。ゲーテはここで一般論と個々の例に分けて、この不気味な現象を相対化しているものの、彼が召喚した《世界文学》の霊が、今後も自分の存在を脅かすことをすでに予知していたのだった。

ところで、水と関連した史実として、当時、本来なら船の航行が不可能だった区間に、船舶の航行可能な巨大運河を建造する計画が持ち上がっていたことは興味深い。一八二七年二月二一日にゲーテはエッカーマンに向かって、「この目で見られるなら、半世紀を何回か耐えなければならなくても、生きて経験したい」（MA 19, S.539）こととして、パナマ運河、ライン＝［マイン＝］ドナウ運河、スエズ運河の三大運河の開通を挙げたという。それから二年経った一八二九年二月一〇日、エッカーマンはゲーテがブレーマーハーフェンの港湾建設に関連した設計図や地図を周囲に広げている姿を目撃している（MA 19, S.281）。この工事は、当時としては破格に大規模な港湾建設事業だった。これら自然科学技術を背景に成立したのが、高齢に達したファウスト博士がメフィストと運河を建設し、干拓を推進する『ファウスト』第二部最後の第五幕である。「運河」のメタファーは、晩年のゲーテが一八三一年一二月一日に言語学者で政治家のヴィルヘルム・フォン・フンボルト（一七六七〜一八三五年）に宛てた手紙にふたたび登場する。「水門を閉ざせ、草地は十分水を吸った」（WA IV-49, S.166）。この号令とともにゲーテはほぼ六〇年間、彼の言う「世界文学」および自然科学の知識を総動員したライフワーク『ファウスト』を封印した。さらにゲーテは、清書した『ファウスト』第二部を彼の死後公表するように命じた。翌一八三二年三月一七日——ゲーテが亡くなるほんの五日前（同月二二日没）——、ヴィルヘルム・フォン・フンボルト宛の生前最後の書簡にゲーテはこう記した。

私の大切な、心からの感謝に値する世界に散らばる親友たちが生きているうちに、この非常に真面目な冗談（＝『ファウスト』第二部）を謹呈し、公開し、彼らの反応を聞くことができたら、必ずや私をこのうえなく喜ばせてくれるでしょう。でも今日はあまりにも不合理で、混乱の極みにあり、この稀有な建築物のために長い歳月を費やしてきた私の真面目な努力が惨い扱いを受け、浜辺に打ち上げられた難破船のように瓦礫のなかに放置され、まずは時の砂屑にまみれるであろうことが目に見えています。混乱させる行動についての混乱させる教えが世界中に幅を利かせているのです。（WA IV-49, S.283）

この言葉から読み取れるように、ゲーテ自身は、経験が浅く好奇心ばかり旺盛な魔法使いの弟子とは違って、国際情報の洪水のなかで溺れたり、難破したりする危険を敏感に察知していた。どんなにヴィルヘルム・フォン・フンボルトが『ファウスト』第二部の公表を促しても、彼は断固として拒否し、国際的反響を生前に経験するチャンスを自主的に放棄したのだった。*26

Ⅶ　近代の錬金術　賢者の石と紙幣発行

ところで、魔法使いと縁の深い占星術や錬金術は、近代科学の前身でもある。占星術から天文学が、錬金術からは化学が生まれ、近代科学の新しい分野として独立・分岐していった。錬金術とは、一世紀頃エジプトに始まり、アラビアを経てヨーロッパに広がった、非金属を貴金属の金に変えようとする化学技術のことを言う。不老不死の仙薬が得られるとして、呪術的な性格も併せ持った。現在の自然科学的視点からは誤りだったが、錬金術実験により、多くの化学的知識が蓄積され、近代科学成立の土壌となったことは見過ごせない事実である。あのニュートンも錬金術に熱中し、三〇年近く大釜を使って奇妙な実験を繰り返していたことは周知の事実となっている。またゲーテ自身もライプツィヒでの学生時代、若さを過信して無茶な生活を続けた結果、吐血して命が危ぶまれたことがあった。故郷フランクフルトに衰弱して辿りついたものの、容態は悪くなる一方、見かねたゲーテの母親がかかりつけ医メッツを泣き倒し、錬金術による秘薬を調合・処方してもらって助かったという。床払いしたゲーテが、錬金術に興味を持ち、早速、自ら錬金術とも化学とも言い切れないさまざまな実験を試みるようになったのは言うまでもない。

錬金術における《賢者の石》は、あらゆる物質を金に変えたり、病気を治したりする力があると信じられてきた。そしてゲーテが生きた時代に、この《賢者の石》と同様の効果を発揮するもの、すなわち《紙幣》が導入されたのだった。経済学研究者でゲーテ作品解釈も行っているビンスヴァンガーは、一九八五年に出版したエッセイ『金と魔術 *Geld und Magie*』[*27]でゲーテがヴァイマル宮廷で一〇年以上、経済・財務大臣を勤め、この方面にも明るかったこと、また『ファウスト』第二部において近代的経済が錬金術的プロセスとして描写されていることを指摘している。まずは該当する箇所、第二部第一幕「皇帝の居城」(六〇五四行以降)を引用しよう。


宰相　過ぎた日の苦労がようやく報われましてございます。

すべての災いを福に転じる、我らが命運をかけた文書をお目にかけ、お耳に入れていただきましょう。(読み上げる)

「以下を、全国民に告げる。

この紙片には一〇〇〇クローネの価値がある。

帝国に埋蔵されている無尽蔵の宝が

この紙片の価値を保証する。
採掘が済み次第、
兌換の用意がある」。

皇帝　なんと、前代未聞の詐欺ではないのか！

……

余の民はこれを真の金貨の代わりに受け取るのか？

軍隊や宮中の者の給料もこれで賄《まかな》えると言うのか？

さすれば納得はいかずとも、余も認めねばなるまいのう。（MA 18-1, S.149）

近代ヨーロッパ経済は紙幣発行に始まるともいう。たとえば中国では北宋時代（九六〇～一一二七年）に早くも「交子《こうし》」と呼ばれる紙幣が使用されていたが、西欧での流通はかなり遅かった。ヨーロッパにおける最初の紙幣発行はスペインでの一四八三年だが、これは硬貨が不足した時の応急措置だった。その後もオランダやスウェーデンなどで小規模な紙幣発行が試みられたが、信用が得られず、定着しなかった。ビンスヴァンガーによれば、ファウストがメフィストとともに皇帝の居城で行った紙幣発行の歴史的背景には、一七一七年からジョン・ローがフランス全土を対象に行った最初の大規模な紙幣発行が認められるという。スコットランド出身の経済学者でフランス王立銀行（Banque Royale）の前身・総合銀行（Banque Générale）の創設者ローは、ルイ一四世の摂政オルレアン公のもとでフランスが負った多額の借金を不換紙幣発行によって解決することを考えた（ミシシッピ計画）。国民は債券の代わりに商品だけではなく株券も購入できる紙幣を入手し、この紙幣を使用した株券購入によって紙幣価値も上昇、経済状況も改善されていった。しかしジョン・ローは紙幣発行を強行しすぎ、株式相場のインフレを招いて、三年半にして彼の財政政策は破綻した。このローの金融政策を、ゲーテはハンブルクの金融学者ヨーハン・ゲオルク・ビュッシュの著作を通して学んだが、ここで著者ビュッシュは、節度を守った紙幣発行であればかなり経済効果の高い政策であったとコメントしている。*28

同時にビンスヴァンガーは、フランスと並行して、イギリスでも一六九四年に創設されたイングランド銀行から一六九六年以降、紙幣発行が試みられたことを指摘する。*29 この試みはロンドンで定着し、現在の世界為替システムの基礎となっているわけだが、その決定的な違いは、イングランド銀行がフランスのような政府機関ではなく、国から紙幣発行の特権を与えられたことにより、国家に信用貸付が可能な取引銀行だったことにあるという。このイギリスにおける紙幣発行に関するヘンリー・ソーントン（一七六〇〜一八一五年）の著書『紙券信用論 *An enquiry into the nature and effects of the paper credit of Great Britain*』は、一八〇二年の刊行後、ただちにルートヴィヒ・ハインリヒ・フォン・ヤーコプによるドイツ語訳が出版され、一八〇四年には『イェーナ一般文芸新聞 *Jenaische Allemeine Literaturzeitung*』に三回連続の詳しい書評が掲載された。この書評をゲーテが入手し、研究したのは言うまでもない。またゲーテは、特に一八一二年および一八一八年に頻繁に文通があったオーストリアの自然研究者（オーケンの雑誌『イシス』の常連投稿者）にして経済学者ゲオルク・フォン・ブコイ（一七八一～一八五一年）から、紙幣発行が経済的進歩に貢献することを力説されてもいた。[*30]

さて、紙幣発行だけでなく、産業革命以来、ドイツに大規模な工業化の波が押し寄せていることもゲーテは気づいていた。『ヴィルヘルム・マイスターの遍歴時代』で、山間でマニュファクチュア（工場制手工業）を成功させている女性登場人物、かつての「胡桃色の娘」ことズザンネ夫人は、イギリスの紡績機導入を見据えて、不安を訴える。

「勢力を拡大する機械工業が私を悩ませ、不安にします。それは雷雨のように、ゆっくりと近づいています。でもすでに方向を定めたからには、そのうち到達して、雷を落とすでしょう」。

（レナルドーの日記より、MA 17, S.657）

これについて、ゲーテは本作品中の登場人物の多くが新大陸に移住するという以外、何ら具体的解決策を打ち出してはいない。しかし『遍歴時代』の刊行後も関心を抱いていたのは確かである。以下、ふたたびビンスヴァンガーの指摘であるが、ゲーテはグスタフ・フォン・ギューリヒ著『現在の有力な商業国家の商業・紡績工業・農業に関する歴史的記述 *Geschichtliche Darstellung des Handels, der Gewebe und des Ackerbaus der bedeutendsten handelstreibenden Staaten unserer Zeit*』がイェーナで一八三〇年に刊行されるとただちに購入、通読した。このギューリヒが依拠していたのが、スイス出身の経済学者ジャン・シャルル・レオナール・シモンド・ド・シスモンディの説だった。ちなみにシスモンディの資本主義を批判した著書『政治経済学新原理 *Neouveaux principes d'économie politique*』についてもゲーテは『イェーナ一般文芸新聞』の書評で知識を得ていた可能性が高い。さらに興味深い指摘が、このシスモンディが、ゲーテ没後の一八三七・三八年にブリュッセルから刊行した二巻本の著書『政治経済学研究 *Études sur l'Économie politique*』で、ゲーテの物語詩『魔法使いの弟子』のフランス語訳を彼の「過少消費〔＝消費を超える生産過剰〕説」に援用しながら、産業革命に警鐘を鳴らしているという事実である。（ビンスヴァンガーが引用しているドイツ語訳によれば[*31]）呪文によって、人間は今や工業的な存在に変身し、古い箒が水を運ぶよりももっと早く商品を生産して、市場に出荷する。新しい実践的経済手段を「斧」にして箒を切っても、機械化人間は増すばかりで、生産は続行され、速度も加速していく。「もう手に負えない！」と叫ぶ瞬間が来るのではないか、と――。

現代社会に「魔法」や「賢者の石」があるとしたら、いったい、それはどんな姿をしているのだろう。二〇世紀最大のファンタジーと呼ばれるトールキンの『指輪物語』では、主人公フロド・バギンスが、魔法の力に振りまわされることで滅亡の危機にある世界を救うために「魔法を棄てる」旅に出る。ドイツの『ニーベルンゲン』をはじめ、持ち主に絶対的な権力を与える指輪のモティーフは、多くの伝承物語に認められるが、そこでは指輪の獲得と所有が主人公の目的であるのが一般的である。魔法は実社会に出ると、魅惑的で巨大な利益となる。それを「棄てに」行くところが、大人の英知の物語と呼ばれる所以なのだろう。同様に二一世紀のベストセラー、ローリングのハリー・ポッター・シリーズの第一巻、『ハリー・ポッターと賢者の石』でも「魔法の放棄」が取り上げられている。ダンブルドア校長は、主人公ハリー・ポッターに争いのもとになった《賢者の石》は壊したと告げ、こう続けている。「よいか、《石》はそんなにすばらしいものではないのじゃ。欲しいだけのお金と命だなんて！　大方の人間がなによりもまずこの二つを選んでしまうじゃろう——。困ったことにどういうわけか人間は、自らにとって最悪のものを欲しがるくせがあるようじゃ[*32]」。巨大科学《ビッグ・サイエンス》の時代に生きる私たちは、ゲーテの『魔法使いの弟子』に登場する師匠になれるのだろうか。あるいは危機に陥ったとき、師匠が駆けつけてくれるのか。あるいは好奇心を制して、魔法に触れずにいられるのか。それとも魔法を棄てにいかなくてはならないのか——。そして文学は、科学が暴走した時の歯止めになれるのか。

現代社会の問題が議論される時、ドイツ語圏ではよくゲーテが引き合いに出される。これはゲーテを引用することで箔をつけるなどという単純な理由ではなく、時代は変わっても同様に悩みながら新しい問題に取り組んでいったゲーテに共感を抱き、暗中模索の状況を打開する何らかのヒントを得ようとしてのことらしい。ひところゲーテは遺伝子操作や生殖技術の関連で、『ファウスト』第二部に登場する——これまた彼が意図的に中途半端な形で誕生させた[*33]——人造人間ホムンクルスのモティーフとともに登場することが多かった。環境への取り組みに熱心なドイツでは、原子力発電所からの核廃棄物に関する処理問題でも『魔法使いの弟子』がよく引用されている。最近では二〇〇九年六月末に『フランクフルター・アルゲマイネ』紙が先に挙げた『ファウスト』第二部の紙幣発行場面の引用を見出しに、経済欄の一面全部を使って、現ドイツ銀行最高経営責任者（CEO）ヨーゼフ・アッカーマン博士と彼の指導教授ビンスヴァンガーによる「現在の経済状況下でゲーテの『ファウスト』以上にタイムリーな文学作品はない」という対談を掲載した。生涯好奇心旺盛だったゲーテは、時間や空間の制約を超え、情報アンテナを張り巡らして、最期まで自分が生きる時代や社会と真剣に向き合った。《ドイツの文豪》や《ドイツ古典文学詩人》という仰々しい看板を取り除いた等身大のゲーテは、おそらく私たちが考えているよりもずっと近いところにいる。

註

序章

＊1　原文はラテン語。ゲーテが一八二八年にドイツ語訳したものを著者が和訳した。

＊2　騎士や盗賊を主人公にした流行小説作家として活躍、特に『リナルド・リナルディーニ』（一七九七〜一八〇〇年）が有名。手がけた滑稽小説や時代小説は六〇作品を超え、雑誌編集や学術論文執筆も行った。同時にヴァイマル図書館（現在のアンナ・アマーリア公妃図書館）司書として勤務、一八一七年以降はイェーナ大学附属図書館再編成に尽力した。

＊3　ただしゲーテが公から厳密な意味で、「持ち家」の許可（名義書き換え）を得たのは、一八〇六年、クリスティアーネとの正式な結婚の折のことだった。Frühwald, Wolfgang: *Goethes Hochzeit*, Frankfurt a. M. / Leipzig (Insel) 2007, S.54 参照。

＊4　フェーリックス・メンデルスゾーン＝バルトルディは、ゲーテと「君・お前」で呼び合う数少ない親友で音楽家ツェルター（一七五八〜一八三二年）の「秘蔵っ子」だった。拙訳：ハンス・ヨアヒム・クロイツァー著『ファウスト　神話と音楽』（慶應義塾大学出版会、二〇〇七年、S.63）ほか参照。

＊5　当時、頭脳労働には起立姿勢が適しているという考え方があったらしい。この立ち机、現在ドイツでは、腰痛解消に効くなどで見直しが始まっており、密かなブームとのこと。ちなみに以下は、読者がゲーテの生家・フランクフルトのゲーテ・ハウスを参観される場合の注意事項。多くの見学者がゲーテの部屋の椅子付の綺麗な机に興味を示し、写真に収めて（ただし館内のフラッシュ使用は厳禁！）満足してしまうが、ゲーテの重要な初期の戯曲などはそのすぐ側にある、何の変哲もない立ち机で書かれた（ヴァイマルのゲーテ・ハウス内は撮影禁止）。

＊6　ヴィンフリート・レーシュブルク著／宮原啓子・山本三代子訳『ヨーロッパの歴史的図書館』（国文社、一九九四年［原書：

Winfried Löschburg: *Alte Bibliotheken in Europa.* Leipzig 1974]）参照。

＊7　科学研究が専門職として社会に定着し始めるのは思いのほか遅く、たとえば《科学者 Scientist》という語が英語圏で初めて登場するのは、一八四〇年頃だという。イギリス哲学者ヒューエルによる造語で、《芸術家 Artist》の対として造られたとされる。

＊8　エルンスト・ロベルト・クルティウス著／南大路振一・岸本通夫・中村善也訳『ヨーロッパ文学とラテン中世』（みすず書房、一九七一年［原書：Curtius, Ernst Robert: *Europäische Literatur und lateinisches Mittelalter*]）参照。

＊9　ゲーテ自身、イルメナウ銀鉱山の再興計画（ただし結果的には失敗）に携わり、またこれを機に鉱物学および地質学を積極的に学び、多数の学術論文を発表した。この分野の功績に因み、「針鉄鉱」は彼の名から Goethit と呼ばれる。

＊10　エンペドクレスを筆頭に、古代哲学者の多くの著作に付されているこの題名は、後世になって慣用的に与えられたものである。Böhme, Gernot (Hrsg.): *Klassiker der Naturphilosophie. München* (C.H. Beck) 1989（伊坂青司・長島隆監訳『われわれは「自然」をどう考えてきたか』どうぶつ社、一九九八年）参照。

＊11　Vgl. Irmscher, Hans Dietrich: *Goethe und Herder im Wechselspiel von Attraktion und Repulsion.* In: Goethe-Jahrbuch 106 (1989), S.22-52. 気難しいヘルダーとゲーテの関係は、一筋縄ではいかず、かなり波があった。ゲーテと当時まだ内縁の妻だったクリスティアーネの間に生まれた息子アウグストは牧師ヘルダーから堅信礼を受けたが、そのヘルダーは一八〇三年にゲーテが発表した悲劇『庶出の娘（＝私生児）*Die natürliche Tochter*』にかこつけて、「むしろ（自分の経験を生かした）《庶出の息子》を書くべきだった」という毒舌を吐き、ゲーテを激怒させた。文壇における良き先輩・後輩関係で始まった二人の関係は、最終的には絶交状態で終わった。なお、ゲーテとスピノザについては、邦訳参考文献として大槻裕子著『ゲーテとスピノザ主義』（同学社、二〇〇七年）が挙げられる。

＊12　スコラ哲学全盛の一二世紀には、オクスフォード大学初代総長ロバート・グロステスト（一一六八～一二五三年）が、虹の生因に初めて屈折を考慮し、その弟子ロジャー・ベーコン（一二一四?～九四年）がこれまでの虹の観察記録を集大成した。ほぼ同時期にドイツ・フライブルクでテオドリクス（一二五〇?～一三一〇年?）が水を入れたガラス球を用いて虹のモデル実験を初めて行っている。テオドリクスは虹を作る光線が、太陽から雨滴に屈折によって入り、次いで一回ないし二回の反射によって水滴から出て観察者の眼に達するという近代的理論を提唱した。アントニウス・デ・ドミニス（一五六〇

〜一六二六年）も同様の実験を行い、虹が雨と日光が作る必然的な現象であることを見抜いた。ゲーテは『色彩論 歴史篇』でドミニスの虹に関する功績を高く評価し、ドミニスの著作『視線・透明ガラスの中の光線・並びに虹について』（一六一一年）から多く引用している（Vgl. MA 10, S.645ff.）。テオドリクスと同じ理論を詳細な考察と実験で提唱し、虹の形および高度の問題を解決したのがルネ・デカルト（一五九六〜一六五〇年）であった。光の屈折法則を自ら確立していた（『屈折光学』一六三七年）デカルトは、虹が成立する理由を従来のように光の反射だけ（アリストテレス）、あるいは屈折だけ（グロステスト）に限らず、水滴内部に屈折して入った光の反射と屈折の両方が関連して虹が生ずるとし、虹の幾何学的論証に成功した。なお虹に関する研究史概観については、西條敏美著『虹　その文化と科学』（恒星社厚生閣、一九九九年）を参照した。

＊13　ゲーテ時代の科学者たちは、光の本性をめぐって「粒子説」と「波動説」の二派に分かれて論争を続けていた。光源から小さな微粒子が放射され、高速で動き続けると説く「粒子説」はニュートンを筆頭に一七世紀イギリスを中心に支持を得た。他方「波動説」とは、水を伝わる波のように光源から波動として弾性媒質中（エーテル）を伝わってくると考えており、オランダのホイヘンスの著『光についての論考』（一六八七年）に代表される学派である。いわゆるゲーテ時代に波動説を主張していた科学者としてはレオンハルト・オイラー（一七〇七〜八三年）そしてトーマス・ヤング（一七七三〜一八二九年）の名が挙げられる。ゲーテの『色彩論』歴史篇にはオイラーを非常に高く評価した記述が認められる。またヤングは一八〇二年、デカルト・ニュートンの理論では解明できなかった過剰虹を、波動説に依拠する光の干渉実験によって説明することに成功していた。

＊14　しかし実際の虹を七色に区別するのはきわめて難しく、また観測条件によって色調も微妙に変化する。にもかかわらずニュートンが当時まだ珍しかった輸入品「インディゴ」や「オレンジ」に因む色名を造語・付加してまで、虹の七色に固執したのは『光学』（一七〇四年）後半で論述している音のオクターブ理論と一致させようとする意図があったためと伝えられる。西條敏美著『虹　その文化と科学』ほか参照。

＊15　アーサー・ザイエンス著／林大訳『光と視覚の科学　神話・哲学・芸術と現代科学の融合』（白揚社、一九九七年）ほか参照。なお本文で挙げた英詩の邦訳については、原文作品を確認のうえ、ザイエンスの訳書などから引用もしくは参照した。

＊16　ゲーテの色彩論に関する参考文献（抜粋）：Staiger, Emil: *Goethe und das Licht. Licht und Finsternis. Vier Vorträge.* München (Bayerische Akademie der schönen Künste) 1982; *Goethes Farbenlehre.* Ausgewählt und erläutert von Rupprecht Matthaei. Ravensburg 1998; Sölch,

Reinhold: *Die Evolution der Farben. Goethes Farbenlehre in neuem Licht.* Ravensburg (Ravensburger Buchhandlung) 1998; 高橋義人『形態と象徴　ゲーテと「緑の自然科学」』（岩波書店、一九八八年）の特に第三章「色彩論」を参照。同じく高橋義人「現象か法則か　『自然の表情学』としてのゲーテ色彩論」（『思想』岩波書店、一九九九年一二月号、No.906, S.5-25 所収）; 河本英夫「ゲーテ色彩論はどのような科学か」（『思想』岩波書店、一九九九年一二月号、No.906, S.26-42 所収）他。

＊17　Vgl. Klinger, Kerrin/ Müller, Matthias: *Goethe und die Camera obscura.* In: Goethe-Jahrbuch 2008, S.219-238.

＊18　巻層雲が太陽や月にかかると、その周囲に色彩を帯びた光の輪や弧、ないしは柱が見えることがあり、これらを総称して暈という。このときの色配列は、外が紫、内が赤となる。幻日とは、暈の一種で、内暈と水平面の接点からいくぶん外側に現われる光の塊のことを言い、太陽に近い方が赤い色を帯びる。光冠は、高層雲などが太陽や月にかかってできる光の輪で、外側が赤、内側が紫色を帯びる。彩雲は、太陽の近くにある高層雲などの縁が、美しく五色に輝く現象で、日本でも瑞雲などの呼称で親しまれている。なお以上の用語解説は、高橋健司著『空の名前』（光琳社出版、一九九二年）を参考にした。

＊19　MA 9, Anmerkungen S.1113 掲載の原詩参照。

＊20　ゲーテと虹に関する参考文献（抜粋）として Schmidt, Peter: *Goethes Farbensymbolik. Untersuchungen zu Verwendung und Bedeutung der Farben in den Dichtungen und Schriften Goethes.* Berlin (Schimidt) 1965; Loeb, Ernst: *Die Symbolik des Wasserzyklus bei Goethe.* München/ Paderborn/ Wien (Schöningh) 1967; Keller, Werner: *Goethes dichterische Bildlichkeit. Eine Grundlegung.* München (Fink) 1972 などを参照した。

＊21　気象分野では、内側の虹を主虹、外側の虹を副虹と呼ぶ。主虹の輪の色は外側が赤、内が紫となる。一方、副虹の輪の色は外側が紫、内側が赤と、主虹とは逆の配列になる。また一七九〇年代にゲーテが書いた二重の虹のスケッチが残っている。Coupus Bd.VA 1-390.1791/95: Doppelter Regenbogen in der Landschaft.

＊22　すでに一七七九年一〇月二七日付で、スイス旅行途上のゲーテが月光による白虹を観察した記録がある（MA 2-2, S.598）。

＊23　本詩ではヘリオスとイリスは相思相愛で、イリスは「愛らしい乙女」ではなく「最も美しい女神」に変更するなど、ギリシア神話とは異なるゲーテ独自の設定がなされている。

＊24　ファウスト作品における虹については、Jockers, Ernst: *Faust und die Natur.* In: PMLA. LXII (1947), S.436-471; Schümann-Heinke, Elke: *Die Lichtsymbolik in Faust II.* In: Erich Trunz (Hrsg.): *Studien zu Goethes Alterswerken.* Frankfurt a. M. (Athenäum) 1971, S. 251-321;

Lohmeyer, Dorothea: *Faust und die Welt. Der zweite Teil der Dichtung. Eine Anleitung zum Lesen des Textes.* München (C. H. Beck) 1975; Emrich, Wilhelm: *Die Symbolik von Faust II. Sinn und Verformen.* Königstein/ Ts. (Athenäum, 5. Aufl.) 1981; Nauhaus, Wilhelm: *Des bunten Bogens Wechseldauer.* In: Goethe. N.F. des Jb.s der Goethe Gesellschaft 28(1996), S.106-121 などを参照した。

＊25　「直射日光に眼が眩む」というモティーフは、ゲーテの詩にしばしば登場するが、いずれも神々と人間の活動領域の明確な境界づけとして使われている。Vgl. Schümann-Heinke, Elke: *Die Lichtsymbolik in Faust II*, 1971, hier S.268.

第1章

＊1　Frankfurt am Main. ドイツ国内にはもう一つ、ポーランドとの国境近くにオーデル川沿いのフランクフルト Frankfurt an der Oder があるので、注意が必要。ちなみに、こちらはロマン派の劇作家ハインリヒ・フォン・クライスト(一七七七〜一八一一年)ゆかりの生地。

＊2　ゲーテの父親ヨハン・カスパル・ゲーテ（一七〇一〜八二年）は地位も財産もありながら、一度も公職に就くことがなかった。彼は子どもの教育を生きがいとする猛烈な「教育パパ」で、息子ヴォルフガングと妹コルネリアに家庭教師をつけ、独自のカリキュラムを組んだ。このためゲーテは大学入学まで学校に通ったことがなく、また妹コルネリアは、兄の大学進学後は一人家に残された父に溺愛されるとともに、かなりの束縛を受けた。兄と同じ高い教育を受けながら、時代の制約によりそれを一度も発揮できずに早世した彼女の一生については、ジークリット・ダム著・西山力也訳『奪われた才能　コルネリア・ゲーテ』（郁文堂、一九九九年）を参照のこと。

＊3　ちなみに『若きヴェルターの悩み』は、身近にいた彼の愛する人間がもう手の届かない遠くに行ってしまったという焦燥感と嫉妬、つまり若きゲーテの精神的危機克服のために書かれた作品という解釈がある。

＊4　国立科学博物館特別展カタログ『花 FLOWER 太古の花から青いバラまで』（朝日新聞社、二〇〇七年）S.39 参照。

＊5　National Geographic のウェブサイト、http://ngm.nationalgeographic.com/2007/06/linnaeus-name-giver/helene-schmitz-photography で展示作品が鑑賞可能（二〇一〇年三月現在）。

＊6　ロンダ・シービンガー著『女性を弄ぶ博物学　リンネはなぜ乳房にこだわったのか?』（小川眞里子・財部香枝訳、工作舎、一九九六年初版）参照。

＊7　余談ながら、『昆虫記』で知られるフランスの昆虫学者ファーブルは、一八六八年、アヴィニョンの市民公開講座で若い女性を前に植物の受精について講義したために退職を余儀なくされている。

＊8　『英国ロマン派幻想集』（国書刊行会、一九八四年）に荒俣宏による邦訳「植物の愛」がある。

＊9　一七九二年にヴァイマル宮廷庭師となり、植物と光線の相互影響関係についてゲーテと共同研究を行った。カール・アウグスト公とゲーテの支援を受けて、イェーナ大学卒業後、アイゼナハ大学教授になり、植物学事典や教科書編纂に尽力した。

＊10　ヴァイマル宮廷到着後のゲーテを教育し、変貌させたシュタイン夫人に関する論文は日本でも発表されてきたが、ドイツ国内でも彼女の伝記や歴史小説が刊行されている。邦訳で入手できるものの例を挙げると、ヨッヘン・クラウス著／茂幾保代・山本賀代共訳『シャルロッテ・フォン・シュタイン　ゲーテと親しかった女性』（鳥影社、二〇〇六年）などがある。

＊11　現在のチェコ、カルロビヴァリ。ヨーロッパの古き良き伝統を残した保養地で、後にはポーランド出身のピアニスト兼作曲家ショパンやドイツ系チェコ人作家カフカもここで湯治（といっても入浴以上に、温泉水を飲む処方が普及）をした。今もドイツからの湯治客が多い。

＊12　シュタイン夫人はヴァイマル宮廷のいわゆる「主馬頭《しゅめのかみ》」の役職に就いていた夫ゴットロープ・エルンスト・ヨシアス・フリードリヒ（一七三五〜九三年）のあいだに四人の娘（いずれも生後まもなく死亡）と三人の息子をもうけた。夫は公務で留守が多く、彼女自身は息子たちの教育にまったく関心を示さなかった（今風に言えば、一種の育児放棄？）。このためゲーテが彼の教育を引き受け、イタリア旅行出発後はザイデルが「庭の家」に引き取って教育した。『ヴィルヘルム・マイスター』に登場する、主人公ヴィルヘルムのやんちゃで可愛い息子フェーリックスには、フリッツ・フォン・シュタインの面影が認められるという。

＊13　一七七四年にイェーナ大学入学、八一年に哲学博士取得。ゲーテの推薦により、カール・アウグスト公によって一七八六年、イェーナ大学の自然科学非常勤講師に任命され、翌七七年五月に医学博士を取得し、同年一〇月にイェーナ大学の植物学兼医学の准教授に任命された。一七九二年に同大学哲学部正教授に昇任（専門は自然史）。

＊14　なおバッチュは、前述したゲーテとシラーが出席し、親交が始まるきっかけを作ったイェーナ自然研究者協会の設立者でもある。

＊15　ただし道路整備および軍事・国家財政は主要担当から外れる。以後徐々にゲーテの責任範囲は文化・学問領域にシフトする。

＊16　一七八九年六月一日付シュタイン夫人宛の手紙で、ゲーテはこの時の冷淡な待遇などを取上げ、これまで抑えていた我慢の糸が切れたかのように、彼女に対する激しい非難を行った。一方、シュタイン夫人は帰国後挨拶に来たゲーテから、彼がイタリアで女性と（おそらく初めて）肉体関係を持ったことを本能的に見抜き、嫌悪感を抱いたと伝えられる。なお、シュタイン夫人側の葛藤を見事に描いた現代劇（全幕シュタイン夫人のモノローグによる一人芝居）にペーター・ハックス作『不在中のフォン・ゲーテ氏をめぐるシュタイン家の対話 *Gespräch im Hause Stein über den abwesenden Herrn von Goethe*』（一九七六年）がある。

＊17　ヴァイマルの知人・友人が軒並み被害に遭い、暴力を受けたり、財産を失ったりしたのに対し、クリスティアーネの捨身の勇敢な行為のおかげで、ゲーテと彼の家だけはさほどの被害に遭わずに済んだ。この嫉妬も二人の結婚式に対する揶揄・嘲笑の元だったようだ。Frühwald, Wolfgang: *Goethes Hochzeit*, Frankfurt a. M. u. Leipzig (Insel) 2007では、この一八〇六年一〇月一四日の出来事がゲーテにどのような意味を持ったか、またいかに彼が《結婚》について真摯に考えていたか、を考察している。また小説『親和力』と既婚者の愛情と貞節をテーマにした詩『日記 *Das Tagebuch*』（一八一〇年）との比較・考察も興味深い。最近のクリスティアーネ見直しのきっかけの一つとなったDamm, Sigrid: *Christiane und Goethe: eine Recherche*, Frankfurt a. M. (Insel) 1998、さらに同著者が編集したクリスティアーネ最後の日記 *Christiane Goethe. Tagebuch 1816 und Briefe*. Frankfurt a. M. (Insel) 1999およびゲーテ夫妻往復書簡（抜粋形式）*Behalte mich ja lieb! Christianes und Goethes Ehebriefe*. Frankfurt a. M. (Insel) 2004等も参考にした。

＊18　江崎公子「《野ばら》 このハイカラなるものと日本人」（坂西八郎編『ゲーテ「野ばら」考』岩崎美術社、一九八七年、S.85-116所収）参照。

＊19　多和田葉子のエッセイ *Metamorphosen des Heidenröslein*s. *Ein Versuch über Goethe* (2007) でも、この疑問が呈されている。彼女のエッセイとゲーテについては拙論: *Warum kann der Knabe die Rose nicht in der Natur belassen? Tawada und Goethes » Heidenröslein «*（二〇一〇年、近刊予定）参照。

＊20　Suzuki, Daisetsu: *Lectures on Zen Buddhism*. In: Derselbe mit Erich Fromm und Richard de Martino: *Zen-Buddhism and Psychoanalysis*, New York, Evanston and London (Harper Colophon) 1970, S.1-76. なおこの講演内容については、渡辺正雄著『文化としての近代科学』（講談社学術文庫、二〇〇〇年）から情報を得た。

＊21 邦訳参考文献では、西村三郎著『文明のなかの博物学 西欧と日本』（上巻、紀伊國屋書店、一九九九年）、松宮秀治著『ミュージアムの思想』（白水社、二〇〇三年）、小宮正安著『愉悦の蒐集 ヴンダーカンマーの謎』（集英社ヴィジュアル新書、二〇〇七年）などを参照。

＊22 ゲーテと銀杏に関する参考文献（抜粋）：Unseld, Siegfried: *Goethe und der Ginkgo. Ein Baum und ein Gedicht.* Frankfurt a. M./ Leipzig (Insel Bücherei 1188) 1998; Bockhalt, Werner/ Kircher, Bernadette: *Dieses Baums Blatt. Ginkgo, Goethe, Gartentraum.* Warendorf (Schnell) 2000; Becker, Georg Heinrich: *Mythos Ginkgo.* Leipzig (BuchVerlag für die Frau) 2001; *Ginkgo Biloba. Geschichte eines Baumes.* Prospekte von der INTERSAN-GmbH. Etlingen (Rökan-Edition), o. J.

＊23 イェーナの鉱物ソサイエティも北欧に研究調査団を派遣しようとしたことが記録に残っているが、規模から言って、「探検隊」にはほど遠いものだった。なお、この情報は、イェーナ大学地球科学研究所附属鉱物標本室監督責任者ブリギッテ・ハルトマン博士からご教示いただいた。

＊24 Schneider, Sylk: *Goethes Reise nach Brasilien. Gedankenreise eines Genies.* Weimar (wtv) 2008 参照。またウィーンの自然博物館におけるレオポルディーネ王女とブラジル探検隊についての常設展示およびカタログ資料も参考にした。

＊25 Schneider の著作、一三一頁以降。およびオリジナルの植物銅板画は LA 10, Teil B/2 Zur Morphologie に付録X図として所収。

＊26 ここではブラウンシュバイク公侍医J. D. Brandis によるハノーファーで一七九九年に刊行されたドイツ語訳 *Zoonomie oder Gesetze des arganischen Lebens* von Erasmus Darwin. Aus dem Englischen übersetzt und mit einigen Anmerkungen begleitet von J. D. Brandis. Dritter Theil, welcher die Artikel des Arzneyvorrathes und einer Untersuchung über die Wuerkung der Arzneimittel enthält. Hannover (Hahn) 1799, hier S.152f. を参照した。

＊27 一八一七から二〇年に及ぶ彼のブラジル滞在の最大の研究成果、二万三〇〇〇種類以上の植物を収めた『ブラジル植物誌 *Flora brasiliensis*』は、ゲーテ没後一八四〇年に第一巻が刊行、ずっと年下だったマルティウス自身も鬼籍の人となってから三八年後にようやく全四〇巻として完成をみた。

＊28 ネース・フォン・エーゼンベックは、フィリップ・フランツ・フォン・シーボルトの日本における研究の支援者でもあり、彼が日本で収集した大量の植物標本等の受取人の一人だった。ただしゲーテとシーボルトの間に直接の面識はなかったとされる。

＊29　ゲーテの病歴および歴代主治医については Wenzel, Manfred: *Goethe und die Medizin*, Frankfurt a. M./ Leipzig (Insel) 1992 がコンパクトで、わかりやすい。特に S.88 以降参照。

＊30　ちなみにこのドルンブルク城は、現在ではヴァイマル・ゲーテ国立博物館友の会所有となり、同会の運営でゲーテが研究対象にした葡萄を使ったワインも生産している。本書執筆中の昨年二〇〇九年、ゲーテ第二六〇回目の誕生日でもこのドルンブルク産ワインが供された。

＊31　このゲーテの植物学論文について、詳しくは拙論二点『垂直と螺旋　ゲーテ最後の植物学研究』二〇〇〇年および *Proteus-Delphin. Oder Goethes Delphinreiter-Zeichnung und die Meeresfeierszene in Faust II*, 2006 を参照されたい。

第2章

＊1　Vgl. Pfeifer, Klaus: *Medizin der Goethezeit. Christoph Wilhelm Hufeland und die Heilkunst des 18. Jahrhunderts.* Köln/Weimar/Wien (Böhlau), 2000, hier S.192.

＊2　大石学監修『図説　明治の近代化に繋がった江戸の科学力』（学研、二〇〇九年）S.86.

＊3　Vgl. Pfeifer, Klaus: *Medizin der Goethezeit*, hier S. 195.

＊4　Begemann, Christian: *Furcht und Angst im Prozeß der Aufklärung.* S.95 より引用。

＊5　出典引用は Gotthelf, Jeremias: *Werke* in 20 Bänden. Hrsg. v. Walter Muschg. Basel (Birkhäuser) 1949, Bd.6, hier S.52f. *Wie Anne Bäbi Jowäger haushaltet und wie es ihm mit dem Doktern geht* (1843/44) より、翻訳は筆者による。

＊6　Vgl. Cohn, Hermann: *Goethe über den Impfzwang.* In: Goethe-Jahrbuch 23 (1902), S.216-218.

＊7　Cohn, Hermann: *Goethe über den Impfzwang*, hier S.217.

＊8　なお、本文内容とは外れるが、フーフェラントの著書は、江戸の蘭学医にも大きな影響を与えたことを付記しておく。半世紀にわたる診療経験に基づいて彼が発表した『医学必携 *Enchiridion medicum oder Anleitung zur medicinischen Praxis*』の第二一章、具体的には医療ミスの対処法、安楽死希望の患者への対応、インフォームドコンセントなどを扱った部分を杉田成卿《せいけい》（杉田玄白の孫、一八一七〜五九年）が邦訳し、一八四九年（嘉永二年）に『医戒』として刊行された。江戸の蘭学医を中心に熱心に読まれたという（国立公文書館、平成二〇年度春の特別展示『病と医療』展示ほか参照）。

＊9　Vgl. Informationsblatt vom Romantikerhaus in Jena. Museumsführer: *Jena um 1800. Der romantische Aufbruch*. Jena 2000.

＊10　Vgl. Reitz, Gerd: *Ärzte zur Goethezeit.* Weimar (VDG) 2000, hier S.19.

＊11　大石学監修『図説　江戸の科学力』（学研、二〇〇九年）S.87f.

＊12　緒方自身も啓蒙と普及に積極的だった（一七九三年には著書『種痘必順辨』を刊行）が、幕府の官医の批判等に阻まれて、定着しなかったという。

＊13　Vgl. Reitz, Gerd: *Ärzte zur Goethezeit,* hier S.106.

＊14　Vgl. Pfeifer, Klaus: *Medizin der Goethezeit*, hier S.197.

＊15　Vgl. Pfeifer, Klaus: *Medizin der Goethezeit*, hier S.198.

＊16　ちなみに日本における最初の牛痘法実施を調べてみると、函館（当時の箱館）で、シベリアに拉致されていた中川五郎治《ごろうじ》（一七六八～一八四八年）が当地で習得してきた技法により一八二四年に種痘を施したという記録がある。また彼がロシアから持参した牛痘法の教科書は幕府役人・馬場佐十郎によって翻訳された（『遁花秘訣《とんかひけつ》』一八二〇年）が、普及には至らなかった。現在、公式に日本初の牛痘法を成功させたのは、佐賀藩医の楢林宗建《ならばやしそうけん》（一八〇二～五二年）とされる。長崎でシーボルト――牛痘法の実演はしたが、不成功に終わった――に師事した楢林は、藩主・鍋島直正（一八一五～七一年）に牛痘苗の入手を進言し、オランダ商館医オットー・モーニッケ（一八一四～八七年、日本に聴診器をもたらしたことでも知られる）から痘痂を得、一八四九年七月に牛痘法による種痘を成功させた。この痘苗は佐賀藩の江戸詰め医でシーボルト門下生でもあった伊東玄朴《げんぼく》（一八〇〇～七一年）に送られ、佐賀藩邸で江戸における最初の種痘が行われた。一八五八年には玄朴らが中心になって神田・お玉が池に「種痘所」を開設している。江戸とほぼ同時に大阪（当時の大坂）で種痘を成功させたのが、緒方洪庵（一八一〇～六三年）だが、こちらの痘苗は長崎から京都・福井の蘭学医同僚を経由して得た分苗を使っている。なお大坂では藩主導ではなく、非常に珍しいケースであるが、町医者と町民による民間運営の「除痘館」が開設された。大石学監修『図説　江戸の科学力』（学研、二〇〇九年）ほか参照。

＊17　引用は *Goethes Gespräch*, Zürich und Stuttgart (Artemis), Bd. III/2, S. 161, Nr. 6020.

＊18　Vgl. Reitz, Gerd: *Ärzte zur Goethezeit,* hier S.9.

＊19　このいわゆる解剖実習エピソードについては、特に以下の参考文献を参照した。Baßler, Moritz: *Goethe und die Bodysnatcher.*

Ein Kommentar zum Anatomie-Kapitel in den „Wanderjahren“. In: Derselbe u. a. (Hrsg.): *Von der Natur zur Kunst zurück. Neue Beiträge zur Goethe-Forschung*. Tübingen (Max Niemeyer) 1997, S.181-197; Krüger-Fürhoff, Irmela Marei: *Der versehrte Körper. Revisionen des klassischen Schönheitsideals*. Göttingen (Wallstein) 2001, besonders S.107-128: *Der sezierte und rekonstruierte Körper als erotisches Phantasma: Die Apotheose der plastischen Anatomie in Goethes „Wanderjahren“*; 神尾達之「主体と身体　マイスターをめぐる身体性」(『ゲーテ年鑑』Bd. XLVI、東京、二〇〇四年、S.195-216所収)。

＊20　Vgl. Baßler, *Goethe und die Bodysnatcher*, S.183.

＊21　拙論「ヒトと猿の境界　ゲーテの《顎間骨発見》(1784)」二〇〇三年; *Von der Skala der Natur zum evolutionären Vektor. Der Zwischenkieferknochen und das Affen-Motiv in der Literatur der Goethe-Zeit*. esellschaft in Japan, 2004ほか参照。なおこの発見により、切歯縫合は「ゲーテ縫合」と呼ばれることもある。

＊22　Vgl. Theml, Christine: *Schiller und Goethe in Jena*. Wettin OT Dößel (Verlag Janos Stekovics) 2009, S.41f.

＊23　Vgl. Fröber, Rosemarie: *Museum anatomicum Jenense. Die anatomische Sammlung in Jena und die Rolle Goethes bei ihrer Entstehung*. Golmsdorf (Jenzig), 3. verbesserte Aufl. 2003.

＊24　WA I-53, S.420, *Paralipomena* 131: *Aufzeichnung über Jena*.

＊25　Siehe Baßner, *Goethe und die Bodysnatcher*, S. 192. 今もバークの骨格標本はエジンバラ大学博物館で見学可能とのこと。またやや時代は下るが、R・L・スティーブンソンの小説『死体盗人／ボディ・スナッチャー』一八八四年)はこの事件をもとに書かれている。

＊26　Vgl. Maisak, Petra (Hrsg.): *Johann Wolfgang Goethe. Zeichnungen*. Stuttgart (Reclam) 1996, hier S.112f. *Künstlerische Anatomiestudien, nach Plessler*. (Coupus I, 313)

＊27　Vgl. WA IV-5, S.220: 一七八一年一一月一四日付メルク宛ゲーテ書簡ほか参照。

＊28　Vgl. Maisak, *Johann Wolfgang Goethe. Zeichnungen*, S.170f. *Aus dem anatomischen Skizzenbuch*. Vgl. auch Corpus VI A 1-34, und III, 223, 227, 229, 231-233, 239-242.

＊29　Vgl. Gerd Reitz: *Ärzte zur Goethezeit*, 2000, S.34ff; Fröber, Rosemarie, *Museum anatomicum Jenense*, S.28.

＊30　彼とその時代のイギリス解剖学についての邦訳伝記として、ウェンディ・ムーア著／矢野真千子訳『解剖医ジョン・ハン

ターの数奇な生涯』（河出書房新社、二〇〇七年）がある。

＊31 Vgl. Heinstein, Patrik und Wegner, Reinhardt: *Mimesis qua Institution. Die akademischen Zeichenlehrer der Universität Jena 1765-1851.* In: ‚Gelehrte' Wissenschaft. Das Vorlesungsprogramm der Universität Jena um 1800. Hrsg. v. Thomas Bach, Jonas Maatsch und Ulrich Rasche. Stuttgart (Steiner) 2008, S.283-301; Heinstein, Patrik: *Komplementäre Entwürfe im Widerstreit. Der Plan zur Errichtung einer Jenaer Kunstakademie in den Jahren 1812-19.* In: K.Klinger (Hg.): *Kunst und Handwerk in Weimar.* Köln/Weimar/Wien (Böhlau) 2009, S.95-106; Klinger, Kerrin: *Zwischen Gesellschaft und Industrieförderung. Die Zeichenschule als Modellinstitution.* In: derselbe (Hg.): *Kunst und Handwerk in Weimar,* S.107-120. ほか。

＊32 ベルトゥーフと絵画学校については、Kaiser, Gerhard R. und Seifert, Siegfried (Hg.): *Friedrich Justin Bertuch (1747-1822). Verleger, Schriftsteller und Unternehmer im klassischen Weimar.* Tübingen (Max Niemeyer) 2000; Klinger, Kerin (Hg.): *Kunst und Handwerk in Weimar. Von der Fürstlichen Freyen Zeichenschule zum Bauhaus.* Köln/Weimar/Wien (Böhlau) 2009 の両論文集を特に参考にした。特に後者は、ヴァイマルで誕生したバウハウス運動の精神的土壌として、ヴァイマルの絵画学校政策に言及しているのが興味深い。

＊33 たとえば元イェーナ大学解剖学教室、現在は同大学兼テューリンゲン州立中央図書館に所蔵されているものに一八二二年、カールスルーエから刊行されたルーの原画によるティーデマン著『人体の動脈全図 *Tabulae arteriarum corporis humani*』がある。これは縦六九センチメートル×幅五四センチメートル×厚さ約三センチメートルの革張り大判図版で、控えめに彩色された人体解剖図が、シェーマと見開きで計三八枚入っているが、そのスケッチの精密さには瞠目するばかりである（本文の図参照）。

＊34 引用は Fröber, *Museum anatomicum Jenense,* S.36 より。

＊35 残念ながら、イェーナ大学医学部附属解剖学博物館（一般非公開）にはマルテンス所有の蝋製模型コレクションは現存しない。一八〇九年の時点で、ガラスケース入りの計三一点の蝋製コレクションは存在がすでに確認できなかったという。Vgl. Fröber, *Museum anatomicum Jenense,* hier S.36.

＊36 Poggesi, Marta: *Die anatomischen Wachse von La Specola.* In: Frieß, Peter/ Witzgall, Susanne (Hrsg.): *La Specola, Anatomie in Wachs im Kontrast zu Bildern der modernen Medizin.* Bonn (Ausstellungskatalog im Deutschen Museum Bonn) 2000, S.13-22, hier S.17.

＊37 Vgl. Krüger-Fürhoff, *Der versehrte Körper,* S.114f., 神尾「主体と死体」, S.213f.

＊38 なお余談になるが、蝋製の顔面神経模型はほぼ同じ頃、すでにオランダ経由で江戸に入っていた。将軍家に代々仕える

幕府奥医師・桂川甫周国瑞《ほしゅうくにあきら》（一七五一〜一八〇九年）に、一七九四年の参府時にオランダ商館長が贈ったといい、甫周は「加比丹《かぴたん》蠟人」と呼んでいた。彼はこれを原型として、おそらく日本初の木製人頭模型を作らせている（タイモン・スクリーチ著／高山宏訳『大江戸異人往来』ちくま学芸文庫、二〇〇八年、S.190f. 参照）。なお、当時の日本では、このような立体模型で銅製のものがあり、「銅人形」や「図法師《ずほうし》」と呼ばれていたという。さらに木製で世界でも希少価値の高い、この時期の日本で作られた標本として、大阪の整骨医・各務文献《かがみぶんけん》（一七六五〜一八二九年）が一八〇五年に完成させた等身大の木製全身骨格模型「各務木骨《かがみもっこつ》」がある。

第3章

＊1　Begemann: *Furcht und Angst im Prozess der Aufklärung*, Frankfurt a. M. (Athenäum) 1987, S.349 (Anmerkung zu Nr.85) 参照。

＊2　リヒテンベルク（彼の同時代人たちを含む）と避雷針に関する参考文献（抜粋）：Bribitzer, Carl: *G. Ch. Lichtenberg. Die Geschichte eines gescheiten Mannes*. Tübingen (Rainer Wunderlich) 1956; Drux, Rudolf: *Über Gewitterfurcht und Blitzableitung. Lichtenbergs Abhandlung im Diskursverbund der Spätaufklärung*. In: Lichtenberg Jb. 1997, S.163-177; Engelhardt, Wolf von: *Georg Christoph Lichtenberg und die Naturwissenschaft seiner Zeit*. In: *Lichtenberg. Streifzüge der Phantasie*. Hrsg. v. Jörg Zimmermann. Hamburg (Dölling und Galitz) 1988; *Georg Christoph Lichtenberg 1742-1799. Wagnis der Aufklärung*. München/Wien (Carl Hanser) 1992; Mauser, Wolfram: *Über Gedanken und andere Blitze. Lichtenberg und das Abenteuer des Denkens*. In: Lichtenberg-Jb. 1995, S.99-112; derselbe: *Georg Christoph Lichtenberg. Vom Eros des Denkens*. Freiburg im Breisgau: Rombach 2000; Mautner, Franz H.: *Lichtenberg. Geschichte seines Geistes*. Berlin (de Gruyter) 1968; Verrecchia, Anacleto: *Georg Christoph Lichtenberg. Der Ketzer des deutschen Geistes*. Aus dem Italienischen übertragen von Peter Pawlowsky. Wien/ Köln (Böhlau) 1988.

＊3　彼が理想とした避雷装置はそれ自体が大地と接触している銅または鉛の金属製屋根だったが、金属製屋根の端から鉛管でアースし、そこから銅線を引いて水に接触させれば、大地と接触している金属屋根同様の効果が期待できると考えた。しかし費用の都合上、実際には屋根の上に高さ四〜五フィートの円柱を立て、太い鉛線を引いて鉛製雨どいに接続、さらに鉛管を延ばしてアースし、端を銅線で結んで水に接触させた（一七七九年九月一三日付ラムベルク宛書簡 Lichtenberg. *Briefwechsel*, BdI, Nr. 611, S.981f. および一七八〇年六月一日付シェルンハーゲン宛設計図付き書簡 Bd. II, Nr. 705, S.69 参照）。初期の避雷

針設計に際して、リヒテンベルクが本来不要な水との接触まで配慮したのは、アースが不完全な場合を心配したためらしい。なお一七八三年にリヒテンベルクは雷神を閉じ込める金属製檻を考案（一七八三年一二月一日付ヴォルフ宛挿絵付書簡 Bd.II, Nr. 1210, S.782, 参照）したが、これは静電遮蔽を用いた「ファラデーの籠」（一八三六年に実験）とまったく同じ原理で、彼のアイディアは半世紀ほど先んじていたことになる。

＊4　Lichtenberg. *Briefwechsel*, Bd.II, Nr. 700, S.64.

＊5　Lichtenberg. *Briefwechsel*. Bd.II, Nr. 710, S.74.

＊6　参考にした邦文参考文献（抜粋）：エンゲルハルト・ヴァイゲル著／三島憲一訳『近代の小道具たち』（青土社、一九九〇年）、吉田正太郎著『巨大望遠鏡への道』（裳華房、一九九五年）、S・G・ギンディキン著／三浦伸夫訳『ガリレイの十七世紀』（シュプリンガー・フェアラーク東京、一九九六年）、リチャード・コーソン著／梅田晴夫訳『眼鏡の文化史　ファッションとデザイン』（八坂書房、一九九九年）、大林信治・山中浩司編『視覚と近代　観察空間の形成と変容』（名古屋大学出版会、一九九九年）、リチャード・パネク著・伊藤和子訳『望遠鏡が宇宙を変えた』（東京書籍、二〇〇一年［ドイツ語版 *Das Auge Gottes*, 1998 を併用］）ほか。またイェーナ光学博物館の展示等も参考にした。

＊7　Vgl. Panek, Richard: *Das Auge Gottes. Das Teleskop und die lange Entdeckung der Unendlichkeit.* Die Originalausgabe erschien unter dem Titel *Seeing and Believing. How the Telescope Opened Pur Eyes and Minds to the Heavens* im Verlag Penguin, 1998. Aus dem Amerikanischen ins Deutsche übersetzt von Dietmar Zimmer. Stuttgart (Klett-Cotta) 1998, S.47f.

＊8　Vgl. Korey, Michael: *Ein Blick in die Ferne. Episoden der teleskopischen Himmelsbeobachtungen am Dresdner Hof.* In: Die Luftpumpe am Himmel. Wissenschaft in Sachsen zur Zeit Augusts des Starken und Augusts III. Hrsg. v. Peter Plaßmeyer. Für Schloss Morityburg und die Staatlichen Kunstsammlungen Dresden. Dresden (Sandstein) 2007, S.27-33.

＊9　Vgl. Blumenberg, Hans: *Arbeit am Mythos*. Frankfurt a. M. (Suhrkamp, 3. erneut durchgesehene Aufl.) 1984; Storch, Wolfgang/ Damerau, Burghard (Hrsg.): *Mythos Prometheus*. Leipzig, (Reclam, 3. Aufl.) 2001; *Feuer ist der Anfang des Lichts. Feuer im Licht von Aufklärung und Romantik*. Jena-Romantikerhaus 2003.

＊10　Wild, Reiner: *Prometheus-Franklin: Die Gestalt Benjamin Franklins in der deutschen Literatur des 18. Jahrhunderts*. In: Amerikastudien 23 (1978), Heft 1, S.30-39, hier S.31. さらに Weigel, Engelhard: *Entzauberung der Natur durch Wissenschaft, dargestellt am Beispiel der Erfindung des Blitzableiters.* In: Jean-Paul Jb. 1987, S.17f. 参照。

*11 *Kants Werke, Vorkritische Schriften I.* Bd.1 (1747-1756), Berlin (Georg Reimer) 1910, S.472.

*12 引用は Wild: *Prometheus- Franklin*, S.31 より。

*13 これについては特に Begemann, Christian: *Furcht und Angst im Prozess der Aufklärung.* Frankfurt a. M. (Athenäum) 1987; Beller, Manfred: *Jupiter Tonans. Studien zur Darstellung der Macht in der Poesie.* Heidelberg (Carl Winter) 1979 を参照した。

*14 Schings, Hans-Jürgen: *Im Gewitter gesungen. Goethes Prometheus Ode als Kontrafaktur.* In: W. Düsing (Hg.): *Traditionen der Lyrik. Festschrift für H. H. Krummacher.* Tübingen (Niemeyer) 1997, S.59-71 に同様の指摘がある。

*15 Vgl. Teichmann, Jürgen: *Vom Bernstein zum Elektron*, S.11. ちなみに平賀源内（一七二八～七九年）が壊れていたエレキテル――こちらはガラス盤でなく、ガラス筒を回転させる形式だった――を復元したのは一七七六年のことだった。また一八一一年には大坂（大阪）の蘭学医・橋本宗吉（一七五七～一八二七年）がエレキテルに関する解説・実験などを紹介した『阿蘭陀始制エレキテル究理原』を刊行した。橋本は「日本の電気学の祖」と呼ばれる。大石学監修・『江戸の科学力』（学研、二〇〇九年）S.45 参照。

*16 Verrecchia: *Georg Christoph Lichtenberg*, S.227f. 参照。

*17 Müller, Ulfrid: *Der Bau des Wetter-Ableiters auf der St. Osdag-Kirche in Neustadt-Mandelsloh 1782-1784.* In: Lichtenberg-Jb. 1994. S.81-92, hier S.88f.

*18 Lichtenberg: *Schriften und Briefe III*, S.133.

*19 一八〇九年、ドイツの人気小説家ジャン・パウルは『従軍牧師シュメルツレのフレーツへの旅』でリヒテンベルクが言うところの「妄想の病」、雷恐怖症を取りあげた。主人公シュメルツレは、リヒテンベルクの処方箋に従って、雷について科学的に解説したリヒテンベルクやライマルスの著作を精読したにもかかわらず、依然として雷に対する恐怖を克服できない。このパロディは、科学が自然を脱魔術化し、旧来の不安を時代遅れにしたものの、飛躍的な科学の進歩に人間の学習能力が追いつかない事例を示している。

*20 Lichtenberg: *Schriften und Briefe III*, S.63. Aus: *Vermischte Gedanken über die aërostatischen Maschinen, von G.C.L.*

*21 Vgl. Begleitheft der Sonderausstellung im Romantikerhaus Jena: *Feuer ist der Anfang des Lichts. Feuer im Licht von Aufklärung und Romantik*

(15. November 2003 bis 29. Februar 2004), Kampf dem Feuer (ohne Seitenzahl).

＊22 Lichtenberg: *Schriften und Briefe*. Bd.I, S.608: *Sudelbücher 1.*

＊23 以下の歴史については、Vgl. Teichmann, Jürgen: *Vom Bernstein zum Elektron,* hier S.1 を参照。

＊24 G. Ch. Lichtenberg (Hrsg.): *Erxlebens Anfangsgründe der Naturlehre,* 6. Aufl., hier S.XXVII.

＊25 ibid., S.XXXIV.

＊26 Vgl. Schielicke, Reinhard: *Astronomie in Jena. Historische Streifzüge von den mittelalterlichen Sonnenuhren zum Universarium.* Jena-Information 1988; Derselbe: *Von Sonnenuhren, Sternwarten und Exoplaneten. Astronomie in Jena.* Jena/ Quedlinburg (Dr.Bussert & Stadeler) 2008 ほか。

＊27 Vgl. auch Irmscher, Hans Dietrich: *Wilhelm Meister auf der Sternwarte.* In: Goethe-Jahrbuch 110 (1993), S.274-296; Stadler, Ulrich: *Der technisierte Blick. Optische Instrumente und der Status von Literatur. Ein kulturhistorisches Museum.* Würzburg (Königshausen & Neumann) 2003, S.240-255; Muschg, Adolf: *Goethe und seine Sterne.* In: *Wir wandeln alle in Geheimnissen. Neue Erfahrungen mit Goethe. Vorträge der Goethe-Jubiläumstagung 1999 in Kassel.* Hrsg. v. Ludolf von Mackensen. Kassel 2002, S. 11-22. 拙著 *Makarie und Weltall,* 1998 にも言及あり。

＊28 従来、再発見者はブレーメンのオルバースとの見方が有力であったが、文献学的研究により、現在ドイツ国内ではツァッハを発見者とする傾向が強まっている。Brosche, Peter: *Die Wiederauffindung der Ceres im Jahre 1801.* In: Astronomie von Olbers bis Schwarzschild. Hrsg. v. Wolfgang R. Dick und Jürgen Hamel. Thun und Frankfurt a. M. (Harri Deutsch) 2002, S.80-88.

第4章

＊1 詳しくは拙論「《世界の複数性》 または「地球外に生命は存在するか?」という果てしない論争の物語」、二〇〇六年を参照されたい。なお、拙論冒頭の研究史概観にも挙げているが、一七五〇年以降から二〇世紀初頭までの欧州およびアメリカ合衆国における地球外生命論争についての包括的研究としては、科学史家クロウ（Michael J. Crowe）の *The Extraterrestrial Life Debate 1750-1900. The Idea of a Plurality of Worlds from Kant to Lowell*（1986; 鼓澄治・山本啓二・吉田修による邦訳あり、『地球外生命論争』全三巻、工作舎、二〇〇一年）がある。またドイツ語圏については、Karl S. Guthke: *Die Mehrheit der Welten. Ein literarisches Thema im 18. Jahrhundert.* In: *Das Abenteuer der Literatur. Studien zum literarischen Leben der deutschsprachigen Länder von der Aufklärung bis zum Exil.* Bern/ München (Francke) 1981, S.159-186, dazu Anm. S.337ff.; Derselbe: *Der Mythos der Neuzeit. Das Thema der Mehrheit der Welten in der Literatur- und Geistesgeschichte von der kopernikanischen Wende bis zur Science Fiction*, Bern/ München (Francke) 1983が詳しい。

＊2　同タイトルで邦訳書あり、赤木昭三訳、工作舎、一九九二年刊。

＊3　宇宙空間に微小物質からなる媒質が渦を巻いて充満し、天体はその渦に乗って運動しているという説。特にフランスに支持者が多かった。

＊4　参考文献（抜粋）として Feris, Timothy: *Coming of Age in the Milky Way. New York* (William Morrow) 1988; Wattenberg, Dietrich: *Wilhelm Olbers im Briefwechsel mit Astronomen seiner Zeit*. Stuttgart (GNT) 1994; Brosche, Peter: *Astronomie der Goethezeit. Textsammlung aus Zeitschriften und Briefen Franz Xaver von Zachs*. Thun/ Frankfurt a.M. (H.Deutsch) 1995; Hamel, Jürgen: *Geschichte der Astronomie. Von den Anfängen bis zur Gegenwart*. Basel/ Boston/ Berln (Birkhäuser) 1998; Schielicke, Reinhard E.: *Von Sonnenuhren, Sternwarten und Exoplaneten. Astronomie in Jena*. Jena/ Quedlinburg (Dr.Bussert & Stadeler) 2008ほか。拙著 *Makarie und das Weltall*, 1998および拙論 *Goethe und die Astronomie seiner Zeit. Eine astronomisch-literarische Landschaft um Goethe*, 2005にも言及あり。

＊5　拙著：*Makarie und das Weltall*, 1998参照。

＊6　拙論「ソプラノ歌手から天文学者へ　カロリーネ・ハーシェル」、二〇〇五年参照。

＊7　Vgl. Dorschner, Johann: *Astronomie in Thüringen. Skizzen aus acht Jahrhunderten*. Jena (Jenzig) 1998. Schielicke, Reinhard E.: *Von Sonnenuhren, Sternwarten und Exoplaneten. Astronomie in Jena*. Jena/ Quedlinburg (Dr.Bussert & Stadeler) 2008ほか。

＊8　特にイェーナ市博物館でのヴァイゲル没後三〇〇周年展カタログ *Erhald Weigel (1625-1699) Zum 300. Todestag. Ausstellung 21. 3.-25.4.1999 im Stadtmuseum Göhre Jena*を参照した。

＊9　ゲーテとゴータに関する参考文献（抜粋）Zeyß, Edwin: *Goethes Besuche am Herzoglichen Hofe in Gotha*. Sonderdruck aus Anz, Gotha und sein Gymnasium. Gotha/ Stuttgart (Friedrich Andreas Perthes) 1927; Derselbe: *Goethes Freundes- und Bekanntenkreis in Gotha*. Sonderdruck aus Thüringer Jahrbuch o.O., 1928.

＊10　拙論「フランスの《レディ・ニュートン》　エミリ・デュ・シャトレ侯爵夫人」、二〇〇五年参照。近年、日本国内でもジェンダー研究を中心にシャトレ夫人の再評価が行われ、辻由美著『火の女　シャトレ侯爵夫人　一八世紀フランス、稀代の科学者の生涯』（新評論社、二〇〇四年）や川島慶子著『エミリー・デュ・シャトレとマリー・ラヴワジエ　一八世紀フラン

スのジェンダーと科学』（東京大学出版会、二〇〇五年）といった伝記が刊行されている。

＊11 Schwarz, Oliver: *Gothas Entwicklung zu einem europäischen Zentrum der Astronomie und Geodäsie*. In: Ausstellungskatalog. *Die Gothaer Residenz zur Zeit Herzog Ernsts II. von Sachsen-Gotha-Altenburg (1772-1804)*. Stiftung Schloss Friedenstein Gotha, Schlossmuseum. 2004. S.155-168, hier S.155.　註９に挙げた文献も参考にしたが、データ上齟齬がある部分は、できるかぎり一次文献で確認したうえ、多くは最新の Schwarz の記述に倣っている。

＊12 ドイツ語タイトルは *Verhaltungs-Regeln bey nahen Donnerwettern, nebst den Mitteln sich gegen die schädlichen Wirkungen des Blitzes in Sicherheit zu setzten: Zum Unerricht für Unkundige* で、出版の翌年には第二版を重ねる好調な売れ行きだった。

＊13 ゴータの天文学とゼーベルク天文台について（抜粋）：*Zur Geschichte und Geographie des Seebergs. Naturwissenschaftliches und Geschichtliches von Seeberg*. Hrsg. v. Naturwissenschaftlichen Verein zu Gotha. Gotha (E.F.Thienemann) 1901; Marold, Thomas/ Strumpf, Manfred: *Astronomie in Gotha*. In: Die Sterne. Bd.56, Heft 3, 1980, S.160-169; Dieselben: *Zur Geschichte der Sternwarten Gothas*. In: Gothaer Museumsheft, Abhandlungen und Berichte zur Regionalgeschichte. Gotha 1985, S.33-48; Dieselben: *Sachzeugen der „astronomischen Epoche“ Gothas. Zum 200. Jahrestag der Errichtung der Sternwarte auf dem Seeberg*. In: Gothaer Museumsheft, Abhandlungen und Berichte zur Regionalgeschichte. Gotha 1988, S.17-25; Strumpf, Manfred: *Gothas astronomische Epoche*. Horb am Neckar (Geiger) 1998; Schwarz, Oliver: *Wo einst das Fernrohr stand. Der geodätische Nabel Thüringens und ein bedeutender Bezugspunkt zur Bestimmung der Erdgestalt*. In: Gothaisches Museums-Jahrbuch 2000. Hrsg. v. Museum für Regionalgeschichte und Volkskunde. Rudolstadt & Jena (Hain) 1999, S.63-80; Derselbe: *Gothas Entwicklung zu einem europäischen Zeitraum der Astronomie und Geodäsie*. In: Die Gothaer Residenz zur Zeit Herzog Ernsts II. von Sachsen-Gotha-Altenburg (1772-1804). Stiftung Schloss Friedenstein Gotha, der Ausstellungskatalog im Schlossmuseum, 6. Juni-17. Oktober 2004, S.155-168 ほか。

＊14 天王星を兄と兄の仕える主君に見せるため、弟リヒテンベルクは発見の同年一七八一年に、万能技術者ヨーハン・アンドレアス・クリントヴォルトをゴータに送り込んだ。

＊15 Vgl. *Quellen zur Astronomie in der Forschungs- und Landesbibliothek Gotha unter besonderer Berücksichtigung der Gothaer Sternwarten*. Zusammengestellt und kommentiert von Oliver Schwarz, Cornelia Hopf und Hans Stein. Gotha (Forschungs- und Landesbibliothek) 1998, hier besonders S.17-31.

＊16 Schielicke, *Von Sonnenuhren, Sternwarten und Exoplaneten*, 2008, S.75f.

＊17　ロンダ・シービンガー著／小川眞里子・藤岡伸子・家田貴子訳『科学史から消された女性たちアカデミー下の知と創造性』（工作舎、一九九二年）参照。

＊18　Vgl. Brosche, Peter: *Gotha 1798. Vorder- und Hintergründe des ersten Astronomen- Kongresses.* In: Photorin 5 (1982), S. 38-59.

＊19　ブロシェは、公妃の三つ並んだファースト・ネームを組み合わせると（MArie CHArlotte AmalIE）、マカーリエの名になる、として、命名由来まで彼女に帰している。

＊20　著者が使用したのは、現イェーナ大学人文科学系中央図書館所蔵書。なお閲覧時に本書が、もともとはツァッハの個人蔵書だったことが、表紙裏に貼られたラランドからの献辞「我が善き友、ゴータのツァッハ氏に」から判明した。ちなみにツァッハの膨大な蔵書は、彼の後継者リンデナウを経て、行方不明・散逸したとされてきた。Vgl. Brosche, Peter: *Die Bücher der Astronomen*: „Bernhard von Lindenau als Gelehrter, Staatsmann, Menschenfreund und Förderer der schönen Künste" Ausstellung im Lindenau-Museum Altenburg vom 12. Juni bis 12. September 2004, Altenburg (Lindenau-Museum) 2004. しかしイェーナ大学附属文書館の情報では、そのかなりの部分がイェーナとベルリンに移管されたという推測が強い。ただしイェーナ大学所蔵の割合を確認するには、今後、長期間の調査が必要と思われる。*BIBLIOGRAPHIE ASTRONOMIQUE; avec l'histoire de l'astronomie depuis 1781 jusqu'à 1802.* Par Jérôme de LA LANDE, ancien Directeur de l'Observatorie, Membre de l'Institut national, des Académies de Londres, de Berlin, de Pétersbourg, de Stockholm, de Bologne, ec. A Paris, De L'Imprimerie de la république) 1803, S.786. „Mme. la duchesse de Saxe-Gotha, la princesse la plus savante que l'on connaisse, qui aime l'astronomie, qui observe et qui calcule elle-même d'une manière surprenante, place aujoyrd'hui la maison de Saxe dans l'histoire de l'astronomie, comme le landgrave Guillaume y plaça, il y a deux cents ans, celle de Hesse-Cassel. Elle a envoyé un de ses astronomes, M. le docteur Jean-Charles Burckhardt, né à Leipzig le 30 Avril 1773, por travailler avec nous;"（一七九七年の天文学史総括から）。同書、ツァッハの名前が初出する箇所にも、彼の仕官先ゴータ宮廷では、現公妃が天文学計算に通暁しているというコメントがある（S.593f. 参照）。なお本書に使用したフランス語文献に登場する人名表記等については商学部の先輩スタッフであった高山晶氏にご教示いただいた。お礼申し上げます。

＊21　Brosche, Peter: *Die Wechselwirkung der Astronomen von Gotha und Paris.* In: *Deutsch-Französische Wissenschaftskontakte in Thüringen.* Hrsg. v. Werner Köhler und Jürgen Kiefer (=Acta Academiae Scientiarum Bd.12), Erfurt 2008, hier S.54ff.

＊22　ゴータ・フリーデンシュタイン城で開催された企画展 *Alexander von Humboldt und Gothaer Gelehrte*, 1999 の展示カタログ、S.15

より。なお、この二人を『遍歴時代』におけるマカーリエと天文学者の実在モデルとして早くから指摘していた研究者ブロシェは、最近の著作では、二人が婚姻関係にあったことを明記するようになっている。

＊23 たとえば革命の原動力となったルソーの標語「自然に帰れ」が、乳房を持つ女性にとって「産み、育てる性」を強調し、むしろ呪縛的機能を果たしたことについては、第1章ですでに紹介したシービンガーの『女性を弄ぶ博物学』に詳しい。

＊24 Schielicke, *Von Sonnenuhren, Sternwarten und Exoplaneten*, 2008, S.70f.

＊25 ブロシェによれば、ハレーはこの見解をすでに一六九四年に発表していたとのことである。註26のオルバース論文S.440f.にも言及あり。

＊26 *Monatliche Correspondenz 22 (1810), S.409-450.*

＊27 Reich, Karin: *Genaue Beobachtungen, exakte Bahnbestimmungen: Gauß' Beiträge zur Kometenforschung.* In: Der Meister und die Fernrohre. Hrsg. v. Jüugen Hamel und Inge Keil. Thun und Frankfurt a. M. (Harri Deutsch) 2007, S.332-348, hier S.338.

＊28 Keudell Nr.728.

＊29 GSA [Goethe-Schiller-Archiv] Goethes Autogrammsammlung. Bestand 33, Signatur 441.

＊30 ゲーテとリンデナウの関係については Biermann, Kurt-R.: *Bernhard August von Lindenau. Weggefährte und „Widersacher" Goethes. Zum 200. Geburtstag Lindenaus am 11. Juni 1979.* In: Goethe-Jahrbuch 96(1979), S.221-232 を特に参照した。

＊31 Lindenau, Bernhard August von: *Resultate der neuesten Beobachtungen über den großen Cometen von 1811.* (Goethes Bibliothek Katalog Nr. 4815). 本論文はツァッハ主宰の天文雑誌 Monatliche Correspondenz September 1811 (S. 289-318) に発表された。

＊32 *Goethes Gespräche II*, S.755f., Nr.3661.

＊33 当時の気象観測記録については、イェーナ大学附属天文台から発行された『イェーナ気象年鑑』*Meteorologische Beobachtungen des Jahres 1822, aufgezeichnet in den Anstalten für Witterungskunde im Großherzogthum Sachsen-Weimar-Eisenach*, mitgetheilt von Großherzoglicher Sternwarte zu Jena (1823-1828) をあわせて参照した。

＊34 GSA所蔵のゲーテによる気象学研究関連資料には、すでに一八一五年の冬が記録的な厳冬だったというブリュッセルからの報告書 *Einige meteorologische Beobachtungen vom Jahre 1815* von M. van Mons im Brüssel 1816 がある。同時にこの報告書最後には、複数の火山噴火がこの寒さの原因ではないか、という推測が記されている。LA Teil 2, Bd.2, S.141ff. をあわせて参照。

＊35　詳しくはヘンリー&エリザベス・ストンメル著／山越幸江訳『火山と冷夏の物語』（地人書館、一九八五年）を参照のこと。

＊36　ストンメルの研究（前掲書、S.63 参照）によれば、ドイツでは新しい種やパンの原料確保のためにトウモロコシからアルコール飲料を作ることを禁じる法案が提出されたとの報告もあるという。

＊37　彼について手ごろな邦訳参考書としては、リチャード・ハンブリン著／小田川佳子訳『雲の発明　気象学を創ったアマチュア科学者』（扶桑社、二〇〇七年）がある。

＊38　エッカーマンの対話、一八二八年六月一五日付、MA 19, S.249 参照。

＊39　*Goethes Gespräche III/II*, S.550, Nr.6494.

第5章

＊1　Jeremy Adler: *Eine fast magische Anziehungskraft. Goethes Wahlverwandtschaften und die Chemie seiner Zeit.* Müünchen 1987. なお、ゲーテと化学の関わりについては、拙訳：マンフレート・オステン著『ファウストとホムンクルス　ゲーテと近代の悪魔的速度』（慶應義塾大学出版会、二〇〇九年、訳者解説 S.132ff.）をあわせて参照されたい。

＊2　Weber, Walter: *Zum Hauptmann in Goethes Wahlverwandtschaften.* In: Goethe-Jahrbuch. Neue Folge des Jahrbuchs der Goethe-Gesellschaft Bd.21 (1959), S.290-291.

＊3　ジャン・パウルは、一世を風靡した人気作家だっただけあって、当時の流行やゴシップを積極的かつ大量に採用している上、さまざまな雑誌記事の抜書きを繋ぎ合わせたような複雑な作品構造、登場人物の変装や偽名も多く、ドイツ人でも解読に難儀するが、主要著作の邦訳（恒吉法海訳）が九州大学出版会から刊行されている。大変参考にさせていただいた。

＊4　カトリック信者の場合、誕生日同様、自分の洗礼名をとった聖人の祝日も祝う。

＊5　以下の発見については、Klassik Stiftung Weimar の展示カタログ、*»Eine unbeschreibliche, fast magische Anziehungskraft«. Goethes »Wahlverwandtschaften«* 所収の Stefan Blechschmidt: *Der Schauplatz von Goethes »Die Wahlverwandtschaften«. Kartographischer Zugang und modellhafte Vergegenwärtigung*, S.28-35 を参照されたい。他方、史実上の舞台モデルの一つとしては、イェーナ郊外のドラッケンドルフが挙げられている。Vgl. Theml, Christine: *Schiller und Goethe in Jena.* Wettin OT Dößel (Verlag Janos Stekovics) 2009, S.60f.

＊6　*Goethes Gespräche II*, S.330 ほか参照。

＊7　測量や地図の歴史および本章で取りあげた文学作品の史実関係照合については、織田武雄著『地図の歴史　世界篇』『地図の歴史　日本編』（いずれも講談社現代新書、一九七四年）、ジョン・ノーブル・ウィルフォード著／鈴木主税訳『地図を作った人々　古代から観測衛星最前線にいたる地図製作の歴史』（河出書房、改訂増補版二〇〇一年）、海野一隆著『地図の文化史　世界と日本』（八坂書房、二〇〇四年）、日本測地学会監修・大久保修平編著『地球が丸いってほんとうですか　測地学者に五〇の質問』（朝日新聞社、二〇〇四年）などを主に参照した。また測地学関連の人物とその業績については、檀原毅著『地球を測った科学者達の群像　測地・地図の発展小史』（日本測地協会、一九九八年）を参照した。ただし欧米人名のカタカナ表記については、著者および翻訳者によってかなり揺れがあり、本稿では便宜上、そのうちのいずれかを選択・統一したが、参考文献タイトルや引用については原典表記に則っている。

＊8　渡辺一郎著『伊能忠敬測量隊』（小学館、二〇〇三年のコラム、S.98）によると、この時の緯度一度の距離は一〇七・三九キロメートルと算出されたという。

＊9　ピカールはこの時、初めて望遠鏡を装備した経緯儀を導入し、データの正確さを飛躍的に高めた。渡辺一郎によると、この時の緯度一度の長さを一一〇・四六キロメートルとしているが、他方、檀原毅はパリ近郊で一一一・二〇七キロメートルという異なる数値を提示している（『地球を測った科学者達の群像』、S.175 参照）。なおむろん、後述するメートル法制定までは、本文中の数値については古い単位が使用されているが、本書では便宜上メートル法に換算した数値を提示する。

＊10　これに対して当初フランスの科学者の多くは、パリとカイエンヌの気温差の違いを指摘し、振子の金属膨張に由来するという見解を示し、ニュートンと対立した。

＊11　出典は檀原『地球を測った科学者達の群像』S.58 より。本数値については各文献間に差はない。

＊12　Vgl. Howald-Haller, Mario: *Maupertuis' Messungen in Lappland*. In: Hecht, Hartmut (Hrsg.) *Pierre Luis Moreau de Maupertuis. Eine Bilanz nach 300 Jahren*. Berlin (Berlin Verlag) 1999, S.71-87. なお Maupertuis, Pierre Louis Moreau de: *Der Meridian-Grad zwischen Paris und Amiens: voraus man die Figur der Erde herleitet ; durch Vergleichung dieses Grads mit dem, so beym Polar-Zirkel gemessen worden*. Zürich (Heidegger) 1742 も参照した。

＊13　邦訳は喜多迅鷹とデルマス柚紀子の翻訳で、リブロ出版から一九八三年に刊行されたが、現在絶版になっている。

＊14　トリストラム『地球を測った男たち』の邦訳 S.179 より引用。

＊15　なおジュシューを中心とする本測量隊の植物学領域における貢献については、ロンダ・シービンガー著／小川眞里子・弓削尚子訳『植物と帝国』（工作舎、二〇〇七年）でもあらためて注目されている。

＊16　Condamine, Charles Marie de la: *Reise zur Mitte der Welt. Die Geschichte von der Suche nach der wahren Gestalt der Erde.* Herausgegeben, eingeleitet und kommentiert von Barbara Gretenkord. Ostfildern (Jan Thorbecke) 2003.

＊17　このプロジェクトをテーマにした科学史的にも価値のある文学作品として、フランスの数学者ドゥニ・ゲージュの『子午線　メートル異聞 *La Méridienne: le mètre*』（一九八七年、邦訳：鈴木まや訳、工作舎、一九八九年）とアメリカの歴史家ケン・オールダーの『万物の尺度を求めて　メートル法を定めた子午線大計測 *The Measure of All Things. The Seven-Year Odyssey and Hidden Error that Transformed the World*』（吉田三知世訳、早川書房、二〇〇六年）がある。

＊18　ツァッハはメシェン存命中の一八〇〇年に自ら主宰する天文学誌に彼の業績を高く評価する好意的な伝記を書いている。Zach, Franz Xaver von: *Über Pierre-François-André Méchain. Astronom der National-Sternwarte, Mitglied des National-Instituts und des Bureau des Longitudes in Paris.* Sonderdruck aus dem Julius-Stück der Monatlichen Correspondenz zur Beförderung der Erd- und Himmelskunde 1800.

＊19　Schmidt, Rudolf : *Die Kartenaufnahme der Rheinlande durch Tranchot und von Müffling 1801-1828. Geschichte des Kartenwerkes und vermessungstechnische Arbeiten.* Köln-Bonn (Peter Hanstein) 1973, nebst dessen *quellenkritischer Untersuchung* von Heinrich Müller-Miny. Köln-Bonn (Peter Hanstein) 1975 参照。なおこの測量図の存在をご教示下さったデュッセルドルフ・ゲーテ博物館館長フォルクマー・ハンゼン氏および同館司書レギーネ・ツェラー女史にお礼申し上げます。

＊20　測地学者としてのガウスに関する参考文献（抜粋）：Andreas Galle: *Über die geodätischen Arbeiten von Gauß* (1924). In Gauß-Werke in 12 Bde, Nachdr. der Ausg. Göttingen 1863-1933, Bd.11 (zweite Abteilung), S.1-165; Michling, Horst: *Carl Friedrich Gauß. Episoden aus dem Leben des Princeps Mathematicorum.* Göttingen 2005. (Vierte verbesserte Aufl.), besonders S.72ff.; Kertscher, Dieter: Carl Friedrich Gauß und die Geodäsie (2005). In: Mittler, Elmar (Hg): „*Wie der Blitz einschlägt, hat sich das Rätsel gelöst.*“ *Carl Friedrich Gauß in Göttingen.* Katalog zur Ausstellung im Alten Rathaus am Markt Göttingen vom 23. 2.-15. 5. 2005, S.150-163.

＊21　ツァッハは一八〇四年以降ゴータを去るが、この測量プロジェクトの任務は降りず、その後も統括責任者として指示を出していた。

＊22　Radbruch, Knut: *Mathematische Spuren in der Literatur.* Darmstadt (Wissenschaftliche Buchgesellschaft) 1997, S.99 参照。

＊23　Gräf, Hans Gerhard: *Goethe über seine Dichtungen. Versuch einer Sammlung aller Aeusserungen des Dichters über seine poetischen Werke.* Theil 1: Die epischen Dichtungen. Frankfurt a. M. (Rütten & Loening) 1901, Nr.864, hier S.432. ファルンハーゲン・フォン・エンゼの記憶から、ただし詳しい発言日時・状況は不明。なおトーマス・マンによるゲーテの『親和力』についてのエッセイ *Zur Goethes Wahlverwandtschaften*, 1925 にも言及あり。

＊24　Vgl. Friedrich Karl Ferdinand Freiherr von Müffling: *Aus meinem Leben.* [= Selbstbiographie 自伝] Zwei Theile in einem Bande. Berlin, (Druck und Verlag von E.S. Mittler und Sohn) 1851; *Allgemeine Deutsche Biographie.* Hrsg. durch die historische Commision bei der königl. Akademie der Wissenschaften. Leipzig (Verlag von Duncker & Humblot) 1885, S.451-454.

＊25　*Müfflings Leben und Werk aus der Sicht der Gegenwart. Wissenschaftliches Gedenk-Kollquium zum 150. Todestag des Philipp Friedrich Karl Ferdinand Freiherr von Müffling am 09. November 2001 im Rathaus zu Erfurt.* Hrsg. v. Deutschen Verein für Vermessungswesen (DVW), Gesellschaft für Geodäsie, Geoinformation und Landmanagement und Landesverein Thüringen. Gotha 2001; Müffling, Karl Freiherr von: *Offizier—Kartograph—Politiker (1775-1851). Lebenserinnerungen und kleinere Schriften.* Bearbeitet und ergänzt von Hans-Joachim Behr. Köln/ Weimar/ Wien (Böhlau) 2003 ほか。

＊26　Kaiser, Klaus-Dieter: *Erfurt und Freiherr von Müffling. 1775-1851. Ein Leben in preußischen und weimarischen Diensten.* Verein für die Geschichte und Alterskunde von Erfurt; Meyer, Hans-Heinrich: *Historische topographische Karten in Thüringen. Dokumente der Kulturlandschaftsentwicklung.* Erfurt (Thüringer Landesamt für Vermessung und Geoinformation) 2007. なお、ミュフリンクの測量関連資料については、イェーナ大学科学史研究所のアンドレアス・クリストフ氏からご教示いただきました。お礼申し上げます。なお、ゲーテ時代の測量学については、A・v・フンボルト財団の支援を受け、より広範囲での研究プロジェクトを遂行・別途発表準備中（二〇一〇年春現在）。

＊27　一八〇二年にすでにミュフリンクはヴィーラントやシラーに面会し、ゲーテと宮廷で正餐をともにしている。友人宛の手紙で、宮廷でのゲーテは、冷淡かつ儀礼的でどうも苦手だと感じたが、ゲーテを知る女官から「本当は心の温かい素敵なところがたくさんあるのだが、どうも宮廷では近寄り難い」と慰められた、とあり、公私を厳格に区別し、神経質なゲーテの横顔が垣間見えるようで面白い。

*28 Vgl. Schmidt: *Die Kartenaufnahme der Rheinlande durch Tranchot und von Müffling 1801-1828*, hier S.19f.; Peter Brosche: *Astronomie der Goethezeit*, S.150ff.; Manfred Strumpf: *Gothas astronomische Epoche*, S.24.

*29 Vgl. Schwarz, Oliver: *Wo einst das Fernrohr stand. Der geodätische Nabel Thüringens und ein bedeutender Bezugspunkt zur Bestimmung der Erdgestalt*. In: Gothaisches Museums-Jahrbuch (2000), S.63-80, hier S.64.

*30 Hans-Heinrich Meyer: *Historische topographische Karten in Thüringen*, S.29ff.

*31 Schwarz, *Wo einst das Fernrohr stand*, 2000, hier S.69 参照。

*32 カール・アウグスト公はもとより、その息子夫婦、後のカール・フリードリヒ大公と大公妃マリア・パヴロヴナともミュフリンクは終生友人関係にあり、文通が続いた。

*33 この時期のゲーテの日記や書簡には、ミュフリンクの名前が頻繁に登場する。

*34 Grobe, Karsten: *Müffling, ein Ingenieur seiner Zeit. Zeugnisse seiner ingenieurtechnischen Tätigkeit in Thüringen*. In: *Müfflings Leben und Werk aus der Sicht der Gegenwart*. S.45-52, hier S.47.

*35 以下、ガウスに関してはElmar Mittler (Hrsg): *„Wie der Blitz einschlägt, hat sich das Rätsel gelöst." Carl Friedrich Gauß in Göttingen. Katalog zur Ausstellung im Alten Rathaus am Markt Göttingen* vom 23. 2.-15. 5. 2005, 特にS.156ff. 参照。Horst Michling: *Carl Friedrich Gauß. Episoden aus dem Leben des Princeps Mathematicorum*. Göttingen (Verlag Göttinger Tageblatt) 2005 第四改訂版（初版一九七六年）、特にS.72-93. ただし三角測量網の拡大・延長は一八世紀後半から欧州の天文・数学者間で活発に行われていた。ガウスの測量実施はこの意味で、これら欧州三角網形成の後期・成熟期に位置づけられる。

*36 Vgl. *Goethes Autographensammlung. Katalog*. Bearbeitet v. Hans-Joachim Schreckenbach. Weimar 1961; Biermann, Kurt-R.: *Die Gauß-Briefe in Goethes Besitz*. In: NTM-Schriftenr. Gesch., Naturwiss., Technik, Med., Leipzig 11 (1974), 1, S.2-10.

*37 ゲーテの数学に関する論文：*Über Mathematik und deren Missbrauch so wie das periodische Vorwalten einzelner wissenschaftlicher Zweige* (1826) 参照。

*38 事実、ミュフリンクはヴァイマル滞在中、ヴァイスという偽名を使って、多くの軍記を発表している。一八〇六年イェーナ近郊でのプロイセン軍惨敗直後には*Operationsplan der preußisch-sächsischen Armee im Jahre 1806. Schlacht bei Auerstädt und Rückzug bis Lübeck* (Weimar 1807) を発表。彼の著作リストについては、*Allgemeine Deutsche Biographie*, S.453f. などが参考になる。

＊39　Brosche, Peter: *Astronomie der Goethezeit. Textsammlung aus Zeitschriften und Briefen Franz Xaver von Zachs.* Thun und Frankfurt a. M. (Harri Deutsch) 1995, 特にS.73-95参照。両者のデータは翌一七九九年に国際会議で承認され、白金製メートル原器が製作された。

＊40　パリ子午線測定旅行に出る前には、彼の両弟子メシェンとドゥランブルもこの教科書増補・改訂に携わっていた。

＊41　若年寄堀田摂津守を通じてラランドの『天文学』が高橋至時の手許に届き、彼の命を削った抄訳『ラランデ暦書管見』が成立する経緯を描いた歴史長編小説に、鳴海風の『ラランデの星』、新人物往来社、二〇〇六年がある。『ラランデの星』では、優秀な父・至時に対してコンプレックスを抱く嫡男「佐助」（後の高橋景保、一七八五～一八二九年）の視点から、不治の病に犯されてもラランドの『天文学』の解読に最期まで執念を燃やし、命尽きる学者・至時の壮絶な姿を追っている。むろん本作品の登場人物の一人として、伊能忠敬は外せない。事実、師・至時が問題にしていた「北極出地一度」こと緯度一度の長さの測定こそ、忠敬を全国測量に駆り立てた動機であり、小説中でも重要なキーワードになっている。なお、伊能忠敬の業績については、主に渡辺一郎著『図説・伊能忠敬の地図を読む』（河出書房、二〇〇〇年）および同著『伊能忠敬測量隊』（小学館、二〇〇三年）を参照した。

＊42　中村士著『江戸の天文学者星空を駆ける　幕府天文方、渋川春海から伊能忠敬まで』（技術評論社、二〇〇八年）S.122参照。

＊43　出発点と終点を折れ線でつなぎ、その角度や距離を順次測定して終点の位置を求める測量法。

＊44　鳴海風の小説『ラランデの星』は、作助が第五次伊能測量に参加する弟「善助」を送り出す場面で終る。この後、史実において彼「作助」は父の跡を継ぎ、高橋景保を名乗る。彼の建議で天文方に蛮書和解御用を設置、長崎のオランダ通詞を天文台に常駐させ、オランダ語著作の翻訳に従事させた。また忠敬の死後は『大日本沿海実測全図』を完成に導くが、シーボルト事件に巻き込まれ獄死する。この高橋景保とシーボルト事件については、一次文献調査に基づき、これまでの表面的な解釈からさらに踏み込み、複雑な政治・外交的背景まで明らかにしようとした秦新二著『検証・謎のシーボルト事件　文政十一年のスパイ合戦』（文藝春秋、一九九二年初版［二〇〇七年に双葉文庫・日本推理作家協会賞受賞作全集七三として刊行］）、また前者に比べるとフィクション性は高くなるが、二宮陸雄の歴史小説『幕府天文方書物奉行　高橋景保一件』（愛育社、二〇〇五年）などが発表されており、参考になる。

＊45　幕末まで民間では水戸藩の儒学者・長久保赤水（一七一七～一八〇一年）が編集・制作した『改正日本輿地路程全図』（一七七九年）が流布していた。実測を伴わないものの、主要街道はもとより町村がすべて書き込まれた旅行者にとって便

利な地図だった。

＊46　山村基毅著『はじめの日本アルプス』（バジリコ、二〇〇八年）S.57より引用。

＊47　このフランス式彩色地図は近年、芸術的価値・評価が高まっている。現在、財団法人日本地図センターからこの復刻版『明治前期測量　二万分の一　フランス彩色地図（迅速測図原図復刻版）』が発行されており、入手が可能。

＊48　この時、田坂が定本としたのは、当時のプロイセン測量における最もスタンダードな教科書（著者の死後も改訂を加え、長期間使用された）Jordan, Wilhelm: *Handbuch der Vermessungskunde*, Stuttgart (K. Wittwer) 1878の二巻本とされる。藤井陽一郎「陸地測量部測地事業の《実用成果》と《学術成果》」（『測地資料第五巻』国土地理院測地部、一九七九年、S.13-49所収）参照。

＊49　最初の問い合わせ以来、いつも速やかにご対応いただいた国土交通省国土地理院・広報広聴室管理係長、綿引多実子氏および多くの資料をご教示くださいました日本測量協会・中国支所の西田文雄氏に厚くお礼申し上げます。特に日本測量協会中国支部発行『中国支部報三一号』（平成一六年七月）所収の西田文雄「我が国の近代測量・地図作成の基礎を作った広島の人　田坂虎之助の事蹟」（S.12-25）および国土地理院広報第四七八・四七九号（二〇〇八年四・五月）寄稿の「わが国の三角測量を創業した田坂虎之助」を参考にさせていただいた。

＊50　これまでドイツ陸軍協会、在ドレスデン・ドイツ連邦軍博物館、在ベルリン外務省文書館、フライベルクのドイツ連邦軍文書館、ポツダムの文書館が著者の問い合わせに快く応じ、他の専門家への照会や転送など、さまざまな形で協力してくださった。心から御礼申し上げる。

＊51　一九〇六年の旭日重光章授章理由から引用（国立公文書館の資料より）。

＊52　以降の履歴は、西田氏の論文のほか、国立公文書館所蔵の太政官・内閣関係、第五類叙勲裁可書、明治三九年六月三〇日付旭日重光章授章に関する書類に綴じられている田坂自筆の履歴書をあわせて参照した。

＊53　田坂の履歴書と森鴎外の『能久親王事蹟』には日程上の微妙な齟齬が多く、判定が難しい。

＊54　参考文献等でプロイセン留学八年とカウントされているものは、この試験合格からを加算したものと思われる。これとほぼ時を同じくして、田坂が仕えていた北白川宮は陸軍大学校（Kriegsakademie）第一期生となり、明治一〇年四月に同校を卒業、帰国している。

＊55　早速名簿を調査し、ご回答下さった両大学附属文書館の司書の方々に感謝する。

＊56 大学文書館での調査方法等については、フンボルト大学附属森鴎外記念館副館長、ベアーテ・ヴォンデ女史からご教示いただいた。ここにお礼申し上げる。

＊57 公文書・明治一七年「工兵大尉田坂虎之助拝借金月賦納付の件」より引用。

＊58 当時ドイツ留学と言えば、医学か兵学を志す者が多いなか、なぜ田坂が測量（公文書では「量地学」とされている）を専攻したかについては、青木周蔵（一八四四～一九一四年）の説得が大きかったとのことである。『青木周蔵自伝』によれば、田坂は「人品優れて社交の才に富み」、北白川宮のお供として適任者ゆえ、軍事教育を受けるのが適当であるが、「寧ろ将来日本の軍事教育を進むるに就て必須欠くべからざる陸地測量、特に三角測量学を主として研究すべし」と口説いたという。青木は、明治二年に渡独、ベルリン大学で政治学を専攻した。「ドイツ翁」と呼ばれたドイツ通で、プロイセン貴族令嬢と結婚した。また明治一四年（一八八一年）に設立されたドイツ学協会の発起人の一人でもある（ちなみに同協会の初代会長は北白川宮）。なお田坂同様に口説かれた人物に中川清兵衛がおり、北海道開拓の一助としてベルリンでビール醸造業を学ぶことを青木に勧められた。当時の黒田清隆開拓長官の賛同を得て、札幌麦酒醸造所が開設され、これが日本におけるビール醸造の端緒になったという。西田氏の資料のほか、『日独交流の架け橋を築いた人々』ミュンヒェン（IUDICIUM）2005, 日独二ヶ国語表記による河村繁一氏の解説文 S.32-35 も参照。

＊59 この赤鷲四等勲章の授与に関しては、ドイツ外務省文書館のクリューガー博士のご協力により、省内ジャーナルに TASSAKA という綴りで計四ヶ所、授章許可を問う記録の存在を確認できた。

＊60 宮下啓三著『日本アルプス　見立ての文化史』（みすず書房、一九九七年）参照。著者の宮下氏からは他にも日本山岳会に関連する資料をご教示いただいた。お礼申し上げます。

＊61 館測量官について詳しくは、山村基毅著『はじめの日本アルプス』を参照されたい。

＊62 拙論「《三角測量》試論」二〇〇七年、S.37 以降にも言及あり。

＊63 一九〇五年、小島烏水（一八七三～一九四八年）を中心に従来の宗教登山ではない、純粋なスポーツとしての近代登山を目的とする山岳会（一九〇九年に日本山岳会と改称）が設立された。なお小島は、純粋に険しい山を極める喜びとその崇高美の発見を目的とした近代登山のパイオニアとされ、山岳紀行文と山岳論の作家としても知られる。横浜美術館展覧会カタログ『小島烏水　版画コレクション　山と文学、そして美術』二〇〇七年一月二二日～四月四日開催ほか参照。

＊64　詳しい経緯については山田明著『剱岳に三角点を！　明治の測量官から昭和・平成の測量官へ』（桂書房、二〇〇七年）を参照のこと。

＊65　続いて『剱岳・立山　山岳集成図』が刊行され、また日本地図センター発行の月刊誌『地図中心』でも記念特集記事が組まれた（二〇〇七年六月号参照）。測量官・柴崎だけでなく、同行の測手・生田信や案内人・宇治長次郎の功績も評価する傾向が強まっている。立山博物館主任学芸員・福江充氏の資料提供にあらためてお礼申し上げます。

＊66　「バンベルヒ」と日本の展示では記述されていることが多い。アスカニア社に改名、今もベルリンで健在の老舗である。

＊67　日本国内の三角測量が進行するにつれ、数値計算の問題や測量上の疑問点が生じてきた。田坂は若い同僚・杉山正治（一八五九〜一九二三年）をベルリン大学教授でポツダム測地学研究所長を兼ねていたフリードリヒ・ロベルト・ヘルメルト（一八四三〜一九一七年）のもとで三年間研究に従事させた。田坂引退と前後してドイツから帰国した杉山は、日本の三角測量の不備を訂正、さらに作業内容改善とデータの精度向上に尽力した。西田文雄「近代の日本測地系を構築した人　陸地測量師 杉山正治（下）」、In: 国土地理院広報第四八一号（二〇〇八年七月）参照。

最終章

＊1　このテーマの邦訳参考文献では、高木昌史編訳『ゲーテと読む世界文学』（青土社、二〇〇六年）がある。ゲーテの書評、文芸論、日記から東西の古典文学作者（たとえばホメロス、ダンテ、シェイクスピアなど）をピックアップして邦訳し、時代や地域別に整理してある。

＊2　Keudell, Elise von: *Goethe als Benutzer der Weimarer Bibliothek. Ein Verzeichnis der von ihm ausgeliehenen Werke*, Weimar (Böhlau) 1931 (Repr. Leipzig 1982).

＊3　Vgl. Schmitt, Rüdiger: *Grußwort.* In: *Weltliteratur heute: Konzepte und Perspektiven.* Hrsg. v. Manfred Schmelling. Würzburg (Königshausen & Neumann) 1995, hier S.1.

＊4　Vgl. FA I-22, Kommentar von Anne Bohnenkamp, S.937f.

＊5　参考文献（抜粋）：Schrimpf, Hans Joachim: *Goethes Begriff der Weltliteratur. Stuttgart* (Metzler) 1968; derselbe: *Goethes Plan eines Volksbuchs für die Deutschen*. In: derselbe: *Der Schriftsteller als öffentliche Person. Von Lessing bis Hochhuth. Beiträge zur deutschen Literatur.*

Berlin (Erich Schmidt) 1977; Birus, Hendrik: *Goethes Idee der Weltliteratur Eine historische Vergegenwärtigung*. In: *Weltliteratur heute. Konzepte und Perspektiven*. Hg. v. Manfred Schmeling. Würzburg (Königshausen & Neumann) 1995, S.5-28; derselbe: *»dass die von mir angerufene Weltliteratur auf mich, wie auf den Zauberlehrling, zum ersäufen zuströmt «*. In: *Weimarer Klassik: Wiederholte Spiegelungen. 1759-1832*. Katalog der ständigen Ausstellung des Goethe-Nationalmuseums. Stiftung Weimarer Klassik bei Hanser (München) 1999, Bd.2, S. 801-810; Weber, Peter: Artikel zur *Weltliteratur* für das *Goethe Handbuch in vier Bänden*. Stuttgart und Weimar (Metzler) 1998, Bd.4/2, S.1134-1137.

＊6　第1章でも述べたとおり、Die Gesellschaft Deutscher Naturforscher und Ärzte には「ドイツ自然科学者・医師協会」の定訳があるが、ゲーテの時代の言及でもあり、本書では「ドイツ自然研究者・医師協会」の訳を意図的に使う。

＊7　ダニエル・ケールマン作／瀬川裕司訳『世界の測量　ガウスとフンボルトの物語』（三修社、二〇〇八年）。

＊8　この「ドイツ自然研究者・医師協会」の年次総会に出席後、植物学者マルティウス（第1章参照）はヴァイマルのゲーテを訪問し、シムパーとブラウンが提唱した葉序研究成果を報告した。ただし彼の思惑とは異なり、ゲーテの興味をより引いたのは、植物の螺旋的傾向だった。これを機に、ゲーテ最後の植物学研究が開始される。

＊9　一八二八年五月末に献本を受領したゲーテは雑誌編集者に礼状をしたためた。「ミラノでの創刊から第四七号までの貴紙をよい意味で、思いがけなく拝受しました。貴紙が提供されている内容および好感のもてる形式から、日々活発さを増す世界文学全般にきっと素晴らしい相互作用を及ぼすことでしょう。このことを私は信じて疑いません」（WA IV-44, S.108f.）。『エコー』紙についてのゲーテ自身による批評は、彼主宰の美学美術史に関する雑誌『芸術と古代』に掲載されている（FA I-22, S.493f.）。

＊10　本書でゲーテ書簡を引用する際は、ヴァイマル版を使用してきたが、ゲーテ＝ツェルター書簡についてはミュンヒェン版に独立した巻があるので、それを使用する。

＊11　シュテルンベルク伯宛一八二八年一〇月五日付ゲーテ書簡、WA IV-45, S.14 参照。

＊12　Vgl. *In tausend Formen magst du dich verstecken. Goethe und die Pflanzenwelt*. Begleitheft zur Ausstellung anlässlich des Goethe-Jahres 1999 im Palmengarten der Stadt Frankfurt am Main. Sonderheft 29, hier S.24.

＊13　ibid, S.23f.

＊14　Schrimpf, *Goethes Begriff der Weltliteratur*, 1968, hier S.45

＊15　岩波文庫に山崎八郎による邦訳『ゲーテ＝カーライル往復書簡』あり。初版一九四九年（復刻版一九九三年）。

＊16　ファウストとヘレナのあいだに生まれた息子で、ギリシア神話のイカロス同様、高みに憧れ、幼くして落命する。

＊17　一八二五年にロンドンで出版されたカーライル著『シラー伝 *The Life of Friedrich Schiller, Comprehending an examination of his works*』がドイツ語に翻訳され、その序文を依頼されたゲーテは、あらためて彼の《世界文学》構想を定義した（一八三〇年）。「しばらく前から、普遍的な《世界文学》が話題になっているが、これは至極当然のことと言える。悲惨な戦争で混乱の極みにあったヨーロッパの各国民は、ふたたび己を取り戻した時、たくさんの異質なものに気づき、受容し、これまで知らなかった精神的欲求をあちこちで感じたことを認めざるをえなかった。そこから隣人関係を思いやる感情が芽生え、これまでのように扉を閉ざしてしまう代わりに、精神が多少なりとも自由な精神的通商関係を行うことを次第に欲するようになったのだった」。（MA 18-2, S.180f.）

＊18　フランクフルト版（FA）該当巻編集担当者アンネ・ボーネンカンプは、このゲーテ主宰誌『芸術と古代』が、ドイツ国内外のさまざまな新情報に素早く対応しており、その対話的性格が特徴であることを指摘している。実際、この意味で、本誌はゲーテの「世界文学」にとって重要な要素の一つであった。

＊19　Hamm, Heinz: *Goethe und die Zeitschrift Le Globe. Eine Lektüre im Zeichen der Weltliteratur.* Weimar (Böhlau) 1998, hier S.15. ハムによると、この間掲載された全記事数が約二八〇〇件のため、この割合は約一〇パーセントに相当するという。

＊20　ibid. S.33. ゲーテは『ル・グローブ』誌を当初は、筆記具を片手に熱心に読んだが、一八二九年以降は明らかに態度が変化し、わずかな記事を読むだけで、ドイツ語への翻訳をもはや手がけることはなかった。ちなみに高級官僚ゲーテは郵便を自由に使う特権を有していた。

＊21　このゲーテと近代の「生き急ぐ文化」を考察したのが、Osten, Manfred: *„Alles veloziferisch" oder Goethes Entdeckung der Langsamkeit.* Frankfurt und Leipzig (Insel) 2003（拙訳『ファウストとホムンクルス』慶應義塾大学出版会、二〇〇九年）である。

＊22　木村直司著『ドナウの古都レーゲンスブルク』（ＮＴＴ出版、二〇〇七年）参照。

＊23　ゲーテ国立博物館常設展示目録、第二巻、一九九九年、S.832 参照。ちなみにスティーヴンソン製蒸気機関車はドイツにも輸入され、一八三七年一二月七日、ニュルンベルクとフュルスを結ぶ最初の鉄道区間を走行した。

＊24　複数の『ゲーテ全集注釈版』でも、ヴィーラントの原翻訳（現在、ヴィーラント全集については、イェーナ大学独文

学研究所、同大学教授クラウス・マンガー氏を中心に、最新注釈版編纂作業が続いている）が入手しにくく、出典が孫引きになっていることが多い。著者がオリジナルとして使用したのは、Lucians von Samosata: *Sämtliche Werke*. 3 Bde (1-3 Teil). Aus dem Griechischen übersetzt und mit Anmerkungen und Erläuterungen versehen von Christoph Martin Wieland. Leipzig (Im Verlag der Weidmannischen Buchhandlung) 1788 における第一巻 S.149-197 で、そのうち特に S.191-193 が該当。魔法使いの師匠の名は「パンクラテス Pankrates」となっている。

＊25 イェーナ大学の学生と教員が集まり、自由主義的改革とドイツ統一を主張するドイツ学生結社（Burschenschaft）が旗揚げした場所としても有名。一八一七年、カール・アウグスト大公所有のアイゼナハ・ヴァルトブルク城で行われたルターの宗教改革三〇〇年記念祭で全国の大学結社が集合し、以後、結束を強めていったので、ドイツ諸侯は警戒し、カールスバード決議（一八一九年）により、政治的弾圧を加えた。このため、本文で述べたオーケンとゲーテの衝突が不可避となった。ちなみにここは現在、宿泊はできないが、地元の人に親しまれている郷土料理店で、メニューにはゲーテが好んだ品も並んでいる。ゲーテは大学監督官として、学生運動の拠点となったこの店にあえて引き続き宿泊し、飲食しながら、学生が過激な行動に走らないよう、目を光らせていたという（よって妻子がイェーナを訪れた場合は、城（現在の大学本館）前に現存するルターも宿泊した老舗ホテル『黒熊亭』に泊まらせていた）。詩人ゲーテが、いわば現在の大学での「学習指導主任」や「学生部担当者」的仕事もしていたと思うと、何か親近感が増す。とはいえ、いつもワインを水割りで飲むゲーテを酔っ払った学生が嘲笑した時、「水は人を沈黙させる、水に棲む魚が示すように／ワインは人を愚かにする、君達が示すように／だから私は両者を割って飲む」という詩を即興で作り、学生を即座に黙らせたという芸当は、彼ならではの手腕だろう。店内にはゲーテの肖像画などと並んで、学生連合の歴史やこの時使用され、ドイツ連邦国旗の原型でもある黒・赤・黄から成る三色旗の由来などがさりげなく展示されている。またヴァルトブルクおよびイェーナ大学にはそれぞれ学生結社記念碑がある。

＊26 ちなみに一八三一年一〇月五日付ツェルター宛書簡で、ゲーテは「過去三ヶ月以上、雑誌を一切読んでいない」と告白している。MA 20-2, S.1551.

＊27 Binswanger, Hans Christoph: *Geld und Magie. Deutung und Kritik der modernen Wirtschaft anhand von Goethes » Faust «*. Mit einem Nachwort von Iring Fetscher. Stuttgart (Weitbrecht) 1985.

＊28 Binswanger, *Geld und Magie*, S.168f. 参照。ビュッシュの原題は *Abhandlung von dem Geldlauf der Handlung in ihren mannigfaltigen*

Geschäften. 2 Bde. (Hamburg / Kiel, 1780)。

＊29 Binswanger, *Geld und Magie*, S.169 および二〇〇九年六月三〇日付 FAZ 紙 Josef Ackermann und Hans Christoph Binswanger の対談 *„Es fehlt das Geld. Nun gut, so schaff es denn!"* 参照。

＊30 Binswanger, *Geld und Magie*, S.170 参照。

＊31 Binswanger, *Geld und Magie*, S.163-165.

＊32 J・K・ローリング作／松岡祐子訳『ハリー・ポッターと賢者の石』（静山社、一九九九年）S.437f.

＊33 拙訳『ファウストとホムンクルス』（二〇〇九年）の「訳者あとがき」参照。

お礼の言葉　あとがきに代えて

もし本書が読者に新しいゲーテ像を提示することに多少なりとも成功したのなら、あるいは彼と彼の作品により興味を持ってもらえるようになったとしたら、これほど研究者として嬉しいことはない。だが、それはおそらく私が一五年来、ゲーテが暮らしたヴァイマルを私のドイツにおける研究本拠地としてきたことにある、と思う。

最初に私がヴァイマルに足を踏み入れたのは一九九四年の初夏、ヴァイマル国際ゲーテ協会から三ヶ月間の研究奨学金を得たのがきっかけだった。遅ればせながら、この最初の一歩を踏み出させてくださった前国際ゲーテ協会会長・ケルン大学名誉教授ヴェルナー・ケラー先生（Herr Prof. Dr. Werner Keller）と慶應義塾大学修士課程時の指導教授だった七字慶紀先生にお礼申し上げる。

さて、フランクフルトから当時列車で四時間ほどかけて――旧国境で線路が変わるため特急の速度が落ち、復興前の寂れた町並みが続く、心細い旅路だった――ヴァイマルに到着、ゲーテがかつて出仕した城（Stadtschloss）の三階にあるゲーテ協会事務局を訪ね、秘書のフォン・ツヴァイドルフさんが運転する旧東独製トラバントに乗せられ、カール・アウグスト公夫妻成婚の贈物に建てられた夏の離宮ベルヴェデーレ城の隣、《庭師の館》に運ばれた。交通はとにかく不便だったけれど、歴史的な宿舎に住み、夕食後は他の研究者たちと広大なイギリス庭園を散歩し、（優美な見た目と違って）サイレンのように煩い孔雀たちと過ごしたあの夏の三ヶ月間は今も忘れられない思い出だ。

昔からヴァイマルとイェーナは、二つで一つの都市として機能してきた。ヴァイマルは言わずと知れた城下町で官吏を中心とした町、他方イェーナは大学町で教授たちと大学生が――二〇〇九年現在も――主たる住民である。ゲーテに直接会うことはもはや叶わないにしても、旧東独のこの二都市には、彼の見た景色や建物の多くがゲーテのスケッチや当時の絵葉書と比べて、さほど変わらずに残っている。初めてヴァイマルを訪れた夏以来、ゲーテがかつて歩いた場所を自分の足で辿り（あるいは友人・知人の車で連れて行ってもらい）、彼が見た景色を自分の目で確認し、ゲーテが通った郷土料理店で食事をし（もっとも料理長は代替わりしているから、同じ味とはいかないが）、彼が監督した図書館で彼が借り出した本を読み、さらには厳密かつ最高の意味での《原典《オリジナル》》である彼の蔵書、手稿、書簡、スケッチまで扱うようになった。

本書の多くは、これまで私が日本語もしくはドイツ語で発表してきた著作や論文等をベースにしている（＊文末の「初出一覧」参照）。だがこれらは言わば私のゲーテ研究者としての「徒弟時代」にあたる成果で、本文でも触れたが、研究が進むにつれて新たな資料が見つかったり、（誤字脱字を含めて）データや引用の不備や訂正が必要であったり、また表現上稚拙な部分なども耐え難くなり、いずれ大幅な改稿・修正が必要だと感じていた。そして今回のイェーナでの研究滞在開始の二ヶ月ほど前、慶應義塾大学出版会の編集者・上村和馬さんから、本書の出版をご提案いただいたのだった。私にとって初めての和文の単独著書執筆の機会を与えてくださった慶應義塾大学出版会、特にドイツと日本という地理上の距離を超えて、最後まで辛抱強くまた頼もしい「伴走者」の役割を果たしてくださった上村さんにあらためて感謝する。

さて二〇〇九年四月にイェーナに着いてみると、慣れ親しんだヴァイマルとはまた性格の異なるイェーナ大学（正式名称はフリードリヒ・シラー大学イェーナ、略称ＦＳＵ）中央図書館（略称 ThULB）の充実ぶりに驚喜して、数ヶ月、ひたすらゲーテ時代の書籍を読み漁る「本の虫」状態が続いた。いつしか柔らかな新緑の季節から緑濃い夏に移り、無尽蔵の宝の山を前に、すべてに目を通すのは無理と断念し、空気が透明な秋の色に変わったゲーテの誕生日辺りから筆を執った。すでに発表した論文を基礎にした部分もかなり修正を加えたが、イェーナで見つけた資料を使った新たな書き下ろしも多い。これら執筆作業の大部分は、ゲーテが監督官をつとめ、自然科学研究にも従事したイェーナ大学中央図書館で行った。夏から秋にかけて、鬱蒼と繁る緑が華やかな紅葉に変わっていく日々、楽しく集中して執筆できたのは、図書館出入口横のゲーテの凛々しい立ち姿（ハインリヒ・クリストフ・コルベ画、一八二六年。本書口絵参照）があったからかもしれない。噴火するヴェズビオ火山を背に、植物や鉱物に囲まれて、ペンとメモを持ち、トレードマークの大きな澄んだ瞳で彼方を見つめている、ほぼ等身大のゲーテの肖像画を横目に眺めながら、「さて、どんな風に貴方を日本の読者に紹介しましょうか」と問いかけた。私の研究控え帳には、まだまだたくさんゲーテについて紹介できなかったことが書き留められている——またゲーテと鉱物学・化学・動物学についても既刊論文等があるが、本書ではこれらの領域には触れなかった——が、機会があれば、ふたたびお目にかかれると信じたい。あまり冗長になってゲーテが嫌われてしまうと大変なので、とりあえず本書で一度ピリオド、もしくは大きめのコンマを打たせていただく。

ヴァイマルに通うようになってから本書を送り出すまで、ドイツの研究者、ドイツ国内の図書館および文書館司書、また博物館学芸員など本当に多くの方のお世話になった。すべての方のお名前を出してお礼申し上げたいが、紙幅の都合上、ご寛恕願いたい。またお礼を述べたくても、鬼籍に入られた方もいらっしゃる。特に私の《学問上の父 Doktorvater》であったケルン大学教授イルムシャー先生(Herr Prof. Dr. Hans Dietrich Irmscher)といつも笑顔で迎えてくれたゲーテ協会事務局のクリスタ・ミュラーさんには、お礼を満足に伝えきれないまま、昨年春にお別れしてしまったのが残念でならない。

ゲーテ同様、私自身も最初にこの地に足を踏み入れた時は、ゲーテそしてヴァイマル・イェーナとこんなに長く、親しく付き合うことになるとは予想もしなかった。この間、アーカイブ作業を中心とする地道な研究を可能にしてくれた、ヴァイマル古典主義文学財団(短期研究奨学金)、日本学術振興会(略称JSPS、特別研究員制度および科学研究補助金)の経済的支援に感謝する。また二〇〇七年三月には、ドイツ学術交流会(略称DAAD)の招待により、デュッセルドルフ・ゲーテ博物館附属図書館で一ヶ月の研究滞在を行うことができた。フォルクマー・ハンゼン館長（Herr Prof. Dr. Volkmar Hansen）をはじめ、お世話になった同館関係者の方々にお礼申し上げる。さらに二〇〇九年春から、アレクサンダー・フォン・フンボルト財団フェローとして一年間、ゲーテが信頼する出版者の一人だったフロマン邸を使用している——つまりゲーテやフーフェラントが集った場所だ——イェーナ大学独文学研究所での研究を許されたことは、私にとって大きな意味を持った。今の私に理想的な研究の場と時間を提供して下さったフンボルト財団およびホスト研究者のイェーナ大学教授マンガー博士（Herr Prof. Dr. Klaus Manger）に心からお礼申し上げる。貴重な古書や手稿ばかり使いたがる私に、イェーナ大学図書館および文書館のスタッフは、いつも親切で速やかな対応をしてくださった。むろんお馴染みのヴァイマルのアンナ・アマーリア公妃図書館のスタッフをはじめ、ゲーテ・シラー文書館、ゲーテ国立博物館ほか、ヴァイマル古典文学研究財団 Klassische Stifung Weimar（旧称 Stifung Weimarer Klassik）からは相変わらず素晴らしい研究サポートを受けた。特に長年、財団の研究者交流を担当されたヴァイマルにおける《後見人》、エーリッヒ先生（Herr Prof. Dr. Lothar Ehrlich）、および私にとって、当初《雲上人》だったレオポルディーナ版ゲーテ自然科学論文集編纂者クーン先生（Frau Prof. Dr. Dorothea Kuhn）のご協力とご助言にこの場を借りて厚くお礼申し上げる。美味しいケーキとコーヒーをいただきながら、憧れのクーン先生と研究の話ができる日が来るなど、一〇年前には夢にも思っていなかった。

「ゲーテを読まなくても人は生きていけるけれど、ゲーテは人生を豊かにしてくれる」とは、あるドイツの友人の名言だ。ふと振り返ってみると、ゲーテを研究対象に決めてから、私の世界はより広くなるばかり、この言葉の正しさを日々実感する。これからも視野を広げ、またさらに深く彼の作品に近づけるよう、努力を重ねていきたい。ゲーテの足跡を辿りながら、研究を続ける私の「遍歴時代」の成果の一つとして、本書をお楽しみいただければ幸いです。

ゲーテがかつて歩き回った植物園を図書館の窓から見下ろしながら
雪が溶け、クロッカスが咲き出した大学町イェーナにて　二〇一〇年三月

石原あえか

初出一覧（＊本書の内容と関連のある著作・論文に限る）

I－a　著書（単独著作）

1 *Makarie und das Weltall. Astronomie in Goethes „Wanderjahren“.* Köln/Weimar/Wien (Böhlau: Kölner Germanistische Studien Bd.42), 1998.

2 *Goethes Buch der Natur. Ein Beispiel der Rezeption naturwissenschaftlicher Erkenntnisse und Methoden in der Literatur seiner Zeit.* Würzburg (Königshausen & Neumann), 2005.

I－b　編著書

3 編著：極東証券寄附講座『生命を見る・観る・診る　生命の教養学III』中島陽子・石原あえか編、慶應義塾大学出版会、二〇〇七年、うち「人体観察の記録　近代ヨーロッパおよび日本における解剖図・標本・立体模型」S.187-212.

II－a　論文（論文集所収のもの）

4 「ゲーテ周辺の女性達」、『ドイツ女性の歩み　中世から現代まで』河合節子・野口馨・村上公子編、三修社、二〇〇一年、S. 185-200.

5 「自然研究者としてのゲーテ　近代ドイツ文学と科学」、極東証券寄附講座『生命と自己　生命の教養学II』武藤浩史編、慶應義塾大学出版会、二〇〇七年、S.224-248.

6 *Die Wiederkehr zum ganzen Körper. Goethe als Schüler Loders und die plastische Anatomie.* In: Universitätsanspruch und partikulare Wirklichkeiten; Natur- und Geisteswissenschaften im Dialog. Beiträge des Humboldt-Kollegs „Die deutsche Tradition der

Universalwissenschaften« am 29./30. Oktober 2005 an der Sophia-Universität, Tokyo. Hrsg. von Naoji Kimura u. Karin Moser v. Filseck. Würzburg (Königshausen & Neumann), 2007, S.243-250.

7 「《三角測量》試論　西欧および日本の近代測量史への文学的アプローチ」、慶應義塾大学出版会『商学部五〇周年日吉記念論文集』二〇〇七年、S.29-40.

8 *Ein dichterischer Beitrag zur >Evolution< der Wissenschaften. Goethe und der Pariser Akademiestreit (1830).* In: Georg Braungart u. a. (Hg.): Akten des Pariser IVG-Kongresses, Paris 2005: „Germanistik im Konflikt der Kulturen“. Bd 7. Bern/Berlin/Bruxelles/Frankfurt a. M./ New York/Oxford/Wien (Peter Lang) 2008, S.303-310.

9 *Warum kann der Knabe die Rose nicht in der Natur belassen? Tawada und Goethes „Heidenröslein“.* In: Cristiane Ivanovic (Hrsg.): *Transforming Texts. Text- Transformationen.* Tübingen (Stauffenburg) より二〇一〇年刊行予定。

II－b　論文（学術雑誌・紀要に発表したもの）

10 「ゲーテとルクレティウス ヨーロッパ自然教訓詩の一系譜」、慶應義塾大学『日吉紀要』ドイツ語学・文学、第二九号（一九九九年）、S.44-58.

11 「マカーリエと天文学者　『ヴィルヘルム・マイスターの遍歴時代』におけるゲーテ時代の数学と天文学」、『モルフォロギア　ゲーテと自然科学』第二一号（一九九九年）、ナカニシヤ出版、S.68-79.

12 「垂直と螺旋　ゲーテ最後の植物学研究」、慶應義塾大学『日吉紀要』ドイツ語学・文学、第三〇号（二〇〇〇年）、S.70-84.

13 「パリ・アカデミー論争（一八三〇年）　ゲーテ『動物哲学の原理』をめぐる一考察」、『モルフォロギア　ゲーテと自然科学』第二二号（二〇〇〇年）、ナカニシヤ出版、S.2-11.

14 *Goethe und die Astronomie seiner Zeit. Eine astronomisch-literarische Landschaft um Goethe.* In: Goethe-Jahrbuch. 117(2000), Im Auftrag des Vorstandes der Goethe- Gesellschaft, Weimar (Böhlau), S. 103-117.

15 *Goethe und der Regenbogen.* In:『ヘルダー研究』第七号（二〇〇一年・改訂版）、日本ヘルダー学会刊、S.101-118.

16 「詩人の星空　ゲーテにおける近代天文学受容とその限界」、慶應義塾大学『日吉紀要』ドイツ語学・文学、第三三号（二〇〇一年）、S. 1-28.

17 *„Fernröhre verwirren eigentlich den reinen Menschensinn". Das Teleskop im kulturellen Diskurs vor und bei Goethe*. In:『ドイツ文学』一〇八号（二〇〇二年春）、日本独文学会、S.131-140.

18 *Luftballon-Motiv und dichterische Phantasie bei Wieland, Lichtenberg, Jean Paul und Goethe*. In:『ゲーテ年鑑』XLIV (2002), 日本ゲーテ協会、S.15-27.

19 「《ゲーテの妻》再発見　クリスティアーネ研究史と最近の研究動向」、慶應義塾大学『日吉紀要』ドイツ語学・文学、第三六号（二〇〇三年）、S. 1-20.

20 「ヒトと猿の境界　ゲーテの《顎間骨発見》（1784）」、『慶應義塾大学独文学研究室『研究年報』第二〇号（二〇〇三年）、S.1-17.

21 「プロメテウスと避雷針　フランクリン、リヒテンベルク、ゲーテ」、『モルフォロギア　ゲーテと自然科学』第二五号、ナカニシヤ出版、二〇〇三年、S.100-112.

22 *Von der Skala der Natur zum evolutionären Vektor. Der Zwischenkieferknochen und das Affen-Motiv in der Literatur der Goethe-Zeit.* In: Neue Beiträge zur Germanistik. Kulturwissenschaft als Provokation der Literaturwissenschaft. Literatur – Geschichte – Genealogie. Internationale Ausgabe von DOITSU BUNGAKU. Band 3, Heft 4 (2004), Hrsg. v. der germanistischen Gesellschaft in Japan. München (iudicium), S.144-158.

23 *Goethe und die Pockenschutzimpfung. „Eine Operation, welche der Natur vorzugreifen schien"*. 慶應義塾大学『日吉紀要』ドイツ語学・文学、第三九号（二〇〇四年）、S.1-14.

24 *Der Kadaver und der Moulage. Ein kleiner Beitrag zur plastischen Anatomie der Goethezeit.* In: Goethe-Jahrbuch XLVII (2005), Hrsg. v. Goethe-Gesellschaft in Japan, München: (iudicium), S.25-39.

25 *Proteus-Delphin. Oder Goethes Delphinreiter-Zeichnung und die Meeresfeierszene in Faust II.* In:『藝文研究』柴田陽弘教授退任記念論文集、東京、慶應義塾大学藝文学会 Bd. 91, Nr.2, S.199-212, 2006.

26 *Die Hauptleute mit mathematischer Gabe. Oder: Die Landvermessung in Goethes Wahlverwandtschaften und Jean Pauls Dr. Katzenbergers Badereise*. In:『ゲーテ年鑑』第五〇巻記念号（二〇〇八年）、日本ゲーテ協会、S.25-39.

27 「緯度一度の長さ　近代測量文学概観の試み　あるいはケールマンの小説『世界の測量』の文化科学史的背景」、『モルフォロギア　ゲーテと自然科学』第三〇号（二〇〇八年）、ナカニシヤ出版、S.36-51.

28 *Der Zauberlehrling in der internationalen Flut. Ein kleiner Beitrag zum Weltliteratur-Konzept Goethes.* In: Neue Beiträge zur Germanistik. Internationale Ausgabe von DOITSU BUNGAKU. Zeitschrift der Japanischen Gesellschaft für Germanistik. München (iudicium), Bd. 7, Heft 1 (2008), S.167-181.

III　商業誌掲載のコラム

29 コラム「ドイツ文化の Promnade」、「ゲーテの魅力　作家・政治家・自然研究者」、『基礎ドイツ語』一九九九年四月号、三修社、S. 66-67.

30 コラム「ドイツ文化の Promnade」、「ゲーテとクリスティアーネ　生きることへの共感」、『基礎ドイツ語』一九九九年五月号、三修社、S. 50-51.

31 コラム「ドイツ文化の Promnade」、「現代に生きるゲーテ　ゲーテとともに」、『基礎ドイツ語』一九九九年六月号、三修社、S. 46-47.

32 二〇周年企画「ソプラノ歌手から天文学者へ　カロリーネ・ハーシェル」、物理科学雑誌『パリティ』Vol.20, No.5（二〇〇五年）、丸善、S.47-51.

33 二〇周年企画「フランスの《レディ・ニュートン》　エミリ・デュ・シャトレ侯爵夫人」、物理科学雑誌『パリティ』Vol.20, No.6（二〇〇五年）、丸善、S.49-52.

34 解説・評論「《世界の複数性》　または「地球外に生命は存在するか?」という果てしない論争の物語」、物理科学雑誌『パリティ』Vol.21, No.8（二〇〇六年）、丸善、S.13-19.

石原あえか
慶應義塾大学商学部教授
慶應義塾大学大学院在学中にドイツ・ケルン大学に留学、同大でDr.phil.を取得。学位論文 *Makarie und das Weltall* (1998) 以来、一貫してゲーテと近代自然科学を研究テーマにしている。2005年にドイツ学術交流会 Jacob-und-Wilhelm-Grimm-Förderpreis 受賞。2005年刊行の *Goethes Buch der Natur* により、第三回日本学術振興会賞および日本学士院学術奨励賞（FY2006）を受賞。本会刊行の訳書に H. J. クロイツァー著『ファウスト　神話と音楽』(2007)、M. オステン『ファウストとホムンクルス　ゲーテと近代の悪魔的速度』(2009) がある。2009年4月から1年間、Alexander von Humboldt-Stiftung の研究フェローとして、Friedrich-Schiller-Universität Jena で研究滞在を行った。

科学する詩人 ゲーテ

2010年4月30日　初版第1刷発行

著　者 ——— 石原あえか
発行者 ——— 坂上 弘
発行所 ——— 慶應義塾大学出版会株式会社
〒108-8346　東京都港区三田2-19-30
TEL〔編集部〕03-3451-0931
〔営業部〕03-3451-3584〈ご注文〉
〃　03-3451-6926
FAX〔営業部〕03-3451-3122
振替　00190-8-155497
URL　http://www.keio-up.co.jp/
装　丁 ——— 鈴木 衛
印刷・製本 —— 萩原印刷株式会社
カバー印刷 —— 株式会社太平印刷社

Printed in Japan　ISBN 978-4-7664-1727-2